推
理
謎

100%純血 日本推理

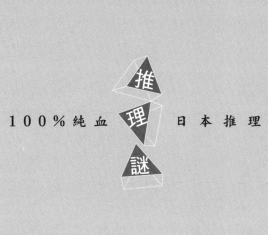

推理謎 5

尋狗事務所

犬はどこだ

米澤穗信

緋華璃／譯

〈導讀〉

米澤穗信筆下的青春私探

【推理小說創作者】寵物先生

今年（二〇〇八）年初在皇冠的出版預告上看見『米澤穗信』這四個字時，我的內心是相當雀躍的。一方面米澤對臺灣讀者而言是屬於毫無概念的作家，到目前為止連一篇短篇都無緣相見，另一方面素耳聞米澤在日本廣受年輕讀者的支持，許多個人部落格也力捧他的作品，現在他的作品即將引介來臺，我自然抱持相當大的期待。

尤其是『廣受年輕讀者支持』這點，更成為我想搶先一步閱讀的動力。於是我接下了皇冠的導讀撰寫邀約，並看了米澤作品的幾部日文書和翻譯稿，希望能對這位作家有更進一步的認識。究竟他的魅力何在，能吸引年輕人的目光？作品風格又有什麼特殊之處呢？若要用一個詞彙來概括，那絕非『青春』莫屬。

●脈絡

米澤的讀者群很年輕，事實上就連他本人也不算老。一九七八年出生的他，今年才即將步入而立之年，因此對於年輕人的想法和思考模式還不至於產生太大的脫節。而且他很早就開始磨練自己的文筆，就讀金澤大學文學院期間，他在自己的網站上陸續發表一些習作性質的作品，奠定了日後的寫作基礎。

二〇〇一年大學畢業後，米澤立刻投稿參加該年角川書店主辦的『第五屆角川學園小說大賞』，並獲得少年推理&恐怖部門的獎勵賞，投稿作品《冰菓》就成為他的出道作，接著第二部作品《愚者的落幕》也於翌年出版。由於這兩部作品都是在角川專門出版輕小說的『角川Sneaker文庫』推出，也自然被讀者們視為輕小說。

輕小說經常使用大量口語，搭配插圖與鮮明、宛如動漫畫風格的人物形象，因此在青少年之間廣受歡迎。

《冰菓》與《愚者的落幕》也具有如同輕小說一般的角色塑造。這兩部作品均屬於米澤知名的『古書社』系列，由主角折木奉太郎擔任偵探角色，其中的人物塑造非常突出，像是『不去幹做或不做都無所謂的事，非幹不可的話，簡單做做就好。』如此奉行『節省能源主義』的折木，以『我啊，很在意』這句話顯露對於謎團好奇心的大小姐千反田，娃娃臉卻性格剛烈的青梅竹馬摩耶花，以及福爾摩斯迷里志。這四個古書社的成員如同偵探團一般，解開發生在神山高中的日常生活謎團。

此種以輕小說的方式撰寫推理，自然可以吸引年輕讀者的注意，然而此時米澤尚未在推理小說界打出知名度。一直要到二〇〇四年的第三部作品《再見，妖精》打入了推理排行榜（『這本推理很厲害！』第廿名），他才真正受到讀者們的青睞。

《再見，妖精》敘述一九九一年，高三生守屋路行結識從南斯拉夫來的少女瑪亞，瑪亞與守屋的同學一行人相處了數個月後歸國，這期間陸續發現幾個日常生活的謎團，也都被守屋與成員之一的萬智給解決。瑪亞回國後隔年，守屋與成員之一的白河藉由日記的回憶，解開了最大的一個謎團。全篇洋溢著青春的苦澀氛圍，主角一行人對少女瑪亞的懷念與祈福，也將本作染上難以忘卻的感傷色彩。這部作品以南斯拉夫內戰為題材（雖然舞臺還是在日本），擺脫了過去輕小說的框架，也成為他的代表作。

之後米澤又發表《春季限定草莓塔事件》（二〇〇四）開啟了新的『小市民』系列，以及古書社系列的第三部《萊卡的順序——『十文字』事件》（二〇〇五），風格均為無血腥的青春推理。

二〇〇五年七月，米澤發表了他的第六部作品，也就是你正在翻閱的這本《尋狗事務所》。

● 青春的日常

綜觀前面五作，不難看出米澤作品的大致走向。一言以蔽之，就是『青春推理』加上『日常之謎』。

一般而言，所謂的青春小說，人物幾乎都是青少年，並藉由角色特殊的際遇描繪出青春時代的『苦』與『樂』，交錯地呈現青春的殘酷面與光明面，使讀者將自身的過去投射並產生共鳴，同時也使用較為寫實的筆觸，將人物套用上每種學生的典型，忠實地呈現年輕族群的生活形態與想法。

米澤的作品《再見，妖精》與『古書社』、『小市民』系列都具有青春小說的特質，主要角色也清一色的全是高中生。

若將青春校園風格結合推理元素，想必有許多讀者會聯想到小峰元的《阿基米德借刀殺人》，該作以高中校園為背景，刻劃出高中生的生活與難以想像的內心世界，是相當優秀的作品。也有些讀者會想到東野圭吾的《放學後》，作中透過一個老師的觀點，可以觀察到學生們看似荒謬、實則有所原則的行為動機。

這兩部作品都發生了殺人案，也因為如此，隱藏於背後的黑暗才得以浮顯。

不過人一生中，畢竟不太可能遇到那麼多次殺人案啊。

所以米澤穗信採用了『日常之謎』的方式，他的故事謎團經常是日常生活中微不足道，僅是

『有點可疑』的小事，而不會牽扯到任何犯罪案件。如《冰菓》中出現圍繞著同人文集『冰菓』的秘密，《再見，妖精》裡出現一位雨天有帶傘卻不撐的男子，以及《春季限定草莓塔事件》中出現如何只用三個杯子沖泡三杯『美味可可』的問題。這些謎團都和犯罪無關，卻也足夠提供解謎的樂趣。

『日常之謎』的寫作風格起源得很早，但要到該名詞真正成形，可以追溯到一九八九年，日本的東京創元社推出北村薰的出道作《空中飛馬》開始。此後，東京創元社便經常推出日常之謎的作品，十八年來已陸續培養出北村薰、若竹七海、加納朋子、澤木喬、青井夏海、光原百合、坂木司等一票專精此道的作家，儼然成為日常之謎的『老字號』。《再見，妖精》就是米澤在推理作家笠井潔的推薦之下，於東京創元社出版的。

●新領域

該談一談本書《尋狗事務所》了。這部作品在二〇〇五年得到了『這本推理很厲害！』第八名的佳績，有許多讀者認為它是米澤加強懸疑色彩，開創新領域的力作。事實上，這部作品也的確跟以往的米澤風格不太相同。

故事敘述主角紺屋長一郎原本在東京擔任銀行員，但因為罹患嚴重的皮膚病，只好辭職回故鄉八保市休養，痊癒後為了讓自己有事做，於是在八保市開設一家事務所『紺屋S&R』，只專門接受尋找走失小狗的委託。沒想到開業後，上門來的頭兩個案件居然是尋找失蹤的女性佐久良桐子，以及解讀古文書的工作。另一方面，紺屋的學弟半田平吉（外號半平）抱著成為偵探的雄心壯志，央求紺屋收他為部屬，主角無奈之下，只好把古文書的工作交派給他，自己去調查失蹤的桐子下落。

如何，有沒有看出什麼不同之處？

首先，主角終於不是學生了，而是一位曾經當過上班族的事務所老闆，所遇上的事件也並非日常之謎，而是顧客正式委託的人口失蹤案。

然而，儘管在人物設定與謎團上有如此大的迥異，本作還是保留了過去的青春元素，並在私家偵探查案的劇情中，融入幽默逗趣的風格。

『私探』這個小說類別經常會與『冷硬』（hard-boiled）連在一起。由於會委託偵探查案的人，多半都是另有隱情，無法報警，且背後往往會扯出巨大的犯罪陰謀，並在主角東奔西走之下逐漸明朗化，這與美國獨有的社會底層文化相搭配，就成了美式冷硬私探小說的書寫主流。

但本作卻不是這樣。

主角紺屋曾因罹患皮膚病，因此失去了人人稱羨的銀行員工作，大受打擊之後臉色逐漸蒼老（二十五歲看起來像四十歲），做事也經常提不起勁，在查案的過程中，開始對失蹤者產生同理心，並逐漸拾回已流失掉的自我。部下半平懷抱著對偵探的憧憬，夢想進入『風衣、苦味馬丁尼、左輪手槍』的世界，卻也不得不面對偵探查案的殘酷現況，現實與夢想的交戰形成一種詼諧的內心衝突。以上這些情節雖然利用私家偵探的舞臺來呈現，卻也是不折不扣的青春小說題材，就這點而言，本作仍維持了米澤作品過去的基調。

因此《尋狗事務所》雖然是私探小說，卻絕對不是所謂的『冷硬』私探，而是帶有年輕氣息的感傷與無奈，偶爾穿插幽默風趣的『青春』私探。雖然同樣是書寫青春，米澤這回帶我們走出校園，採用了全新的私探小說形式來包裝。

附帶一提，本作還融入了相當新潮的寫作題材，在此先賣個關子，年輕的讀者在看到第二章最末節的時候，一定會發出會心的一笑。

那麼，就請各位開始品味這部全新領域的青春私探推理。

第一章

二〇〇四年八月十二日（星期四）－八月十三日（星期五）

1

這間空盪盪的屋子裡，原本只有鐵灰色的櫃子和稍微一碰門就好像要掉下來的書架。後來才又陸陸續續地搬入了辦公桌、沙發、桌子、時鐘和裝飾用的盆栽。

我拆開包裝盒，把全新的電話放到辦公桌上，再把電話線插進插座裡，感覺光是這樣就好像已經可以算是一間公司了。空盪盪的書架看起來雖然有點靠不住的樣子，不過等我接到工作之後，自然就會被各種資料填滿了吧！如果一時半刻還接不到工作的話……就先放本字典充充場面吧！

我把雙手抱在胸前，把自己今後的工作環境看過一遍。開業申請書已經寄出去了，雖然這份工作不需要什麼執照，但也還是得有這個動作才能夠開始接案。話說回來，我的失業保險金也還沒有去辦止付，不過保險公司應該會直接把開業日當作是我重回職場的日子吧！雖然我大學唸的是經濟系，可是這方面我也不是很懂。

窗戶的玻璃上有我拜託工人用噴漆幫我寫上小小字的『紺屋S&R』。本來是想寫Search & Rescue❶的，可惜窗戶不夠大，只好改用縮寫。現在想起來真是失策，天曉得S&R是什麼樣的公司啊？光看紺屋這兩個字，搞不好還以為是什麼染布坊還是和服店呢❷！誰會知道紺屋其實是我的姓呢？

我對開業當老闆並沒有什麼特別的感慨。好像就只是昨天之前都在準備開業的事，然後今天正式開張，如此而已。在回到這個小鎮之後，我的精神一直都處於很平靜的狀態。本來以為擁有一間屬於自己的公司多少會有點改變，看來光是把辦公用品搬進一間空屋子裡是起不了任何作用的。

看著自己空虛的影子模糊地映在寫著公司名稱的窗玻璃上，就連我也忍不住想要把視線移開。雖然我的身材還算結實，但無神的雙眼怎麼看都是一副沒出息的窩囊相。空長了一個高個子，但是臉色鐵定好不到哪裡去吧！這也難怪，誰叫我在屋子裡一窩就是半年呢？雖然我才二十五歲，但如果光線再暗一點，猛一看會以為我已經四十好幾了吧！總之不管橫看豎看，都不像是調查事務所的老闆。雖然不想承認，但誰叫我就是一臉茫然的樣子。

當初在決定要做點什麼小生意的時候，第一個想到的就是開一家賣什錦煎的店。調查事務所忘了是第二志願還是第三志願，總之不是第一志願就是了。可惜開一家賣什錦煎的店有很多需要解決的難題，所以搞到最後還是沒開成……話雖如此，可讓我這麼茫然的原因倒也不是因為對賣什錦煎還有什麼不死心的。

輕撫著灰色的辦公桌，既然公司已經開了，接下來就得打廣告，不然工作要從哪裡來呢？

這間『紺屋S&R』的業務內容只有一種。

那就是小狗。

❶Search意指搜索，Rescue意指救助。
❷紺屋雖然是日本人的姓氏之一，但也有染坊的意思。

本公司的業務內容就是代替悲傷的飼主找回走失的可愛小狗。如果客戶要我找的是小貓，我也不會拒絕。但如果是小鳥的話，就要考慮一下了。因為我又不會飛，對小鳥也一無所知。對於超出自己能力範圍的事，基本上還是不要輕易嘗試比較好吧！至於身家調查和行為調查，我一開始就沒有打算要接，而且這也不是我開這家公司的目的。我早就跟在徵信社上班的朋友談好了，如果有這方面的工作上門，我就轉介給他，錢讓他去賺。

不能馬上登在電話簿裡，還是先登報紙廣告好了。考慮到剩下的存款，也沒辦法搞得太盛大，那就非得想一些聳動的句子才行。幸好我在上一份工作的時候有參加過文案的腦力激盪會議，只要把當時的經驗拿來用應該行得通。就在我開始玩文字遊戲的時候，才剛接上去的電話突然響了。

『……誰啊？』

我忍不住自言自語，因為這實在很奇怪嘛！這支電話是專門申請來給公司用的，應該還沒有任何人知道號碼才對。十之八九是打錯了吧！我拿起全新的聽筒：

『喂。』

『喂，請問是偵探社嗎？』

居然是客戶耶！嚇我一大跳。這一瞬間可能是我這半年來情感起伏最劇烈的一刻也說不定。

電話那頭傳來的聲音聽起來年紀很大了。而且不光是年紀很大，那種帶點嘶啞的嗓音令我想起我外公。我外公是務農的，他在電話裡的聲音就好像還不習慣利用電話跟人溝通一樣，帶著一股泥土的味道。可無論如何，這肯定是我第一位客戶沒錯。雖然我臉上的表情還是文風不動，但聲音已經變成營業用的，既響亮又快活：

『是的，這裡是「紺屋S＆R」。』

『呃……這是我第一次打電話到偵探社，所以什麼也不懂……』

『別這麼說，也不用緊張，放輕鬆就行了。』

反正我也是第一次。

偵探這兩個字害我有點心虛，可是除此之外，我又想不到有什麼一般性的名詞可以用來指尋找寵物的業者，所以心虛歸心虛，還是默默地接受了。

電話那頭陷入了一片欲言又止的沉默。氣氛真是凝重。如果對方一直保持沉默，我只好主動問點什麼來打破僵局，看是要問他『你的狗不見了嗎？』還是『你怎麼會知道這個電話號碼的？』而且還是事務所的電話號碼。正當我東想西想的時候，對方下定決心似地開口了。

『你可以幫我找我的孫女嗎？』

『孫女？』

聽起來不像是狗的名字。

『是您的孫女嗎？』

『是的。我聽人家說你那邊是專門找人的公司。』

我是專門『找』沒錯啦！但對象並不是人。看樣子是一場誤會。

『不好意思，請問是誰介紹您來找我的呢？』

『介紹？哦——是大南先生的兒子介紹我來的。』

原來如此。我稍微把聽筒拿開了一點，免得讓對方聽見我不以為然地嘖了一聲。大南那傢伙，全名叫做大南寬，他的話的確是知道我的新工作和電話號碼。他可能是基於一番好意，想介紹工作給我這個從都市夾著尾巴逃回鄉下，傷痕累累的可憐朋友。聽起來似乎是一段佳話，但難道是我忘了告訴他我只想要尋『狗』而不是尋人嗎？

『大南先生的兒子跟我拍胸脯掛保證，說你是一位工作非常認真的人，一定會把我的事當成是自己的事一樣要緊的。你願意幫幫我嗎？』

這我得考慮考慮。雖然說自己送上門來的工作實在不應該拒絕，可是開業的第一件委託就出乎我的意料之外，實在令人有點頭痛。當然，貌似懇切地聽一下事情的來龍去脈這我還辦得到。但如果只是要聽他說話，根本用不著我，給他一面牆壁就行了。我一邊胡思亂想，一邊問道：

『請問您現在人在哪裡？』

『我在你公司對面的電話亭裡。』

我把電話線儘可能拉到靠近窗邊的地方，透過窗戶往下看。

現在是夏天，強烈的陽光曬得我連眼睛都快要睜不開了，連忙用手背擦掉忽然冒出來的淚水。

眼前是一條寂靜的商店街，我的事務所位於一棟四層樓的老舊公寓裡。一樓是便利商店，託它的福，整棟公寓的外觀還不至於太遜，只是牆壁稍微有些龜裂。二樓就是我的辦公室。

的確，樓下的電話亭裡是有一個脖子曬得黝黑的男人在裡面。既然人都來了也沒辦法，總不能叫他回去吧！我舔了舔嘴唇，痛快地舉白旗投降：

『這樣啊！那麼本事務所一定會誠心誠意地為您效勞。不過不好意思，我現在手邊還有別的事在忙，可以請您再等我十分鐘嗎？好的，那待會見了。』

我看了一下這個房間。十分鐘剛好夠我把T恤換成襯衫。但是屋子裡還是彌漫著一股今天才剛開業的氣氛，這實在有點糟糕。

顧不了那麼多了，總之我得先找個地方把電話的包裝盒藏起來。

2

來人穿著一件白色的襯衫，上頭套著深綠色的運動上衣，還中規中矩地繫上了領帶。只不過從曬得黝黑的臉、布滿了皺紋的額頭、指節粗糙的手上還是可以看得出來，他平常應該是很少做這種打扮的。這麼說來，我似乎還聞到了淡淡的樟腦丸味道。至於年紀嘛，看起來至少有六十歲了。

『我叫做佐久良且二，在小伏種田。』

老先生一邊報上他的姓名，一邊打量著事務所的每一個角落。我想他的視線之所以飄浮不定，應該不完全是因為他第一次來到這種地方，所以感到緊張吧！我想他同時也在觀察事務所的樣子，觀察我是不是值得他託付的人。雖然注意到這一點，可是我並不打算向他解釋屋子裡之所以還空盪盪的理由。只是對他點了點頭，作出一個『遠道而來真是辛苦了』的表情。

『您是從小伏町來的呀！請問是自己開車過來的嗎？』

『不是，我是坐公車來的。』

『原來如此，那一定很累了吧？』

必恭必敬的語氣和源源不絕的笑容是我這兩年在都市裡生活所獲得的少數收穫之一。而這兩項收穫似乎也使得老先生慢慢地放下了戒心。

『我平常連公車都很少坐的。只是在小伏連個可以商量的人都沒有，只好來找你。』

『原來是這樣啊！感謝您大老遠從小伏町來到「紺屋S&R」。』

如果可以在出發之前先給我個電話，讓我可以作好準備的話，我會更感激的。

我和佐久良面對面地坐著，中間隔著一張茶几，茶几上什麼東西都沒有。別說是煙灰缸了，就連一杯茶也沒有。不是我不懂得待客之道，而是我根本連茶具都還沒有準備好。而且這才發現，我連名片都還沒有印。以前都是公司幫忙準備好的，所以我壓根忘了這件事。看來在登報紙廣告之前，該做的事情還多得很呢！

這條街雖說是連接著八保市和小伏町的道路，但是中間其實還有一段長長的山路。不管佐久良是從小伏的哪個方向過來的，開車至少都要花上一個半小時，公車的話，可能還得再多個三、四十分鐘吧！他居然能夠在沒有事先約好的情況下，從那麼遠的地方跑來，這點實在令我滿佩服的。

『請問有什麼我能夠為您效勞的地方嗎？』

我直接開門見山地挑明了問，然後就看見佐久良那張曬得黝黑的臉上浮現了緊張的神色。

『您在電話裡提到，要我幫忙找回您的孫女對吧？』

『……』

佐久良低下了頭，沉默不語。都敢沒有預約就直接殺來了，現在是在猶豫個什麼勁？我想我大概知道原因，因為他不知道能不能相信眼前這個看起來有點傻傻呆呆的男人。而且，可能還有個比這更重要的原因，那就是他認為求助於別人本身就是一件丟臉的事吧！

我又不是心理醫生，營造出一個讓人可以放心地講出心裡話的環境，並不在我的工作範圍之內。如果是找狗的話還另當別論，找人的工作我本來就不太想接。

『會不會只是離家出走呢？』

如果是離家出走，恕本事務所無能為力——我正打算用這句話打發他回去的時候，沒想到他對『離家出走』這四個字產生了好大的反應：

『才不是離家出走！我孫女一向既乖巧又聽話的。』

他那淩厲的眼神瞪得我內心直發毛。光憑這句話就可以聽出佐久良有多疼愛他孫女了。不過無論如何，我們之間的對話總算是成立了。

『原來如此，不是離家出走啊！那您要我幫忙找人是什麼意思呢？』

『因為最近都連絡不上她……』

『這樣啊……電話打不通嗎？』

『不只是這樣……』

似乎終於下定了決心，佐久良握緊了放在膝蓋上的拳頭，把身體稍微往前坐直了一點。

『我想請你幫忙找的是我孫女桐子。我兒子媳婦這幾年來都一直住在八保，桐子也一樣住在八保，不過因為桐子很黏我老婆，所以她常常一個人跑來我們家玩。桐子從小就很喜歡爬樹，是個活潑好動的女孩。好不容易考上了大學，聽她說想要在電腦相關的公司上班，經過了一番努力，終於給她找到理想中的工作。我因為沒唸過什麼書，所以電腦那些我並不懂，不過聽說是間大公司，而且職位還不錯，所以我們也都很放心。這已經是兩年前的事了。可是最近卻發生了一連串奇怪的事。』

佐久良打開他帶來的袋子，從裡面拿出了一疊紙，開始一張一張地攤在茶几上，分別是行動電話的帳單、美容院的傳單、眼鏡行的折扣券……等等。看樣子都是塞在信箱裡的廣告信，並沒有什麼特別可疑的地方。但我注意到這些郵件的收件人都是『佐久良桐子』。

我把視線從郵件移到佐久良的臉上，只見他沉重地點了點頭。

『好像是寄給桐子的信件都轉寄到我家來了，這點我也覺得很奇怪。雖然我老婆也覺得很不可思議，不過她叫我不要管那麼多，反正也只是信件而已。可是，當我們開始收到這些寄給桐子的信件之後一個多月，就接到現在搬去名古屋住的兒子媳婦打來的電話，說是和桐子失去了連絡。』

『是喔……』

我突然有一股不祥的預感。雖然佐久良說桐子不是離家出走，雖然我也繼續掛著安撫人心的笑容，但是我已經猜到接下來的話題十之八九不會太輕鬆了。

『當時我媳婦的娘家因為要辦法事，所以要跟桐子連絡。你剛剛也問過我電話的事嘛！沒錯，就是打不通。就連行動電話也都打不通。一開始我兒子媳婦還以為桐子只是單純的不在家，然而隨著日子一天天過去，也開始漸漸地不安了起來。一方面法事也不能一直耽擱下去，只好打去桐子上班的公司。』

講到這裡，佐久良停了一下，嘆了一口氣之後接著說道：

『他們說桐子早就把工作給辭掉了。』

佐久良的語氣充滿了惋惜，我連忙擺出『那真是太可惜了』的表情來附和他。

『我兒子媳婦也覺得事情有點不太對勁，想說光靠電話實在解決不了事情，就在這個月的三號跑了一趟東京。沒想到，就連桐子租的房子也……』

不用想也知道事情的發展。

『早就已經人去樓空，而且也沒有人知道她去了哪裡，對吧？』

『房東明明記得桐子的長相，可是在她要搬出去的時候卻連問也不問一聲。真是太無情了。』

『公司的人怎麼說？』

『說她上個月底就提出辭呈了。』

原來如此。我的臉上終於失去了笑容。

『也就是說，桐子小姐失蹤了，對吧？』

這次佐久良的反應雖然不再像剛才聽到『離家出去』四個字時那麼激烈，但還是被『失蹤』一詞給刺了一下，抬起頭來，臉上的表情是堅決不想接受這個事實的僵硬，過了一會兒，終於慢慢地點了點頭。

『有報警了嗎？』

『還沒有。因為不管是把工作辭掉，還是把房子退租，桐子都有確實地辦好手續，所以想說警察可能不會受理。而且如果桐子其實有什麼苦衷的話，通知警察似乎也只會使事情變得更複雜。』

『嗯，這倒也是。』

尋找失蹤人口——怎麼開業第一天就來個這麼麻煩的案件啊！我記得明明有跟大南說過，我這家事務所是『尋找走失小狗』的呀……

既然都把搜索救助寫在事務所的名稱上了，我打從一開始就沒有要挑三揀四的意思。只不過，對我來說，找人要比找小鳥難多了。我到底能不能滿足委託人的要求呢？或許是我內心裡的不安化成嚴肅的表情出現在臉上，佐久良忐忑不安地問我：

『你願意幫我這個忙嗎？我還有田裡的工作要做，又沒有車子，就算想找也沒辦法找。我老婆膝蓋又不好，連出個門都有困難。再加上……加上……桐子還是個黃花大閨女……』

『所以也不能大張旗鼓地找，對吧？』

小伏是一個很小的小鎮。小鎮裡的蜚短流長有多恐怖我是知道的。在這裡，潔身自愛是一件理所當然的事。

我想了一下。

『……我明白您的顧慮。但是啊，佐久良先生，關於這一點我恐怕沒有辦法答應您。您希望我幫您找回孫女，卻又不准我張揚，這怎麼可能呢？找人不就是拿著照片，大街小巷地去問有沒有人看過這個人嗎？當然我會盡量低調，但是如果要我做到完全不讓任何人知道，敝公司恐怕沒有辦法接您這個案子。』

『果然還是不行嗎？』

『真的非常抱歉。』

佐久良的臉色非常難看。看樣子他還真的指望我能夠完全在檯面下搜查，就把他的孫女找出來還給他。可惜我並沒有那樣的本事。由於他的臉色實在太難看了，我有預感他會收回成命，那樣的話真是求之不得。突然叫我尋找失蹤人口，對我來說壓力實在是太大了。一開始還是先從尋找走失小狗做起比較好。一開始是，接下來是，再接下來也是。

沒想到佐久良考慮再三之後竟然說：

『事到如今也沒有別的選擇了。』

這個結論還真是出乎我的意料之外，不過我馬上就發現其實也沒什麼好意外的。

雖然說是大南介紹的，可是對於佐久良來說，我畢竟還是一個完完全全的陌生人，但他還是來找我商量，表示他真的下了相當大的決心，而且也一定早就做好了要花大錢的心理準備，可見他是真的非常擔心他孫女的安危。既然如此，犧牲掉一點面子上的問題，想必也早就在他的覺悟之中了吧！

佐久良繼續用沉重的語氣囑咐我：

『不過，還是請你儘可能不要引起莫名其妙的流言。』

『我知道，這是當然的。』

假設真要接下這個案子的話，這點當然要為對方著想。但是，我實在沒辦法說接就接。畢竟這不是在我預料範圍之內的工作，還是得有所保留才行。否則的話，不管是對委託人還是對我自己都不會有好處的。能夠把醜話說在前的就先說在前，能夠事先取得對方承諾的就先取得對方承諾。

因此我也擺出了就事論事的態勢。

『只不過，有一點我實在想不明白。照這樣看來，您孫女應該是從東京失蹤的，我十分清楚您著急的心情和不想讓警方介入的顧慮，但是，既然您孫女是在東京失去連絡，為什麼不直接雇用東京的偵探呢？敝公司的活動範圍基本上只限於這條街上……也就是八保市周圍一帶而已喔！』

我本來還以為佐久良聽了這句話之後，滿布皺紋的臉上會出現錯愕的表情，沒想到他只是不斷地搖頭：

『不行，一定要找八保的偵探才行。因為這些原本是要寄給桐子的信之所以寄來我家，不就是因為她打算來找我，所以才把地址改成我家的地址嗎？』

我想了一下佐久良說的可能性。只是，在我還沒有想出一個結論之前，佐久良又從皮包裡拿出一張明信片。

『還有就是這個。』

收件人是小伏町的佐久良且二。問題在於寄件人，以及上頭的郵戳。

上頭用水性的原子筆寫著投遞處為八保市，投遞日為八月十日，而寄件人是佐久良桐子。

翻到背面，是一張普通的風景明信片。照片是東京鐵塔的大特寫。上頭連一個字都沒有。

『這是……』

『桐子一定就在八保市。所以我才會來拜託你。求求你，請你一定要幫我把桐子找出來。』

佐久良說完，深深地朝我鞠了一個躬。

這個人，每天都在太陽底下辛勤地工作吧！我望著佐久良曬得黝黑的後頸，小小聲地，嘆了一口氣。

都已經聽他講了這麼多，怎麼好意思再告訴他『敝公司是專門尋找小貓小狗的』。雖然這次要找的生物體積稍微大了點，不過我對委託的內容本身倒沒有什麼不滿。

既然這樣的話，交涉就應該要從答應與否，進入到實際的報酬條件了吧！

3

『這樣不是很好嗎？馬上就有工作找上門來了。我本來還在想，你那家調查事務所會不會一整個月都沒有一個客人上門呢！』

面對對方調侃的語氣，我只是不帶任何感情地冷冷回她一句：『有什麼好的？而且不怕老實告訴妳，我本來也跟妳想的一樣。』

送走佐久良且二的一個小時之後，我跑出來透透氣。從事務所走路約三分鐘的距離，有一家叫做『D&G』的咖啡廳。正式的店名其實是叫做『Dripper & Gripper』❸，不過招牌和門板上都只有採用『D&G』的簡寫，這點和我的『紺屋S&R』倒是有異曲同工之妙。店內以白色和米黃色基調，擺上一些花花草草枝枝節節的可愛飾品，還算得上是一家時髦的小店。開業至今已經兩年了，拜每天都有仔細地打掃所賜，所以整家店裡都還看不出歲月的痕跡。和現在的我實在很不搭調。雖然我有自知之明，可是方圓百里之內又沒有其他的選擇。附近雖然還有另一家咖啡廳，可是如果要我喝那家店的咖啡，我還不如自己買瓶無糖的罐裝咖啡回家煮一煮算了。由於我一天只能喝一杯咖啡，如果這杯咖啡又不好喝的話，那我的人生還有什麼意義呢？

話雖如此，可是我其實也不怎麼愛來這家『D＆G』。老闆是個只要能夠煮出比昨天還要好喝一點點的咖啡就覺得很滿足的年輕人，渾身上下都散發著人畜無害的柔和光芒。問題出在服務生。問題是在於那個圍著一條上頭印著『D＆G』的店名和貓咪圖案的圍裙，一邊洗著杯杯盤盤一邊和我聊天的女服務生。挑染過的頭髮剪成雜亂無章的風格，五官的輪廓相當立體分明，身材雖然嬌小，但是態度卻非常傲慢。這個和我乍看之下有點像，可是又不太像的女人，其實是我老妹。

河村梓，在冠夫姓之前叫做紺屋梓。年紀比我小三歲。而那個決定和小梓結婚，品味顯然和我差了十萬八千里的男人，就是這家店的老闆——河村友春。這家店之所以能夠這樣乾乾淨淨、漂漂亮亮的，全拜小梓的品味所賜。

我們兩兄妹之間的感情既不算太好也不算太壞。小梓對我務實的生涯規劃和之前所遇到的挫折始終抱持著漠不關心的態度；我對她自由奔放的及時行樂主義，和在那之後突然一百八十度的大改變，選擇過起安定的結婚生活，也沒什麼太大的意見。我也不是不好意思走進妹妹經營的店裡，只是覺得像這樣坐在吧檯發呆，好像會影響到他們做生意就是了。

另一方面，小梓倒是笑得毫無芥蒂。一面把堆在流理臺上的咖啡杯洗乾淨，一面問我：

『那是什麼樣的工作呢？抓狗嗎？』

『才不是，跟狗無關。』

❸Dripper意指沖泡咖啡的濾杯，Gripper指的是夾具。

『這樣啊？因為你以前說你那家公司是專門尋找走失小狗的，最近剛好又有流浪狗出沒，所以我還以為你也加入捕狗行列了咧！』

『流浪狗？』

這三個字對我來說還算滿新鮮的。對照前後文，應該不是指那些流落街頭的無賴漢吧！所以我忍不住接著問：

『這附近有流浪狗嗎？』

『你沒聽說嗎？好像就在南小那邊。有小孩被咬了，聽說還被咬得滿慘的。』

這我還真的沒聽說過。如果是在南小附近的話，那和我現在住的地方還滿近的嘛！看樣子，當我窩在那間小小的公寓裡，無所事事地一天混過一天的時候，已經完全和這個社會脫節了。

小梓一邊極有效率地增加已經洗乾淨的杯子數量，一邊幸災樂禍地說道：

『好像是滿大隻的狗，已經有兩個人被咬傷了，其中一個聽說傷得頗嚴重，還出動了救護車呢！不過，說大隻也只是小孩子眼中的大小，應該沒什麼了不起的吧！你不是一直很想要尋找走失的小狗嗎？怎麼不去接這種工作呢？』

話是沒錯啦……

『……就是說啊！如果有人委託我的話，我還比較想要接這種工作呢！』

可是話又說回來了，抓流浪狗這種事，應該是衛生所的工作吧！跟調查事務所似乎八竿子也打不著。

『所以你到底接了什麼樣的工作呢？』

『妳說我嗎？找人啦！尋找失蹤人口。』

小梓總算把流理臺裡的杯子全部洗完了，這回手上的菜瓜布換成了抹布。然後斜眼看了我一眼，不以為然地笑了：

『找人啊？老哥你行嗎？』

我啜飲了一口咖啡。平常要用哪種咖啡豆，我都交給友春作主，今天的是卡洛西咖啡。風味非常地柔和，喝起來十分順口。相當符合我現在的心情。

『該不會是離家出走吧？啊！我是不是不可以問這麼多？』

『無所謂啦！妳一次問完我還比較輕鬆呢！』

我把杯子放了下來。

『那個人原本是要從東京搬到小伏來的。是有從東京的住處搬出去的痕跡，可是卻沒有搬過來的痕跡。所以本來預定要住在一起的家人非常擔心，想要知道她現在人在哪裡。』

以上的說明全都是實話。這是我在接受佐久良的委託之後，把一些枝枝節節刪掉之後所整理出來的場面話，全都是些告訴別人也沒有關係的內容。剛好藉這個機會試試這種說法行不行得通。

小梓擦杯子的手停了下來。不過看樣子她對我剛剛說的話並沒有什麼懷疑之處，還半開玩笑地問我：

『那個人會不會已經死掉啦？』

『如果是的話就傷腦筋了，死掉的人是要從何找起啊？』

『如果不是死掉的話，會不會是跑去美國啦？』

如果是那樣的話，倒可以向佐久良且二申請一筆經費，假找人之名，行美國旅遊之實，不過這當然是開玩笑的，我可沒有那麼強的行動力。

我拿出了小型的公事包。這是我還在上一家公司的時候買的，想說以後在工作上也可以用，所以就一直留了下來，一直到剛才都還放在我的腳邊。深咖啡色的真皮材質，雖然不到可以拿出來到處向人炫耀的名牌，但也還算是小有價值。我把明信片從裡頭拿了出來。

『……可惜都猜錯了。這是她前幾天才寄給家人的明信片。』

然而，小梓只是看了一眼。

『你敢保證這一定是本人寫的嗎？』

基於這麼多年的相處經驗，我知道小梓並不是因為對我的工作很感興趣才問我的。假設今天換成是天氣的話題，她還是可以跟我聊得很起勁的。所以我只是揮了揮手中的明信片。

『是不是一定我是不敢保證啦！只是筆跡好像真的是她本人的。』

『這樣啊……啊！歡迎光臨。』

有客人進來了，小梓立刻換上營業用的語氣。剛才一直靜靜聽著我們談話的友春也轉過頭去跟客人打招呼。我正要把明信片收起來的時候，卻發現了一個奇怪的地方。

剛才佐久良且二拿給我看的時候，我只注意到郵戳的部分。可是現在再仔細一看，腦海中馬上就浮現出一個再自然不過的疑問——

明信片上的字全都是手寫的，分別是郵遞區號、地址、收件人姓名、寄件人姓名。而且應該全都是用同一枝筆寫到底的。從外行人的角度來看，所有的筆跡也都一樣。就算把明信片翻來覆去，從不同的角度來看，也看不出來有什麼特別的機關。

地址上既沒有寫縣名也沒有寫郡名❹，就只寫了『小伏町谷中』。那是因為她覺得只要寫上正確的郵遞區號就可以寄到呢？還是因為她覺得小伏町就在八保市的隔壁所以省略呢？不管是哪一個原因，這種省略法通常都是只有當地居民才會做的事。

桐子曾經和父母一起住在八保市，也常常去小伏町的爺爺奶奶家玩。換句話說，雖然中間有段空白，但佐久良桐子依舊可以算是當地居民，所以她寫的地址會出現這種省略，也沒什麼特別不可思議的地方。

我想不透的是，她為什麼要寄明信片給爺爺奶奶？而且還是一張什麼東西都沒寫的東京鐵塔明信片。她從八保市寄出這張明信片，到底想要表達什麼呢？

我想這跟桐子現在人在哪裡，應該多多少少會有一點關係吧！

如果可以的話，我真希望這兩件事情是沒有關係的。事實上已經失蹤的桐子如果再被捲進什麼事件裡，那可就太複雜了，我會很困擾的。

裡裡外外都沒有任何訊息，到底是表示這張明信片本來就沒有其他的意義？還是說，對於桐子和她的爺爺奶奶來說，東京鐵塔象徵著什麼外人所不知道的秘密呢？

花了好多時間細細品嘗的咖啡終於也見底了。我站起來，拿起帳單到櫃臺結帳，友春已經代替小梓站在那裡等我了，還不好意思地跟我說了聲『謝謝惠顧』。

4

回到事務所之後，我草草地把辦公室收拾了一下，就站到窗邊，眺望著黃昏的街道。

這條街位於高處，四周圍都是山坡地。幾十年前的林業政策把這一帶的樹木全都改種成杉樹，卻也因此讓這片山地變得死板板地缺乏變化。現在，這些山就把夕陽遮住了，所以即使是在比地平線還要高上許多的位置，還是看不到夕陽。我望著眼前的景色，思緒卻飄得老遠。

❹日本行政區的劃分單位，相當於臺灣的市。

想要開始進行佐久良桐子的搜索行動，我還需要很多基本資料。雖然佐久良且二顯然是鼓足了勇氣才找上『紺屋S&R』的，但是他在面對這種事情的時候的確是沒什麼經驗。雖然他有記得把明信片帶來，但是最關鍵的本人照片卻連一張都沒有。因此我請他準備桐子的照片和履歷表給我。當然不太可能拿得到桐子自己寫的履歷表，所以我請他另外再做一份給我。我主要只是想知道她在八保市的那一段期間裡所發生的事。再加上她畢業的學校、工作經歷、搬過幾次家等等。我還有特別告訴他，除此之外的，如果他不想寫就不用寫了，只要這些資料都準備齊全，我就可以開始找人了。

也就是說，我現在之所以還可以在這裡悠閒地欣賞夕陽，是因為我還沒有正式開工的緣故。

話雖如此，其實如果真正想做的話，還是有一堆事情可以做的。像是我得跟桐子的父母連絡一下。還有，小梓說的可能性雖然不高，但還是有必要去翻一下報紙，看看最近這一帶有沒有出現身分不明的屍體之類的。

只不過，大腦雖然知道有很多事情可以做，但身體卻完全不想動。除了有一部分的原因是還沒開工所以不想做事，其實最主要的原因還是我根本連動都懶得動。

不管是接待用的茶几、沙發、全新的電話、有點老舊的窗戶、裝飾用的盆栽、還是這整件委託案，對我來說，都好像是另一個世界裡的東西。我為什麼會在這個地方做這種事情呢？

難道只是因為搜尋失蹤人口的事不在我的預料範圍之內，就令我感到畏縮了嗎？……不，不是的。我從一開始就沒有打算要對工作挑三揀四的。對我來說，想不想做根本不是重點，唯一的問題只是能不能勝任。尋找佐久良桐子這件事雖然不在我的預料範圍之內，但是我也相對地開出了對自己十分有利的條件。日薪雖然不高，但事成之後的酬勞卻是一筆不小的數目。這是為了減少委託人和我雙方面的風險。所以只要調整中間的比例，找狗和找人基本上沒什麼太大的差別。

只是，我就是沒來由地覺得好累。

以前的我並不是這樣的。

從八保市已經看不到夕陽了。

我以前住的地方是一個平疇闊野的城市，有時候還可以看到夕陽吻上地平線的樣子。那個地方就是東京。雖然我離開東京才半年，可是感覺上卻好像已經是好久好久以前的事了。

說得誇張一點，我這一生過得其實還算平順。成績基本上都還算優秀，與人相處也沒有什麼特別麻煩的問題，本來也擁有與常人無異的理想與抱負。考上理想的大學之後，沒多久就開始找工作，也順利地從激烈的競爭中脫穎而出，找到一份銀行員的工作。在我離開故鄉以前，滿心以為只要把上頭交代下來的工作做好，接下來的人生就應該一帆風順了。

身體出現狀況是在我搬到東京之後沒多久的事。

發紅、出疹，和雖然不嚴重但就是怎麼抓都止不住的癢。每天晚上全身都癢得睡不著覺。身上開始出現大大小小的抓傷，就連眼睛也開始感到隱隱作痛。查了資料才知道，那是因為身體在睡著之後仍然會對搔癢的感覺有所反應，所以在睡著的情況下還是很用力地揉眼睛。聽說再這樣下去的話，有可能會造成視網膜剝離，逼不得已，我只好把自己的手綁起來睡覺，也因此我對怎麼綑綁可以說是小有研究。但漸漸地，眼睛的疼痛愈來愈嚴重，睡眠品質也愈來愈糟糕，惡性循環之下，身體也就跟著愈來愈不舒服了。

但醫生卻只是淡淡地說了句：『你這是異位性皮膚炎，最近很多成年人都有這種毛病喔！』

偏偏銀行員是一種每天都要跟顧客接觸的工作。尤其我才剛考上，基本上是一定要坐櫃臺的。然而，我的臉因為每天晚上被我亂抓，脫皮也就算了，紅腫的皮膚還會滲出奇妙的液體，搞得我根本就沒辦法專心工作。

儘管如此，我還是撐了下來。連我自己都覺得我很能撐。

我撐了兩年。

一開始，我還抱著『既然是生病，那總有一天可以治好吧！』的一絲希望。當我得知這種毛病不太可能根治的時候，也還不放棄『只要能夠找到與它和平共處的訣竅，症狀應該就會減輕吧！』的希望。聽說這種毛病的原因是過敏，因此所有可能引起過敏的食物我一概不碰；又聽說皮膚太乾燥可能是另一個原因，所以我就認真地擦藥，也頻繁地回醫院複診，甚至還請醫生幫我注射類固醇。

然而，症狀非但沒有減輕，反而更惡化了。我明明就比以前更勤勞地打掃房間，可是為什麼我房間裡的灰塵卻反而變多了呢？不管我怎麼打掃，地板上還是每天都蒙著一層灰。當我終於明白那是什麼東西時，真不知道是該哭還是該笑。那層灰其實是從我身上掉下來的皮屑，掉在地板上，每天都把地板鋪了白白一層。

就連醫生也束手無策，所有的藥都試過了，還是沒有效。到底是什麼原因呢？誰也說不出個所以然來。只知道我在出社會之前明明都還好好的呀！

過年回家的時候，看到我身上滿是破皮流血的傷口，祖母當場就哭了起來。

『回家吧！長一郎。你去東京之前根本沒有這種毛病呀！』

我明白祖母的好意，但心裡還是免不了天人交戰一番。因為我從高中的時候就立志要當銀行員或公務員。不過到了今時今日，我其實也搞不清楚自己是不是真的那麼想當了。只是，我花了那麼多的時間、精神、奮鬥與努力，就是為了要當上銀行員或公務員，從此過著平靜的日子。如今要我把這些全部丟掉的話，等於是否定了我過去的人生。

祖母不介意自己的手被我的血弄髒，不停地撫摸著我的手臂。可是就連這麼輕微的刺激，也癢得令我快要發瘋。

『我知道你一定很不甘心、很不甘心吧！可是啊，長一郎，你去照照鏡子，問問你自己，你把自己搞成這步田地，到底是在堅持些什麼呢？搞成這樣……又是流血……又是眼睛不好的……』

接下來的話全都淹沒在哽咽的聲音裡。

我認真地思索著祖母的提議，捫心自問，我到底想做什麼？就在我發現我其實也答不出什麼像樣的答案來時，就把工作辭掉了。

最諷刺的是，當我回到八保市之後，才短短的一個月，我的身體就幾乎完全康復了。

不過，我也失去了一些東西。像是穩定的收入和社會地位就不用講了，就連從我進入銀行業之後所建立的人際關係也差不多都在同一時間失去了。最恐怖的是，我好像連體力也失去了。和病魔的長期抗戰似乎已經把我的體力全都榨乾了。

此外，我還失去了喝咖啡的嗜好。之前是為了遵循醫生的指示，避免攝取具有刺激性的食物，所以一切含咖啡因的食物都被我列為拒絕往來戶。回到八保市之後，雖然症狀已經消失了，但我還是決定一天只要一杯咖啡就好。因為要是再發作的話就太可怕了。所以我乾脆發狠丟掉咖啡豆研磨機。

只是，我的精力好像也連咖啡豆研磨機給一併丟掉了。我完全不知道該做什麼才好，就這樣過了半年行屍走肉的生活。

我知道所有因為生病而不得不把工作辭掉的人，並不會全都像我一樣，變成一具行屍走肉。當我認清這個事實之後，我這才恍然大悟，我並不是因為皮膚病的關係才變成一具行屍走肉的，而是我本來就是一個非常脆弱的人，皮膚病只是壓倒駱駝的最後一根稻草罷了。我不知道我對自己的了解是否正確，而且就算正確也已經改變不了什麼。

離我而去的精力完全沒有要回到我身邊的跡象，如果我再一直這麼行屍走肉下去的話，它只會離我愈來愈遠。伴隨著存摺的餘額一點一滴逐漸減少，我那顆不知道從什麼時候已經變得有點癡呆的腦子終於開始出現了危機意識。自己想了半天再加上和朋友商量的結果，我決定先從做點簡單的小生意開始。本來是想要開一家什錦燒專賣店的，可是從事餐飲業的話可能得常常碰到水，考慮到對皮膚的影響，最後還是放棄了。

於是就開了這家調查事務所。可是人家本來只是想要找尋走失小狗的說……

夕陽終於沉到山的另一邊。『紺屋S&R』陷入了一片黑暗。

5

我一大早就起床了。因為都沒有用到什麼體力，所以身體自然很早就醒了。

從東京回來之後，我租了一間小小的公寓棲身。以我的身體狀況來說，其實應該是木質地板比較好，不過因為一時找不到合乎理想的房間，所以只好將就於榻榻米。

接下佐久良且二委託的第二天早上，我一邊吃著由白飯、鱈魚子、加了麩子的味噌湯所組成的簡單早餐，一邊看報紙。在我最委靡不振的那段時期，我連電視節目表都不想看，但現在是要查資料，所以就另當別論。首先從社會版看起，假設桐子已經死了，假設屍體也已經被發現的話，那麼應該會出現類似『發現一具才剛死亡不久的年輕女屍』的報導，而且版面應該還不會太小。可是我從頭到尾把社會版看了一遍，並沒有什麼發現身分不明的屍體消息。

接下來是地方新聞。

地方新聞的頭條是為了迎接即將到來的夏日廟會，準備工作的進度報告。小伏町和鄰近的六桑村之間有一種交換跳盆舞❺的習俗。聽說是以兩個地區的小學生為對象，進行舞蹈的練習。另外，還有針對老年人交通安全講座的消息。和往年比起來，今年死於交通事故的人數似乎又多了一點。另外還有幾則滿聳動的新聞，像是便利商店被搶了四千萬的新聞，不過犯人倒是馬上就被抓到了，據說是名五十一歲的搶匪，這年頭的中年人還真恐怖。不過，看來看去就是沒有發現身分不明的屍體的消息。

吃完早餐之後，我在最多只能塞進一個平底鍋的狹小流理臺裡把碗洗乾淨。洗的時候當然是戴著塑膠手套，以免皮膚沾到洗碗精。然後喝了一杯焙茶來代替飯後的咖啡。綠茶因為裡面含有咖啡因，所以也不能喝。

換好衣服之後，我就出門了。得去事務所看看佐久良且二的資料送來了沒。過去這六個月來，我已經很習慣這種光是等待，其他什麼事都不做的生活了。差別只在於，是待在家裡沒事做，還是待在事務所裡沒事做罷了。我把舊報紙塞進公事包裡，那是我從最近這一個禮拜的社會版和地方版上剪下來的報導。不過我覺得看了也是白看，因為如果有疑似桐子的屍體出現，佐久良且二不可能不告訴我的。

我總是開著一輛里程數快要飆破五位數，幾乎已經可以報廢的中古車前往事務所。那是我回到這裡之後，花了八萬圓買的，破爛歸破爛，至少還是可以代步。當我走向位於公寓旁邊的停車場時，看到兩個中年婦女，像站衛兵似地在周圍巡邏。那個背影看起來好像是我的鄰居，對方好

❺日本在中元節的時候不分男女老幼大家集合起來一起跳的舞。

像也認得我，所以一看到我的時候，還擠出了一抹生硬的微笑。

『早安。』

我也堆出滿臉的笑容來回應她。不過就僅止於點頭打招呼，我並沒有興趣知道她們一大早就在這裡做什麼。

不過，我馬上就想起來了，這應該是為了昨天小梓說的流浪狗咬傷人的事件吧！因為現在正在放暑假，所以家長沒辦法時間到了一起把小孩送進學校，時間到了再一起把小孩領回家。要是出現第三個受害者就不好了。

我在精神上支持她們，然後把自己塞進車子裡。這輛車動是會動，但不能動的地方還是很多。舉例來說，像是電動窗和冷氣就都故障了。不管是要開窗還是要關窗，都得先把車門打開，用手夾住玻璃，再用盡吃奶的力氣去把窗戶拉上拉下的。太陽一大的時候，車內的溫度就好像烤箱一樣。用來修行是還不錯，但除此之外就再也沒有其他的優點了。

發動引擎。這樣也算是要出門上班了吧！我心裡面不禁這麼想。

我把車子停在距離事務所還有好幾百公尺的月租停車場裡，走在威力逐漸增強的大太陽底下。其實從停車場要回事務所的話，從大樓的後門進去會比較近。所以今天我也是從後門進去的，只是因為想說再去便利商店買份別的報紙來看看好了，所以又從大門穿了出去。

門口站著一個年輕的男子。上面披了一件夏衫，下面穿著一條褪了色的牛仔褲，一頭朝天的亂髮染成極為明亮的淺棕色，明明就沒有任何人在看他，卻還是裝模作樣地把身體倚在斑駁的牆壁上。

沒想到一大清早居然就有這種莫名其妙的傢伙出沒，不過既然是在便利商店前面，倒也沒有什麼好奇怪的，反正又不關我的事。正當我打算走進便利商店的時候，那個男的突然轉過身來，站在我的面前，擋住了我的去路。

我還搞不清楚現在是什麼狀況的時候，他就先恭敬地對我鞠了個躬。

『好久不見了，紺屋部長！』

我認識這個人嗎？

在我大腦的各項運作中，自認比常人稍微好一點的就是記憶力了。不管是文章、旋律、味道，還是人的臉和名字，我只要記過一次就可以記得很久。可是眼前這個男人我真的一點印象都沒有。他剛才好像是叫我什麼部長來著？我才在銀行上班兩年，想也不可能升到部長，那就是學生時代的社團活動囉！這麼說來，我的確是當過劍道部的部長沒錯。

那人把頭抬了起來。經過處理的細長眉毛、尖尖的下巴、長長的臉、微微往上吊的小眼睛……難道是──

『半平？』

『是的，部長！』

半平很高興地笑了。

這個人姓半田。打從父母為他取名為平吉的那一刻開始，似乎就注定他這輩子都要給人叫做半平了。事實上，從小學、國中到高中，他的綽號也的確都是半平。雖然是劍道部的一員，但還是很遜，其實我也好不到哪裡去，因為我們高中的劍道部本來就是一堆遜腳。

我再把半平從頭到腳仔仔細細地打量了一次。

『你變了好多呢！』

『是嗎？』

他不好意思地笑了笑。真傷腦筋，我可沒有要讚美他的意思啊！我印象中的半平雖然是個很容易得意忘形的人，但也還不至於如此輕浮。可是眼前這個半平給人的感覺卻不是這麼一回事。而且今天又不是假日，他卻一大清早就出現在這種地方，想必過的也不是什麼太檢點的生活。不過那畢竟是半平自己的事，跟我沒有關係。我並沒打算在聲線裡放入太多久別重逢的溫情，而是直截了當地問他：

『你在這裡做什麼？』

『這個嘛……』他搔搔頭，含糊不清地應道。然後指指上面：『我們可以上去再聊嗎？』

發現他指的是二樓的『紺屋S&R』，我的眉頭不禁皺了起來。

『你知道我現在在做什麼嗎？』

『嗯，大南先生告訴我了。』

又是大南！我忍不住嘆了口氣。

『你該不會是有案件要委託我吧？如果是的話，請你另外找別人吧！』

『不，不是的。』

半平急忙搖手，卻反而顯得更可疑了。

『不是就好，那到底是什麼事呢？你不說我怎麼會知道？』

『呃……這個嘛……』

半平先是支支吾吾了好一會兒，後來終於下定決心，擺出立正站好的姿勢，再次朝我必恭必敬地低下頭去——

『請你雇用我！』

啥咪？

6

我所租的這間小辦公室是屬於中央空調的系統，經過一番吵死人的馬達聲後，終於有氣沒力地開始送風。看了一下信箱，並沒有佐久良且二寄來的資料。於是我和半平面對面地坐在接待用的茶几兩端。

『當偵探一直是我的夢想喔！』

半平開門見山地表現出他的熱忱，不過這分熱忱對我來說實在有點太熱了。

『我是說真的。穿著有腰帶的雙排釦男式風衣、喝著苦味馬丁尼酒、拿著左輪手槍……啊！我知道你要說什麼，現實才不是這樣的，對吧？的確，風衣和雞尾酒還好，但手槍畢竟是違法的。不是啦！我只是要表達，我一開始是因為這些才迷上偵探的。當然，我什麼事都願意做喔！不管是外遇的調查、還是結婚對象的身家調查，什麼我都……』

『那狗呢？』

『啥？你說狗嗎？』

『找狗這種事你肯幹嗎？』

『找回走失的小狗嗎？呃……這個嘛……如果部長叫我做，我當然也很樂意啊！是什麼樣的小狗呢？』

我搖搖手，阻止半平再繼續說下去。

『夢想是不能當飯吃的。你呢？現在在做什麼？』

『呃……這個嘛……』半平搔搔頭。『我現在在宅急便的集貨中心上班。』

『你打算辭掉那份工作嗎？』

『那裡只有晚上才去，所以不衝突。』

這傢伙，恐怕只是在那兒兼差吧！也就是所謂的打工族。

對我來說，半平是不是打工族，其實一點都不重要。一樣米養百樣人嘛！再說，我自己也好不到哪裡去。

問題是，不管他是打工族、油炸族還是閃光族❻，『紺屋S&R』都不需要——這才是重點。

『不好意思，我並沒有打算要請人。』

『可是部長！』

半平還是緊咬著不放。先不管有沒有要雇用他，有件事我一定得先糾正他才行：

『別再叫我部長了，都已經畢業好幾年了吧！』

『也不過才七年。』

七年啊……

當半平說出這個數字時，眼神突然飄向了好遠的地方。我應該也一樣吧！

不一會兒，兩人立刻回過神來。

『我一直在等待這樣的機會呢！我啊，換過好幾份工作，到了二十歲的時候腰受了傷，不過還是想著總有一天一定要當上偵探。我一聽到部長……哦不，是紺屋先生開了一家偵探事務所，就想說這真是天上掉下來的好機會。啊！我知道你要說什麼，這麼想當偵探的話，不會自己開一家事務所，對吧？』

我倒沒有想到那邊去，不過聽他這麼一說確實有幾分道理。我只有點頭的分。

『可是啊，我是這麼想的啦！人還是有分使喚人跟被人使喚的。我根本沒有自己開一家偵探事務所的本事，就算有，也不知道要從哪裡下手，既沒有這方面的知識，也沒有這方面的決心……你要笑我沒出息也沒關係，可是，只要是交代給我的事，我就算赴湯蹈火也在所不辭！』

就算他真的赴湯蹈火在所不辭好了，但那根本不是問題的重點。這家事務所的宗旨打從一開始就跟他預期的有所出入。我稍微坐正了一點。

『半平，你聽我說。』

『是的。』

『我這裡並不是偵探事務所，而只是專門幫人家找寵物的呦！不過……如果條件還不錯的話，搜索目標也不一定非寵物不可啦！』

『那不就是偵探事務所了嗎？』

怎麼話題好像又繞回原點了……

『我說白一點好了，這間公司可能撐不了太久喔！』

『咦？不是聽說才剛開業嗎？這麼快就已經出現經營危機了嗎？』

我搖搖頭。我的意思是，這家公司只是我為了重回社會給自己的一段過渡時期，並沒有要做一輩子的打算。不過，這種理由應該沒有必要跟半平說明吧！

『總之，我完全沒有要把業務範圍擴大的打算，所以也就不需要人手。而且最重要的是我現在手頭很緊。我僅存的積蓄能讓這家公司撐到什麼時候，連我自己都沒把握。光要養活我自己就已經是個大問題了，哪還有辦法再請人呢？』

半平的表情終於蒙上了一層陰影。

❻打工族（freeter）、油炸族（fritter）、閃光族（flicker）這三者都是日本的外來語，在發音上十分相似。

『紺屋先生……你似乎沒什麼幹勁呢！』

答對了，可惜沒有獎品。

『什麼幹勁不幹勁的我也不知道。不過，只要是答應下來的工作我就會去做。就算不是尋找走失小狗也一樣。』

『你為什麼一開始就只把目標鎖定在小狗身上呢？』

怎麼會問到這上頭來呢？

原因其實有很多，但是最主要的就只有一個。

『因為我在學生時代有打過幫忙尋找走失小狗的工。』

『……就這樣嗎？就因為這樣想當偵探嗎……』

『如果人家要這樣叫我，我也不反對，但基本上我不會刻意強調這個頭銜。』

眼看著半平終於要放棄了……

沒想到，那只是一瞬間的消沉，他居然馬上又振作起來。

『那這樣不是剛好嗎？我可是幹勁十足呢！你就讓我來幫你嘛！既然部長你提不起勁的話，那就由小弟來代勞吧！部長大人只要坐著發號施令就行了。』

『都說了不是有沒有幹勁的問題了嘛！』

再說我也已經不是什麼部長了。

雖然我再三地告訴自己，不要被半平的熱情給牽著鼻子走，不過這個建議倒也不是完全沒有價值可言。我犯不著意氣用事，一定非要把話說死地拒人於千里之外不可，於是我開始考慮起他說的話。

雖然我剛才說不需要人手，但是光靠我一個人兩隻手，真的有辦法搞定所有的事情嗎？況且我的病才剛好，天曉得會不會突然又冒出個什麼疑難雜症來。如果能多一個人來幫忙的話，應該是利多於弊吧！問題是，再多請一個人的話，必須付出的成本和可能增加的收入是否能夠達到損益兩平？這個問題如果可以解決的話，再多請一個人也沒什麼不好的。

只是，我想這個問題是沒有辦法解決的。我現在都已經有一餐沒一餐的了，哪還有辦法去談什麼損益兩平啊！

『薪水要怎麼算？我可能連基本工資都付不起喔！』

沒想到半平倒是回答得很爽快：

『那就全部採取佣金制吧！』

真是個意想不到的答案，我不禁盯著他的臉發傻。

『……你在開玩笑吧？』

在一家顯然賺不了什麼錢的調查事務所裡工作，領的還是事成之後才會有的佣金，肯定連塞牙縫都不夠吧！不管再怎麼熱血，這方面總要考慮一下吧！然而半平卻只是笑笑的。雖然笑容有一點勉強就是了。

『幸好我還有晚上的工作，雖然吃不飽但也還餓不死。你剛才說夢想不能當飯吃，對吧！我明白你的意思，可是，不好意思，當偵探真的是我畢生的夢想……』

所以他的意思是說，只要有夢想就可以不要麵包了嗎？

半平果然和我是兩個完全不同世界的人類。我只想要過著平穩安定的生活。雖然我現在的生活怎麼看都已經完全偏離平穩安定的軌道了……

無論如何，既然全部採用佣金制是他自己提出來的話，那事情就好辦多了。就算這麼微薄的薪水肯定會對他的生計造成負擔，那也是半平自己要面對的事。對我來說，能夠以這麼低的條件找到人來幫忙，真是再好不過的事了。

當然，半平得照他自己說的那樣認真工作才行。照他所說，當偵探是他畢生的夢想，為了這個夢想就算粉身碎骨也在所不惜。話是說得很好聽啦！一旦真的把工作交給他，搞不好三天就落跑了也說不定。有時候，用到不堪用的人反而會讓事情變得更複雜，這種經驗，在我那短暫的銀行員生涯裡已經遇到過好多次了。

光憑高中社團活動所相處的那幾個月，就想要判斷半田平吉到底是不是一個堪用的人，老實說，我對自己的眼光還沒那麼有信心。

等他真正落跑的時候再說吧！可話雖如此，雇用他還是得承擔一定的風險，這點是不會改變的。

到底該不該答應他呢？

半平因為太激動了，到後來幾乎是瞪著我看。我把眼神從他臉上移開，雙手抱在胸前思考。

『部長……』

半平似乎還有話要說。我明明已經告訴過他，別再叫我部長了。

就在這個時候，門上傳來了一陣敲門的聲音。

7

我本來還以為是佐久良且二的資料送來了，所以連問也沒問，就把門打開，沒想到來人是一位年約四十的男性。極其結實精壯的身材塞在一件有點破舊的外套裡，臉上曬得黑黑的，看也不看半平一眼，一雙銳利的眼神直盯著我看，非常大聲地說道：

『抱歉，你有客人嗎？』

話雖如此，臉上倒是沒有太多抱歉的表情。

不管再怎麼樣，這裡畢竟是事務所，所謂來者是客。這兩天真是客似雲來啊！我站了起來，臉上堆滿了笑容。

『沒關係，我們剛好也已經談完了。請問有什麼事嗎？』

我一邊說，一邊豎起擺在下面那隻手的食指，打了一個暗號給半平，那是要他站起來的意思。半平似乎看懂我的暗號，站了起來。接著我又把食指往旁邊指了指，意思是要他閃開。半平也乖乖地閃開，把沙發空了出來。以上的動作雖然並沒有刻意要掩人耳目地進行，但客人好像也沒有注意到我們之間的肢體語言。

『這裡是「紺屋S&R」嗎？』

『是的。』

『已經開始營業了嗎？』

『是的。』

『你就是紺屋嗎？』

『是的。』

『聽說你不管什麼事情都願意幫忙調查……』

並不是。營業用的笑臉上，似乎出現了一點裂痕。

『我不知道您是聽誰說的，不過並不是不管任何事情都可以幫忙調查。敝公司主要是負責……』

尋找走失的小狗——我話都還沒說完，就被那個男人給打斷了。

『是大南君告訴我的。你應該認識他吧？他還說了很多關於你的英雄事蹟呢！』

我一看到這個男人，就懷疑可能又是大南做的好事了，果然沒錯，又是大南那個大嘴巴。我保持著臉上的笑容，卻在腦海裡刻下『等會兒第一件事就是要去叫大南閉嘴』的備忘錄。基本上我對工作所抱持的態度是來者不拒的，可是總要有個限度吧！

總而言之，和昨天一樣，既然人都來了也沒辦法，總不能趕他回去吧！我一邊想著，一邊請人到沙發上來坐。半平站在一步之遙的地方，端正地擺出步兵稍息的姿勢。

男人沉甸甸地把自己陷進沙發裡。當我也坐到他對面的椅子上時，他突然像倒水似地打開了話匣子：

『我叫做百地啟三。在小伏町的一個叫做谷中的村落裡擔任自治會長。事實上，最近谷中的村民活動中心正打算要改建。鎮公所那邊的人有交代我，要盡量滿足村民的要求。再加上這可是幾十年才有一次的大事，所以谷中的全體居民也一致認為要改建得氣派一點。可是現在有一個問題，那就是我們想要在活動中心的大門口擺上一個裝飾品，就是這個。』

百地拿出一張照片。照片裡有一張非常陳舊的紙，上頭用毛筆字寫著龍飛鳳舞的古文，如果沒有學過一點草書的話還真看不太懂。就算有學過好了，那照片也實在太小張了，還是有很多小字無法判讀。而基本上我根本沒學過草書，只能照著外觀給人的感覺回答：

『這是古文書吧！』

百地鄭重地點了點頭。

『沒錯，不過這可不是普通的古文書喔……』

難不成還會是藏寶圖嗎？

可是百地話才說到一半，就突然把嘴巴閉上。回頭看了看站在斜後方，站得像一尊雕像的半平，作勢咳了一聲：

『這位是？』

我還沒來得及回答，半平已經先搶著報上名字了：

『敝姓半田，是這裡的員工。』

『哦，這樣啊！』

一切都發生在一瞬間，我只能呆呆地看著事情的發展，把要說的話再吞回肚子裡。好小子，我都還沒答應要雇用他呢！我望了半平一眼，只見他一臉氣定神閒的模樣。看樣子這傢伙好像還滿有毅力的嘛！不，不是好像，是真的很有毅力。

百地稍微放下了戒心，不過講話的聲音比起剛才來還是小聲了一點：

『這篇古文書從很早以前就被收藏在谷中的八幡神社裡。而且不是隨便放進倉庫裡就算了，還特別為它訂作了一個櫃子，小心翼翼地把它鎖在櫃子裡。每個谷中的居民從小就被教育著要小心地保管那個櫃子。我記得我小時候還曾經因為惡作劇被狠狠地罵了一頓。可是啊，時代慢慢在改變，村民也開始有了不同的意見。如果這份古文書真那麼貴重的話，一直放在神社裡也不是辦法，鎖在櫃子裡是很安全沒錯，但那並不是最好的保存方法吧！與其一直把它收在暗無天日的地方，還不如裱起來，直接掛在新的活動中心大門口，供大家瞻仰。』

『啥？』

我不小心露出了白癡的表情。因為我實在聽不出來他想要表達什麼，不過至少可以確定應該跟找尋走失的小狗無關。

百地稍微坐正了身體，看樣子接下來的話才真的要進入主題。

『當然，如果一切按照正常程序來走的話，應該要先跟鎮公所的人商量才對。其實早在發現這份古文書的時候，就應該交給當地的教育委員會處理。可是村子裡面卻有人持反對的意見。老實說，我也是屬於反對的那一派。雖然說谷中的村民一直以來都很寶貝這份古文書，但問題是根本沒有人知道那到底是一篇什麼東西。如果鎮公所的人看完之後，認為那根本只是一堆廢紙，那谷中的村民代代將廢紙奉若神明的傳統，豈不成了天大的笑話？再怎麼樣也絕對不能讓這種事情發生。』

『啥？』

我又露出了白癡的表情。不過，這次我總算聽懂他想要表達什麼了，希望不是我想的那樣。

『也就是說……』

百地接著說道：

『希望你能幫我們查出這份古文書的由來。』

昨天接下的『佐久良桐子失蹤事件』就已經超出『紺屋S&R』的業務範圍了。我只是想要找回迷路的小狗，對失蹤人口一點興趣也沒有。

沒想到今天百地的委託不但遠遠地超出了『紺屋S&R』的業務範圍不打緊，還是我連作夢都不曾夢到過的狀況。我和半平那傢伙可不一樣，我對『偵探』這個頭銜一點憧憬都沒有。不過說老實話，當我聽到『偵探』這兩個字時，第一個浮現在腦海裡的印象既不是放大鏡和獵帽，也不是亡命天涯的比利時人，而是和半平一樣的苦味馬丁尼酒和左輪手槍——這些跟村子裡的古文書八竿子都打不著關係的東西。

本事務所的宗旨是，做得來的案子就接，做不來的案子就推掉，介於模糊地帶的案子就要看對方所開出來的條件……說是這麼說啦！可是這件案子也超出我的預料範圍太遠了吧！真傷腦筋。

『承蒙您看得起我……』

我才說了開場白，就又被百地給打斷了。

『雖然說是請你協助調查，但是谷中的高齡化現象愈來愈嚴重。有唸過書的人幾乎全都到外地去發展了。正當我們實在不知道該怎麼辦才好的時候，大南君介紹我來這裡。既然是大南君介紹的人，我想應該就錯不了了，你一定可以幫我們解決這個難題，谷中的全體村民都在等著看你大顯身手呢！雖然這不是一件容易解決的事情，但是請你務必要幫忙。』

大南的工作是在小伏町的鎮公所擔任公務員。我記得他說他在社會福利課。小伏町的山地面積十分廣大，在這片廣大的山地裡，散布著大大小小的村落，而他的工作就是巡視這些村落、陪老人家說說話——我記得他是這麼說的。他有次還一邊喝酒一邊笑說，大家因為他『嘴上無毛，辦事不牢』，都不太願意相信他，所以他有時候還得自掏腰包，自己開車頻繁地拜訪當地居民，以博取他們的信任。

也就是說，如果我拒絕了這份差事，會讓大南很沒面子的意思。

辭職之後，經過那段渾渾噩噩的生活，我的感受性也跟著退化了不少。好比說我並沒有打從心裡擔心佐久良桐子的安危、也不曾對佐久良且二的擔憂感同身受，只是停留在他叫我找、那我就去找的階段。

儘管我是這麼冷血的一個人，也實在沒有勇氣害特地介紹工作給我的大南下不了臺。好你個大南，根本是個頂著天使光環的惡魔嘛！而且話又說回來了，我這家『紺屋S&R』什麼時候變成『不管什麼事情都願意幫忙調查』的好好先生來著？又不是在玩喝水傳話，而且還是只有一個人的喝水傳話。

……假設，假設我真的接下了這份工作，還是得以佐久良的委託為優先吧！所以在決定要不要接之前，得先讓對方知道這件事才行，搞不好對方就會因此而另請高明也說不定，這麼一來就太完美了。

『請問這件事會很急嗎？』

『當然是愈快愈好啦！』

『不瞞您說，敝公司目前還有別的案子尚未完成，而且對於委託人來說是件十萬火急的事，所以對方也一直在催我。我知道您也很急，所以如果把您的案子往後挪的話，對您也不好意思……』

『如果是這樣的話……』

百地淡淡地笑了笑。

『沒關係，我可以等。反正活動中心最快也要等到明年四月才會開始動工。』

現在是八月中……好像沒有理由拒絕了耶！

這下子可真傷腦筋。我小心不讓臉上的營業用笑容崩盤，抱著胳膊陷入沉思。

眼角餘光掃到一直保持著同一個姿勢的半平。

對了，還有這傢伙嘛！

要交給他去辦嗎？姑且不論能力的問題，這個案子和他所憧憬的『偵探』案件差了十萬八千里，這樣他還願意做嗎？

我盯著半平的眼睛，用食指悄悄地指了一下古文書的照片。

你要接嗎？

半平不假思索地用力點頭。

那好，接下來只要把條件談攏就行了。

就這樣，『紺屋Ｓ＆Ｒ』在開業的第二天就接到了第二個案子。委託人是小伏町谷中村，代表人為百地啟三。與此同時，還莫名其妙地增加了一名新員工。

百地前腳一出門，佐久良且二的包裹後腳就送來了。包裹上的地址居然也是小伏町谷中村。不過，既然這兩個委託人都是大南介紹來的，那麼地址同樣都在大南所負責的區域裡，自然也就沒有什麼好奇怪的了。

雖然半平是自告奮勇接下那個案件的，不過他臉上的表情還是有一點複雜。他注意到我手上的包裹，於是把臉湊過來看。

『這是什麼？』

『另一個案子的資料。』

『欸，原來真的有另一個案子啊！我還以為那只是你想要推掉剛才那件案子的藉口。』

倒也不能說我完全沒有那個意思啦！不過，這種事情就不必告訴半平了。

『是什麼樣的案子呢？』

『嗯……』

我把視線移到包裹上，心不在焉地回答：

『尋找一個從都市裡失蹤的美女。』

接下來半平發出的聲音應該不只是單純的抱怨吧！再怎麼遲鈍如我，也可以清楚地分辨出，那絕對是他的真心話——

他說的是：『我比較想要做你那個案子……』

第二章

二〇〇四年八月十三日（星期五）

1

我拆包裹拆到一半，突然想起更重要的事。於是把包裹交給半平，由他繼續拆，自己則把手伸向全新的電話，可是想了一想，還是從口袋裡拿出行動電話。撥通之後響沒兩聲對方就接起來了。

『喂，幹嘛？』

大南的聲音之開朗，就連一絲挫折或懊惱的陰影都感覺不到。

『上班的時候打給你真不好意思，可以給我幾分鐘嗎？』

『如果只是幾分鐘的話沒問題，有什麼事嗎？』

事情可多了呢！

『託你的福，我這兒可是生意興隆呢！』

聽筒那頭原本就已經開朗得過頭的聲音，這下子更開朗了：

『哦，是嗎？是百地先生？還是但馬先生？』

『……但馬？誰啊？』

『不是他啊？那就是佐久良先生囉？不過，他好像不怎麼起勁的樣子耶！啊、還是……』

『你先給我等一下！』
我並不想要對他發脾氣，可是嗓門還是不知不覺大了起來：
『你到底跟多少人說過我的事了？呃……算了，我還是很感謝你啦！謝謝你幫我作宣傳。』
『不用客氣啦！』
我清清喉嚨：
『……不過啊，不好意思，可不可以請你到此為止了？因為才開業兩天就已經來了兩個案子。而且難道我沒告訴過你，我公司是專門找尋走失小狗的嗎？再這樣下去，連我自己都快要搞不清楚，我那裡是調查事務所，還是專門幫小伏町的老爺爺們解決煩惱的地方了。』
電話的那頭傳來大南有點摸不著頭腦的聲音：
『這樣不好嗎？』
『倒也不是不好，而是我會忙不過來。』
我的病才剛好耶！一下子塞給我這麼多的工作，也不想想我的身體還有我的心理撐不撐得住。
『哦，原來如此啊！不過這也難怪了，你只有一個人兩隻手嘛！我明白了。說到這個，半平他……』
『不好意思喔！你也別放在心上，就這樣。』
我不由分說地把電話給掛了。這樣應該就能防止第三波的案件攻擊了吧！
佐久良且二寄來的包裹裡有佐久良桐子的照片、他幫桐子做的履歷表、桐子在東京的公司、住處的連絡電話；除此之外，還有一些我沒要求的東西也附在裡面，例如一疊用橡皮筋束起來的紙張。

上頭還附著一張信紙，信紙上寫著——這些是寄給桐子的郵件。

蒼勁有力的字體，看得出來寫的人對書法還滿有研究的。

他可能認為這些東西對搜查的工作會有幫助，所以寄來給我做參考的吧！

半平一瞬也不瞬地盯著那張照片。我的電話才剛講完，他馬上就問我：

『這位就是你說的美女嗎？』

照片裡的佐久良桐子微笑著，及肩的長髮微微地往內吹鬈。表情有點僵硬，就好像是對著照相機才不得不擺出的笑臉，而不是真正發自於內心的笑容。難道就沒有再好看一點的照片了嗎？

她穿著一件漿得筆挺的白色襯衫。看到這裡，我馬上就知道這是什麼照片了。因為她背後還有一塊印著公司名稱的招牌。由此可知，這是她剛進公司的時候拍的紀念照片。她公司叫做『Corn Gooth』，是一間我沒有聽過的公司。我記得佐久良且二說過，桐子在一家電腦相關的公司裡上班。而我所知道的電腦公司，大概就只有微軟和蘋果電腦這兩家了吧！

桐子的眼睛不是太大，嘴唇也薄薄的，襯衫的顏色雖然是具有膨脹效果的白色，可是她看起來還是很瘦。單就第一印象而言，她應該可以稱得上『骨感』吧！不過，倒也不至於給人弱不禁風的感覺。相反地，我感覺到她身上有一股冰雪聰明的氣質。我剛才告訴半平『要找的是個美女』是我隨便亂講的，因為當時我根本還不知道佐久良桐子長得是圓是扁。如今看來，至少我並不算說謊，真是太好了。

『沒錯，就是她。』

半平盯著照片，偏著頭說：

『該怎麼說咧？還稱不上是個「絕色美女」啦！我對這種知性美人比較沒興趣。』
『你講話還真不客氣啊！再說了，誰管你有沒有興趣啊！』
我用食指和中指把照片從半平的手中抽出來。
如果這是在報到那天拍的紀念照片，那就是兩年前的事囉！女人從二十二歲長到二十四歲的兩年內，外表上應該不會有什麼太大的變化才對。所以應該還是可以用這張照片來詢問桐子的下落。
當然，如果她動了什麼手腳來讓自己的外表產生巨大的改變，那就又另當別論了。
照片只有一張，為了慎重起見，應該要先拿去彩色影印吧！
『這張是她的履歷表。』
半平一邊說，一邊瞄了一眼一旁用手寫的Ｂ５用紙，不過很明顯地馬上就把視線移開了。
『你不看嗎？』
我忍不住問他。
『因為這是部長的案子嘛！案件裡的個人資料即使是同事也不應該亂看。』
半平笑道。看來他已經完全進入狀況了……至於部長那個稱呼，看樣子是改不過來了。還好我聽了也不會起雞皮疙瘩，就由他去吧！
也對，暫時還沒有必要讓半平看。於是我拿起那疊Ｂ５的紙。

佐久良桐子

簡歷

・一九七九年十一月九日，出生於八保市。

・一九八六年四月，就讀於八保市立八保東小學。
・一九九二年三月，畢業於八保市立八保東小學。
・一九九二年四月，就讀於八保市立種藏中學。
・一九九五年三月，畢業於八保市立種藏中學。
・一九九五年四月，就讀於私立山北高中升學班。
・一九九八年三月，畢業於私立山北高中升學班。
・一九九八年四月，就讀於中央大學文學系。搬到東京都八王子市（地址電話詳見附件）。
・二〇〇二年三月，畢業於中央大學文學系。
・二〇〇二年四月，任職於『Corn Gooth』股份有限公司（地址電話詳見附件）。搬到東京都中野區（地址電話詳見附件）。
・二〇〇四年七月三十一日，自『Corn Gooth』股份有限公司離職。
一直到現在。

病歷
・氣胸一九九九年七月開刀。

資料上還用迴紋針夾了一張桐子的名片，上頭印著『Corn Gooth股份有限公司系統開發課佐久良桐子』。

從小到大的升學之路都非常順遂，畢業之後也順利地進入了理想中的公司，卻在做沒幾年之後就辭職，而且還鬧失蹤，聽起來好像是連續劇裡才有的橋段。搞不好其實她就躲在這個小鎮裡的某個地方也說不定。

接下來就是一堆的連絡電話。這邊看起來也沒有什麼特別的地方。

『還有什麼……』

『這種東西就算你擅自拆開也不算犯法的。』

半平指的是行動電話公司寄來的帳單，整封信還很完整，沒有拆開過的痕跡。看樣子他雖然作勢把視線移開，不過還是有在偷瞄嘛！

那疊用橡皮筋綁起來的紙張都是寄給桐子的信件，和昨天看到的沒什麼太大的差別，兩封是廣告信，上頭貼著印有小伏地址的貼紙，看起來應該是郵局貼的。

也就是說，桐子確實有向郵局申請轉寄服務。

『……』

至於半平注意到的行動電話費帳單，仔細想想也滿奇怪的。因為上頭的地址就寫著小伏町谷中這邊的住址，也就是說，並不是由郵局轉寄的，而是當事人直接跟行動電話公司做了帳單地址變更的手續。為什麼桐子要這麼大費周章地把這些東西寄回谷中的老家呢？

或許是因為我實在盯著那封帳單太久了，半平自作聰明地拿起那封帳單：

『要我幫你打開嗎？應該不會被發現才對。』

我正想說『不用了』，一句話卻哽在喉嚨裡。在沒有取得本人同意的情況下，擅自拆閱別人的帳單，其實是遊走於法律邊緣的，如果可以的話，我真不想這麼做。

可是，桐子如果有申請通話明細服務的話，這張帳單搞不好就是破案的關鍵。如果她有頻繁地和某個人通電話的話，搞不好這整件事就可以一口氣真相大白了。

煩惱了半天，我還是伸出手去，把帳單從半平的手中接過來。

結果證明我是白煩惱了。桐子根本沒有申請通話明細服務，不僅如此，她根本很少用行動電話打電話。帳單上只有基本月租費和通話費的自動扣繳通知罷了，枉費我在那邊掙扎半天，甚至還一腳踏進法律的灰色地帶。

『我來拆吧！』

我把帳單和其他的郵件整理好，再用橡皮筋綑起來，就在這個時候，我發現剛才漏看了一封信。那封信上的地址和其他的郵件都一樣，寫著『小伏町谷中，佐久良桐子小姐收』。但是這張明信片的寄件者和之前的都不一樣，是由小伏町鎮公所寄出來的，郵戳日期為七月十日。

我拿起來仔細一看。

『入場優待券……？』

半平也伸過頭來看。

『鄉土藝術作品展啊！如果是我的話，免費送我我也不要去。』

那是一張在小伏町的中央活動中心所舉行的展覽會優待券。主辦單位是小伏町鎮公所。就像半平所說的，我對這種展覽會的內容也完全提不起興趣。問題是寄件人。

我忍不住自言自語：

『小伏町鎮公所為什麼會寄他們所主辦的活動優惠券給佐久良桐子呢？』

『啥？』

半平還以為我是在問他，發出了超白癡的聲音。

『哪有什麼為什麼的，鎮公所在寄這種東西本來就沒有什麼標準可言吧！』

『是這樣的嗎？』

事情應該沒有這麼簡單。我把那張明信片放回茶几上。

『可是啊，這種東西基本上不會寄給當地居民以外的人吧！應該說是想寄也寄不到才對吧！這表示現在在小伏町鎮公所的認知裡，佐久良桐子是谷中的居民……換句話說，佐久良桐子的戶籍可能就設在小伏町谷中。但這又是為什麼呢？她在不久之前都還一直住在東京不是嗎？』

半平似乎還搞不清楚我在說什麼。

『搞不好她的戶籍從頭到尾都是設在小伏沒變過啊！就像我，雖然搬來搬去居無定所的，但戶籍還是一直設在六桑村啊！』

我輕輕地嘆了一口氣。不是這樣的，桐子的家是在八保市，而不是小伏町。就算她懶得把戶籍遷來遷去的，她的戶籍也應該是設在八保市，而不是小伏町。

而且，那樣對於搬來搬去居無定所的半平或許比較方便，但是對桐子卻不是這麼一回事吧！如果不在東京設籍的話，很多行政上的資源和服務就幾乎都享受不到了。有些地方甚至連倒垃圾都有規定，不是設籍在當地的人就不能在當地倒垃圾。以桐子是在東京上班的情況來說，她的戶籍應該會遷到東京都中野區才對。

她一定是後來才把戶籍遷回來的，而且是在七月十日以前做的動作。

於是我又開始自言自語了起來：

『她應該是在失蹤前的一個月左右把戶籍遷過來的。』

但這到底是為什麼呢？我完全搞不懂桐子的用意。她會辭職，甚至是失蹤，一定是發生了什麼事沒錯，但是這和她在距離房子退租前還有一個多月就把戶籍遷過來有什麼關係呢？有什麼理由讓她非得這麼做不可嗎？我完全想不明白。

我的頭有點暈。看樣子，休息了太久的腦子，突然面對這麼大量的思考工作，似乎也感到有些力不從心。

為了把戶籍遷過來，桐子勢必得親自跑一趟小伏町鎮公所不可。問題是她有什麼理由要這麼做呢？

如果這件事和她的失蹤有什麼關連的話，那表示造成她失蹤的原因至少在一個月前就已經出現了。

果然，這件案子並不是兩三下就可以搞定的事。對於一個大病初癒的人來說，第一份工作就碰上這麼棘手的案件，實在也太倒楣了吧！

……我試圖想要找出桐子為什麼要遷戶口的原因，但大腦卻完全不聽使喚。算了，只要一邊調查應該就能一邊發現一些新的線索吧！我決定先跳過這件事。

而且，如果真有什麼特殊的理由，還是直接問桐子本人最快吧！只要能夠找到她本人，這個任務就等於是圓滿達成，到時候連問都不用問了。我已經拿到她的照片，也記住她的簡歷了，還有那些地址電話，下一步是不是就該出去調查了？

想到這裡，我突然望向半平。

『你咧？接下來打算怎麼做？』

『什麼事情怎麼做？』

『你不是半田平吉大偵探嗎？我的事情就到此為止，你去忙你的吧！別忘了是你自己說要接下那個案子的。』

『欸，可是我不知道該從何下手耶！』

這傢伙……我連氣都氣不起來了，只能無奈地嘆氣。

『你不是說你很有幹勁嗎？難不成還指望提不起勁來的我幫你嗎？這是你自己的工作，自己想辦法！』

『……隨便我怎麼做都沒關係嗎？』

『隨便你怎麼做都沒關係。』

只見半平非常靠不住地點了點頭。剛剛的意氣風發都到哪兒去啦？傷腦筋。

半平的摩托車引擎聲漸漸地離事務所遠去。

還是晚一點再出去找人好了。我把手伸向辦公桌上全新的電話。輕輕地咳了兩聲，把喉嚨調整到萬全的狀態，按下了以〇三為開頭的電話號碼。

2

我把愛車Ducati M400的油門催到底，一邊在國道上奔馳，一邊感到深深的懊惱——我怎麼會說出那種蠢話來呢？什麼『我不知道該從何下手？』什麼『隨便我怎麼做都沒關係嗎？』又不是打工，只有打工才需要照著員工守則，按部就班地照表操課，否則就會動輒得咎，不是被罵『這又不是你的工作！』就是被吼『別多事！』偵探這種工作，就算遇到不知從何下手的工作，也要隨便找一個地方切入。這些我當然知道，只是剛剛太緊張，一不小心就說溜嘴了。

八保市一帶目前正是最炎熱的季節，最近這一個禮拜，甚至連夏天該有的午後雷陣雨都沒下半滴。看來限水或分區供水差不多是勢在必行的事了。就連我坐在我快如閃電的愛車裡，也還是滿頭大汗。不管我有多麼憧憬偵探的基本配備，也不可能在這麼熱的天氣裡穿上風衣吧！搞不好還可能中暑昏倒。這麼說來，偵探基本上並不是一個適合在夏天從事的行業呢！那麼至少給我一杯苦味馬丁尼酒嘛！可是就我所知道的居酒屋，別說連琴酒都沒有了，店裡還彌漫著烤雞肉串的煙霧，就算有供應苦味馬丁尼酒，感覺上也比較像是中年刑警，而不是偵探。

可是不管再怎麼樣，都比不上紺屋部長的話更讓人傻眼。大南先生告訴我說紺屋部長開了一家偵探事務所，可是實際看了之後，跟他說的未免也差太遠了。就拿部長本人來說好了，和我印象中那個精明幹練的部長整個感覺都不一樣，現在的他就好像是一顆被放光了氣的皮球……或許部長背後也有一段故事吧！以後有機會再問他好了。比起這件事，現在更令我頭痛的還是第一件案子的問題。既然部長那麼靠不住，對我來說正好是一個可以好好表現的機會，因為我可以照自己的意思，過足偵探的癮。

雖然我在部長面前不小心說出了那麼沒出息的話，但我也不是真的一點想法都沒有。我心裡可是充滿了要讓第一件案子成功的鬥志，只不過我也不是笨蛋，我當然知道事情可不是光靠著鬥志就可以成功的。我用我自己的邏輯把百地的委託整理了一遍。偵探只要把委託人交付的工作努力完成就好了，至於委託的內容儘可能不要介入太深——關於這一點，我和部長都有共識。

除此之外，我還做了一番心理建設。如果只是把委託內容看作是一張村子裡的紙片未免太無趣了，但如果想成是一張蘊含著失落已久的寶藏秘密的藏寶圖，那可就不一樣了。原本只是從荒山野嶺的鄉下地方來的委託，馬上就充滿了神秘的光輝……感覺不只是偵探，還帶著幾分冒險犯難的味道。

首先要搞清楚的，是要怎麼做才能查出那份古文書的由來。

簡單地說，只要能夠搞清楚那份古文書是在什麼時候？由什麼人？為了什麼原因所寫下的就行了。但是要怎麼做呢？

最好的方法就是我本身對日本史或者是鄉土史非常有研究。只要我能夠一眼看出『嗯——這是某某家傳的書法，這可是價值連城的珍品呢！』那麼就算感覺起來不太像個偵探，也還是滿帥氣的。可惜這個方法顯然行不通，因為我根本對日本史或鄉土史一點也不熟。

如果從現在開始學呢？

再怎麼說，我對歷史也還是有些基本的常識。像是嘉吉之亂或白村江之戰，不是我吹牛，我可能還比一般人來得清楚一點呢！所以，如果只是這方面的知識，我倒也不是全然的無知。

……但是，在我的觀念裡，偵探根本不需要精通各個領域的知識。如果遇到需要特殊知識才能夠解決的案件，只要拿去問具有相關知識的人就行了。當然最理想的情況是一開始就不要接這種需要特殊知識的案件，不過理想歸理想，現實還是要顧的。

換句話說，我現在要做的第一件事，就是找出對小伏町鄉土史有研究的人。只要把受詞汰換成『找出握有事情關鍵的重要人物』，聽起來就很有偵探的味道了。雖然浮現在我腦海中的歷史學者總脫離不了把手插在短褂裡、一臉被人家欠了八百萬的表情、頂上無毛的老學究形象。先別說這和我個人的喜好差了十萬八千里，和部長『尋找一個從都市裡失蹤的美女』的搜查工作也差得太遠了吧！

紅燈。

我才剛把摩托車停下來，馬上就覺得比剛才還要熱。玩摩托車本來就是我的興趣，所以安全裝備我可是一點都不馬虎的。全罩式的安全帽就不用說了，皮手套和皮衣更是最基本的行頭。雖然這對於打工族的我來說是一筆不小的開銷，但是跌倒的時候，有這些東西和沒有這些東西所受的傷可就差很多了。我有一次發生過非常嚴重的摔車意外，所幸當時有用手撐著，而且是從背部著地，所以就連擦傷也沒有一個，令我好感動。從此之後，不管天氣再熱，我騎摩托車的時候都一定會穿上皮衣並戴上手套。只是，熱還是熱，皮衣還在勉強可以忍耐的範圍之內，但手套就真的有點受不了。就像現在，我手心裡全是汗。

燈號變成綠色的了，我再次把油門催到底。雖然速度帶來了一絲絲微風，可是在這麼炎熱的氣溫之下，就算有風也無法吹散包圍在身體四周的熱氣。

目的地小伏町從這裡騎車過去大概還有再一個小時左右的距離。而且小伏町的面積還不小，又不知道谷中在哪裡，所以搞不好不用一個小時，也搞不好會超過一個小時。中間還要翻過一個山頭。不過一旦進入了山裡面，溫度應該會稍微下降一點吧！

第一步，我打算親眼瞧瞧那份古文書到底長什麼樣子。

山頂上有一塊『歡迎來到小伏町』的招牌。我把摩托車停在旁邊的便利商店門口。說到這家便利商店，我已經來過好幾次了，但是每次來每次都有同樣的想法——怎麼有人會把便利商店開在這種鬼地方？是用來代替山頂上的茶寮嗎？

摩托車的行李箱裡總是會放著一本地圖。

我打開地圖，研究一下剛才走的路線。我剛剛走的是從八保市往北邊延伸，中間還要翻過一座山頭的國道。再仔細一看，只要翻過了這座山頭，前面應該就是我要找的谷中地區了。谷中地區的東西兩側都是山，正中間就是這條南北縱貫的國道。再加上似乎還有寫著『谷中』二字的十字路口，應該不會迷路才對。再確認一下八幡神社的位置，位於國道的右手邊，也就是谷中地區的東側。從等高線上來判斷，差不多在靠近山頂上的地方，就有一個類似神社的記號。

我走進便利商店，買了罐裝咖啡和附有底片的立可拍相機。先把立可拍相機的包裝紙撕掉，要用的時候才不會手忙腳亂。我站在便利商店門外把咖啡一口氣解決掉，再度跨上我的M400。接下來是一段長長的下坡路和一大堆的髮夾彎，雖然我愛玩摩托車，但這並不表示我就愛飆車，所以區區幾段彎來彎去的山路還難不倒我。

好不容易終於騎到了平地，愈往山裡面走，國道兩旁的村落愈見繁榮熱鬧。這一帶應該已經是谷中地區了吧！前面就是我在地圖上看到的『谷中十字路口』。雖說是平日的中午，但往來的車輛未免也少得太可憐了吧！害我連紅綠燈都懶得等，直接右轉。

從國道轉進村落的途中，我突然覺得有點冒火。

我當然知道谷中是一個農村，也早就有心理準備會看到一望無際的稻田、用塑膠布搭起來的溫室、由人工栽種的杉樹所形成的一整片翠綠色的山脈……雖然我戴著全罩式的安全帽，理應聞不到空氣中的味道，但記憶裡那股伴隨著青草、泥土與農藥的味道也已經隨著眼前的景象而甦醒。田裡還是綠油油的一片，距離收成的季節還早得很。

問題是，M400排氣管所發出的聲音就跟打雷一樣大，和這個場景實在是太不協調了。事實上，每個與我擦身而過的老婆婆都用一種看外星人似的眼神打量著我。

谷中的風景讓我想起我出生的地方——六桑村。六桑村也是一個農村，每年到了八月的時候，也跟這裡一樣充滿了綠油油的稻田，由於建築物很少，視野非常開闊，所以土地看起來會比實際的面積還要大。風很涼、山很綠、水很乾淨，唯一欠缺的就是娛樂活動。住戶稀稀疏疏的，就連路燈也沒幾盞。一到了夜晚，就整個被黑暗吞沒。不是開玩笑的，那種深不見底的黑暗，我到現在都還記得。

除非有一天，我老到開始懷念起故鄉了，否則我是不可能再搬回六桑住的，當然更不可能搬來谷中。

谷中還真是個名副其實的地方。就像我在地圖上所得到的訊息一樣，位在山谷的中間，村落的兩旁都是些不算太高的山，每座山上都長滿了杉樹。

我把視線往上移，眺望遠處的群山。以方位來說，那邊應該是東邊吧！那麼山的另一頭應該就是六桑村囉！我想起詩人總是說『故鄉在遠方』，那我的情況不就是『故鄉在身邊』了嗎？

問題是，八幡神社在哪裡呢？

我透過安全帽的護目鏡尋找八幡神社的方位，一下子就找到了，因為山頂上飄揚著白色的旗子，那應該是為了中元節的廟會所做的準備吧！

谷中地區的路都好小條，我只好減速慢行。

可是不管我再怎麼減速慢行，從這頭到那頭還是一望無際的農村，全都是些好像曾經見過的景色……

『……咦？』

我突然有一種很奇妙的感覺，不禁在安全帽裡自顧自地發出了聲音：

『我有來過這裡嗎？』

這就是所謂的『似曾相識』嗎？我把目標鎖定八幡神社，彎進一條沒有中央分隔島的小路。也許是一路上看到了太多存放農具的小屋、把煤焦油塗在屋頂上用來代替破瓦片的房子、用塑膠布搭起來的溫室、停在車庫裡的割稻機……等等，才會出現既視感吧！可是這個理由卻似乎連我自己都說服不了，因為不知道為什麼，我竟然記得這裡的路。看樣子我之前可能真的來過一、兩次。半路上還看到一輛黑色的福斯小金龜車停在路邊，和四周的景色格格不入。此外像是向日葵、路邊的地藏王菩薩像、就連摩托車也無法通行的狹窄岔路……愈靠近八幡神社，這種似曾相識的感覺就愈強烈。當我把M400停在石階旁的時候，終於想起來了——

『對了，就是土風舞。』

我咬牙切齒地說道。

現在回想起來雖然也沒什麼大不了的，但打死都稱不上是一段美好的回憶。

土風舞是六桑村特有的儀式。每年都會選出十個男人和十個小孩，用遊覽車載到某一個地方，在神社裡跳一段土風舞，跳完之後就回家。而那個地方也會同樣派出十個男人和十個小孩，到六桑村的神社跳一段土風舞，也是跳完之後就回家。現在回想起來，還真是種匪夷所思的活動。

我終於想起來了，記憶中的那個地方就是我現在所處的小伏町谷中。也難怪我想了半天都想不起來，畢竟我從很小的時候開始，就故意對這種村子裡的習俗採取視而不見的態度。更何況這還是一件苦差事。不僅從好幾個禮拜之前就得開始練習那些把身體扭成一團，對腰部負擔非常大的動作。一到了當天，還得忍受遊覽車的一路顛簸。當時的我還只是個害羞內向的小孩子，每次只要不幸被選上就一定會暈車，而且還會吐得亂七八糟，所以土風舞對我來說，簡直是童年時期的惡夢。另一個原因可能是因為當時通常都是晚上出發的，根本沒看過白天的風景，所以才會一下子想不起來吧！

我脫下安全帽，用手把被安全帽壓得服服帖帖的頭髮稍微撥得有型有款一點，一邊喃喃自語：

『一點也不輕鬆嘛……』

以我過去的工作經驗來說，唯一和偵探扯得上邊的，就只有陪以前的老朋友去和無理取鬧的女友談分手罷了。對於村子裡的廟會當然是毫無研究。

可是我體內始終流著不屈不撓的偵探熱血，不管這個世界有多麼冰冷無情，我也絕對不會屈服的。我把夾克和手套留在車上，將手插在口袋裡，沿著蜿蜒於八幡神社境內的石階往上爬。蟬聲不絕於耳，石階上到處都是東一塊、西一塊的缺角，臺階的高度也都高高低低的沒有一個標準。比較角落的地方還長滿了苔蘚，螞蟻在腳邊爬來爬去。

八幡神社裡有一座用石頭砌成的鳥居❼。整理得還算滿乾淨的，也不像我剛剛在爬樓梯時所想像的古老。雖然我不知道這裡為什麼會有一個神社，但是以建築物本身來看，年代應該還沒有太久遠才對。巨大的杉樹上圍著一圈注連繩❽，水盤舍❾裡面也沒有半滴水。正殿的格子門緊閉著，有點小髒的鈴鐺下面垂著全新的紅白色繩索。我得先找個人來問清楚才行。從鳥居這邊看不太清楚，但是正殿後面好像有一間小小的辦公室。我從容不迫地慢慢走了過去。

可是，我門也敲了、電鈴也按了，就是不見半個人影。搞得我實在沒耐心了，直接用喊的：

『有沒有人在啊？我是偵探。』

……不知道還有沒有什麼更好的說法？

不管怎麼樣，屋子裡還是靜悄悄的，一點反應都沒有。人都出去了嗎？我用力地踢著腳邊的泥土洩憤。

『那裡已經沒有人了呦！』

背後突然傳來了人類的聲音。

我轉頭一看，後面站著一個白髮蒼蒼的老人。手腳看起來十分瘦弱，身高也比我矮了大約二十公分，但是卻不會給人老態龍鍾的感覺。不管是站得直挺挺的姿勢，還是和我說話時中氣十足的聲音，感覺上都十分地硬朗。

『年輕人啊——你是從六桑來的嗎？來這裡做什麼？這裡已經沒有供奉任何神明囉！』

嚇我一大跳，他怎麼知道我是從六桑來的？難道這個老頭子也是偵探嗎？不過我馬上就知道為什麼了，他可能以為我是來為土風舞勘查場地的吧！我清清喉嚨說道：

『不是的，我……在下是從八保來的，有人委託我來調查一點事情。』

『啥？有人把你怎麼樣了？』

我想這並不是因為耳不耳背的問題，而是他對『有人委託我來調查一點事情』這種說法不熟吧！所以我當下就換了一種說法：

『有人拜託我來調查關於這個神社所流傳的古文書，所以我想親眼看一下。』

老人瞪大了眼睛。

『你就是大南先生說的那個人嗎？』

老人把我從腳到頭上上下下地端詳了一遍——從我的破球鞋、二手牛仔褲、夏季背心、再到被安全帽壓扁了的棕色頭髮上——然後皺起了眉頭。

『怎麼和我聽到的差那麼多？我聽說是一個認真又踏實的人……』

老人的聲音透露出濃濃的懷疑。雖然我自認不管是外表還是內在都不是一個『認真又踏實』的人，可是被人當面這麼說，還是有點刺耳。為了取回他的信任，我連忙澄清：

『我不是您說的那個人，我是在他底下工作的員工。』

『是嗎？』

『是真的。』

老人依舊一句話也不說，只是肆無忌憚地打量著我。

偵探守則第一條——要注意服裝儀容。我現在穿的這一身打扮，實在太不適合在農村裡和老人打交道了。

❼為日本神社建築物，類似中國寺廟的牌坊。
❽掛在神殿前表示禁止入內，或新年掛在門前討吉利的稻草繩。
❾日本神社或寺廟之前院常建有小亭，內設石造洗手槽，供朝拜者洗手漱口之用。

我正打算要說『那我下次再來好了』的時候，老人突然停止幫我打分數，換上一張木無表情的臉，說道：

『給你看可以，但是得小心不要弄壞了呦！』

『欸，真的可以讓我看嗎？』

『反正本來就不是什麼見不得人的東西。』

我本來還以為一定要請示過管理員之類的同意，沒想到這麼隨便就給我看了。

老人脫了鞋子爬上神社的前殿，熟門熟路地把格子門打開。就這麼大剌剌地一直往裡頭走去。我也急急忙忙地跟在他後面。

太陽的光線穿過縱橫交錯的格子窗櫺篩落進來，為正殿裡帶來了一絲明亮。就我所知，蓋在山上的建築物多半都脫離不了陰暗潮濕的刻板印象，但這裡似乎不是那麼一回事。可能是因為這裡的通風比較良好，也可能是因為最近這一陣子氣候都很乾燥的緣故吧！

在地板的木板與木板之間，有一個看起來非常古老的咖啡色櫃子。老人站在櫃子旁邊，手指著櫃子。

『喏，就在這裡面。』

雖然不關我的事，但我還是替他們捏了一把冷汗。

『……就這樣隨便放著沒關係嗎？』

『算了吧！如果真的有人要偷的話，就算鎖在保險箱裡，也會連保險箱一起搬走的啦！而且在商討建設活動中心的時候也常常要拿出來討論，如果每一次都要上鎖的話未免也太麻煩了。』

老人笑了，而且笑得還挺開心的……

既然當事人都說沒關係了，那就當作沒關係吧！我把手伸向櫃子試圖打開。蓋子比外表看起來的還要重得多，就連在集貨中心打工，三不五時就要用到臂力的我，也必須重新站穩腳步才有辦法施力。好不容易使出吃奶的力氣來把蓋子打開，老人也不禁發出了讚嘆之聲。看樣子他本來認定我一個人是決計打不開的，真是個壞心眼的老頭子。

櫃子裡有幾張古老的紙。明明是存放在等於是間密室的櫃子裡，為什麼還是有好幾個地方被蟲蛀了呢？當我正想要伸手去拿的時候，老人提醒我：

『小心一點，最近天氣很乾燥，太粗魯的話可是會碎掉的喔！』

我嚇得趕緊把手指頭縮回來。老人看到我的反應，又笑著說：

『上次村民大會的時候就差點碰壞了呢！』

這老頭，果然是個壞心眼的老傢伙。要是六桑村也能夠多幾個像這樣懂得開玩笑的老爺爺，我對六桑村或許就會有比較多美好的回憶也說不定。

雖然我是個偵探，雖然我被賦予了調查這件事的使命，但如果我把作為調查對象的古文書給弄壞了，那可真是丟臉丟大了。不過話又說回來了，我根本不知道怎麼拿才是正確的。所以我現在的心情，就好像對著一顆不知道什麼時候會爆炸的炸彈一樣。我蹲在櫃子旁邊，盯著那份古文書發呆。

『如果動作很小心，應該就沒問題了吧？』

『我哪知。』

『如果只是一下下，應該還不會壞吧？』

『我哪知。』

搞什麼鬼嘛！當偵探的就是要有決斷力。我快刀斬亂麻地拿起一張古文書。不要緊，既沒破也沒壞。再拿出第二張、第三張……過程中我經常可以感覺到指尖的顫抖。經過漫長的歲月，這些紙張皆已泛黃，再加上最近天氣炎熱，紙張也變得乾燥易碎，摸起來實在有點恐怖。

最後一張了。小心一點……

『……呼——』

我終於把四張古文書都拿出來了。因為不確定這些古老的紙張可以承受多大力量的碰觸，所以我的神經緊繃到不行。好不容易才把四張紙都拿出來，放鬆地吐出一口氣，深呼吸，把臉湊近古文書去看。

就在那一瞬間，我幾乎忘了身邊老人的存在，忍不住喊出聲音來：

『這實在是太厲害了。』

完全看不懂。

以紙張大小來說，差不多比A４用紙還要來得大一點。以長寬比來說的話，感覺上稍嫌太長了一點。上頭的毛筆字體非常大，感覺上是故意要把空白填滿。也就是說，真正寫在上頭的文章其實並沒有想像中的那麼長。而且就像我剛才注意到的，雖然一直存放在櫃子裡，卻還是有被蟲蛀的痕跡。最重要的是，關鍵的內容我一個字也看不懂。看起來應該是日文沒錯，因為像是『一』或『六』或『木』這幾個字我還勉強看得懂，但是除此之外的部分，就算跟我說那是阿拉伯文，我應該也會相信的。

算了，反正我從一開始就不認為自己有本事把它看懂。拿出立可拍相機，將底片捲進去，透過鏡頭把焦距對準了之後，才想起來忘了問最重要的問題：

『請問我可以拍照嗎？』

老人笑著說：

『可以呀！反正又不會少塊肉。』

那我就不客氣囉！我把四張古文書都拍了下來。想說等一下就要把底片送去照相館沖洗，不過剩下的底片有點可惜，於是又把每一張都再拍了一輪。

『好了！』

聽到我這麼說，老人接著問：

『都拍好了嗎？』

『啊！是的，真是謝謝你。』

『那我就要關起來囉！請把東西放回原位。』

於是我們又把櫃子的蓋子給蓋回去，這才走出前殿。回到陽光普照的大太陽下，不只有一股豁然開朗的感覺，甚至覺得比在前殿裡還要涼快。我們一起穿上了鞋子，老人對我點頭示意：

『那麼我就先告辭了。』

正當他轉頭要走的時候，我突然想起了一件事。難得有機會可以和當地的人說上話，哪有這麼輕易就放他回去的道理。於是我又叫住了他：

『請等一下。』

『還有什麼事嗎？』

『呃……倒也沒什麼啦！』

我搔搔頭。

『在我之前，還有別人來調查過這些古文書嗎？』

『在你之前啊……』

老人陷入了沉思。

我並沒有抱什麼太大的期望，沒想到老人卻慢吞吞地開口了：

『好像是有這麼一回事，不過那已經是很久很久以前的事了，我記得小伏町那邊有人來調查過這件事，我想想……大概是二十年前的事了。』

這世界還真是無奇不有，什麼東西都有人研究——我完全忘了自己也正在做同樣的事，自顧自地感動了起來。

『你知道那個人叫什麼名字嗎？』

『這個嘛……我就不清楚了。對了，除此之外，幾年前還有一個住在這附近的孩子，也有趁暑假的時候做了一番研究。是個很聰明的小孩。』

小孩子啊……小孩子的暑假作業，感覺上好像不太靠得住。看來關鍵果然還是在那個『從鎮上來的人』身上……我一邊這麼想，一邊還是禮貌性地問了一下：

『那個小孩叫什麼名字？』

老人不疑有他地回答道：

『這個我就記得了，就是佐久良先生的孫女，名叫桐子。』

好了，接下來我要從哪裡開始調查二十年前的事情呢？

3

伴隨著深深的嘆息，我把話筒放回原位。手邊雖然準備了便條紙，但是完全派不上用場。

雖然佐久良且二曾經說過，關於桐子從東京失去連絡一事，不管是房東還是同事都表示不清楚，但是在我的潛意識裡其實並沒有採信這種說法，有必要親自確認一下。報告、連絡、商談以及做好各自的確認工作是做這行的基本原則。

沒想到，光是登記在通訊錄第一行的房東，就是一個冷淡到不行的人——

你誰啊？調查事務所的人？有什麼證據證明是她的家人委託你來調查的？而且該說的我都已經跟她家人報告過了，難不成還要我再講一遍嗎？你有什麼權利要求我這麼做？總之佐久良桐子已經不住在我這裡了。我不知道她搬去哪裡，她也沒有留下任何東西。就這樣，別再打來了……

接著就是電話用力掛上的聲音。

不知道桐子的父母親自跑去拜訪房東的時候，是不是也是受到這樣的待遇。還是因為做我們這一行的本來就不容易取信於人呢？話說回來，我也有不對的地方，就算被拒絕了也不應該那麼快放棄才對，應該要再死纏爛打一點。

不過倒也不是完全沒有收穫。桐子沒有留下任何東西，就表示她並不是那麼急著逃走，而是有計畫地搬家。

可想而知，接下來的幾通電話應該差不多都是這樣子，明知問不出個所以然來，可是不問又不行。我又嘆了一口氣，重新拿起話筒，按下通訊錄上『Corn Gooth股份有限公司』的電話號碼。

才響不到一聲，電話就被接起來了。話筒那頭傳來一把顯然是訓練有素的女聲：

『您好，感謝您的來電，這裡是「Corn Gooth股份有限公司」。』

我瞄了一眼桐子的名片。

『百忙之中打擾您真不好意思。敝姓紺屋。麻煩幫我轉系統開發課。』

『好的，請稍等一下。』

第一關不費吹灰之力就輕易地闖關成功了。我聽見轉接的音樂，是『綠袖子』。大概才聽了十秒鐘不到，電話就又被接起來了。不過這次的聲音跟剛才櫃臺小姐的明顯不同，聽起來似乎很累的樣子。

『您好，我是系統開發課的神崎。』

『啊、您好。敝姓紺屋。請問是不是有一位名叫佐久良桐子的小姐在貴公司上班過？』

電話那頭的神崎突然沉默了下來。他該不會覺得我很可疑吧？如果是的話，我得趕快表明來意才行。

『前幾天，佐久良小姐的父母應該有去過貴公司吧！可是我還有幾點想要更確認的地方，所以才打了這通電話，不知道方不方便再跟貴公司請教幾個問題？』

『……你是誰？』

明顯壓低了的聲線，顯然是不想讓辦公室裡的其他同事聽到吧！而且還是質問的語氣，語氣裡充滿了警戒的意味。

電話那頭接著說：『你該不會要說你是她的親戚吧？』

如果我這時候再裝神弄鬼的話，不只會使對方提高警戒，搞不好他還會直接把電話給掛了，那要再打進來可就難了。所以我馬上回答：

『不是的。不過，在自我介紹之前可以先請教一個問題嗎？請問您知道佐久良小姐現在的狀況嗎？』

『……現在好像是我在問你問題耶！』

『不好意思，請容我自我介紹。由於佐久良小姐的家人現在都連絡不上她，所以他們就委託我來尋找佐久良小姐的下落。』

『你可以再告訴我一次你的名字嗎？』

『敝姓紺屋。』

又是一陣沉默。想用一通電話就讓原本對你懷有戒心的人相信你所說的話，實在不是一件容易的事。不過，對方這種保持高度警戒的態度卻也給了我一個提示——如果桐子是在很圓滿的情況下主動離職的話，那麼這個叫做神崎的男人為什麼要這麼緊張？

在一段漫長的沉默之後，神崎把聲音壓得更低說道：

『我要先打一通電話去佐久良小姐的家裡做確認，如果確定他們真的有委託你來做調查，我會再打電話給你。所以請告訴我你的電話號碼。』

我只能照著他的話做。當我直截了當地把自己的電話告訴神崎時，感覺出來他的警戒心有稍微放鬆了一點。

我把電話掛斷，接下來只能等了。

當我還是一個銀行員的時候，『等對方回電』是我認為最浪費時間的工作之一。可是儘管再浪費時間，卻又絕對不能省略或跳過這個步驟，所以才覺得更煩。既不能離開座位，就算有別的事情要處理也不能占用電話。幸好對現在的我來說，雖然還是覺得這樣很浪費時間，卻還不討厭無所事事的發呆。所以在我一邊漫無目的地整理資料的同時，一個多小時很快就過去了。我是看到時鐘才發現，原來我已經等了那麼久了，不由得開始胡思亂想，是不是神崎跟桐子的家人談擰啦？不行就算了，反正也沒差，我決定把資料統統歸檔之後就不等了。

又過了三十分鐘，資料也都整理得差不多了，正準備放棄等待，去『D&G』喝杯咖啡的時候，電話響了。我慢吞吞地接了起來，是神崎打來的。

『紺屋先生嗎？』

『我是。』

『讓你久等了。我剛剛已經確認過了，之前懷疑你真是不好意思。』

『別這麼說。光用電話是比較失禮，您會懷疑也是人之常情。』

神崎不再像上一通電話那樣刻意地壓低聲音講話，不過聲音卻變得有一點悶悶的。可能是離開辦公室，直接用行動電話撥給我的吧！我連忙採取主動的攻勢：

『您會這樣回電話給我，是不是表示佐久良小姐的離職其實並非出於她的自願？』

然而，他的回答卻完全顛覆了我原先的預設立場。

『不，她是自願離職的。』

『她自己提的辭呈嗎？』

『是的。』

神崎似乎有一瞬間的猶豫，或許是有所顧忌吧！話也講得不清不楚的：

『可是她死都不肯說出要辭職的真正理由。』

……事情好像變得愈來愈複雜了。我把話筒拿在左手，用空著的右手揉了揉眉心。

當然，知道愈多桐子的事，在調查她的去向上絕對是有益而無害的。最好是能直接知道她現在人在哪裡，那就不用這麼辛苦了，然而問題卻沒有這麼簡單。所以我也不敢打斷他的話。只是一想到這件失蹤案居然變得這麼複雜，心裡就覺得很鬱悶。

雖然只是基於義務性的問一問，可是我的聲音卻也不由自主地變得灰暗：

『……真正的理由？這是什麼意思？』

『呃，詳細的情況我也不太清楚……只是她有說過類似她並不是真的想要辭掉這份工作這類的話。』

我停止了揉眉心的動作，拿起一枝筆，把筆壓在便條紙上。

『您還記得她當時是怎麼說的嗎？』

『呃……』

非常沒有自信的聲音。

『暫時先把工作辭掉……等一切都解決了之後……希望有一天能再回來工作……之類的吧！對了！桐子最在意的就是能不能再回來工作這件事。』

他叫她『桐子』……我一邊覺得事情愈來愈可疑，一邊記下了他所說的話。

『就您聽起來，所謂的「再回來」是指回東京嗎？還是有別的意思？』

『不是，這點她倒是說得很清楚。她擔心的是能不能再回來「Corn Gooth」上班。因為佐久良小姐好像把這份工作當作是她的天職。』

『天職啊……』

我在便條紙上寫下『佐久良希望回到東京，並回到原來的公司上班？』在下面接著寫上『所以才要辭職嗎？』可是馬上就被我劃掉了。天底下哪有人會為了復職而辭職的。於是我又另外寫了一行『等一切都解決了之後＝是否暗示著她遇上了不解決不行的問題？』

神崎換上了懇求的語氣說道：

『我所知道的就只有這麼多了。現在請你告訴我，關於她的事，你掌握到了多少線索？她現在有沒有危險？』

『我什麼都還不知道。』這種話我是實在說不出口。遇到像這種被問到不知道該如何回答的問題時，態度強硬一點不失為一個好方法。於是我斬釘截鐵地說：

『非常感謝您的幫忙，但我是受雇於佐久良小姐的家人前來調查這件事的，所以無法回答神崎先生任何問題。』

『……真的連一點點都不能透露嗎？』

『真的非常抱歉。』

神崎又恢復了沉默，看樣子，他已經沒有其他的問題想要問我了。

『非常感謝您的幫忙，不好意思，打擾您工作了。』

『等一下！』

這回又有什麼事？

『……請你一定要把她找出來。』

『這是當然的。』

這還用得著你告訴我嗎？

我目前唯一的工作，不就是把她找出來嗎？

4

拍完了古文書的照片，我開始思考下一步要怎麼做。

話說回來，我忘了問剛剛那個老人叫什麼名字了。不過，我決定先找出他剛剛講的那個『從鎮上來的人』到底是何方神聖，問題是，茫茫人海要從何找起呢？

『有沒有什麼地方是會有很多資訊的？』

我把上半身靠在摩托車上，一邊喃喃自語。

如果有一間專門聚集了一群歷史研究家的酒吧就好了。

除此之外，還有一個地方是研究歷史的人一定會去的，那就是圖書館。小伏應該也有市立圖書館吧！應該就是那裡沒錯了。

等等，我的腦子裡閃過了一道光芒。剛才在『紺屋S＆R』的時候，我記得百地說過這麼一句話——

『如果一切按照正常程序來走的話，應該要先跟鎮公所的人商量才對。』

還有一句——

『其實早在發現這份古文書的時候，就應該交給當地的教育委員會處理。』

所以反過來說的話，有能力調查這些古文書的人，不就是指教育委員會的那些傢伙嗎？

好厲害，我似乎真的有當偵探的才能。

控制不住臉上氾濫的笑意，我又穿上我那件拉風的夾克，跨上我的M400，在一陣高分貝的引擎聲中，逃離了那個總令我覺得有點不自在的谷中地區。

從谷中地區到小伏町的市中心，騎車不到二十分鐘的距離。和東西兩側都是群山環伺，充滿了壓迫感的谷中比起來，市中心看起來就開闊得多了。對我來說，小伏也不是什麼太陌生的城市，所以一下子就熟門熟路地找到了小伏町鎮公所。

鎮公所是一棟五層樓高的建築物，充滿了鋼筋水泥的摩登現代風格。可是卻隱隱約約地流露出一股荒廢的氣氛。屋頂在經歷了風吹雨打之後，咖啡色的污垢隨著水滴一滴滴地滴落下來。其實只要雇幾個清潔外牆的工人就可以把這個問題解決掉了，之所以沒有這麼做，是不是因為預算不足呢？

不過，停車場倒是大得莫名其妙。想也知道為什麼，因為小伏町的人口密度很低，如果沒有開車的話，就連買個日常用品也很不方便。也就是說，這裡的人幾乎家家戶戶都有買車，停車場做得大一點也是理所當然的。

也有可能只是因為這裡的地價比較便宜。反正不管是哪一種原因都跟我沒有關係。

停車場做得那麼大，但是停兩輪的地方為什麼偏偏做得那麼小？光是腳踏車就已經把所有的空間都停滿了，沒辦法，我只好把愛車停在沒有屋頂的地方。

公家機關在夏天都會有一個缺點，那就是冷氣往往不夠涼。站在公家機關的立場，必須向居民倡導節約能源的重要，也因此必須要以身作則，不能把冷氣開得太強。穿過自動門往裡面走之後，的確是沒有外面那麼熱了，不過空氣裡還是帶著一股濕濕黏黏的感覺，害我不禁皺起了眉頭。

我看了一下位置圖，小伏町教育委員會在三樓。當我搭電梯到三樓的時候，我馬上就後悔了。剛才在谷中遇到那個老人時所感受到的格格不入此刻又出現了，而且比剛才還要強烈。再怎麼說，我也算是個奉公守法的市民，以前也不是沒來過鎮公所，只不過十次有十次都是直衝戶政課。除此之外的部室我一個也沒進去過。只見眼前一群西裝筆挺的人，個個繃著一張臉在處理自己的工作，而我一身T恤牛仔褲，怎麼看都像是個跑錯場景的演員。由於我從小就嚮往偵探這個行業，所以一點點危險是嚇不退我的，但是關於規矩和禮儀這方面，不管我再怎麼努力掩飾，還是藏不住與生俱來的沒自信。

我畏畏縮縮地走向掛著『服務臺』牌子的地方。櫃臺上擺著各式各樣的申請書之類的文件。但是左看右看都沒有看到類似服務人員的人，只有一個年輕的男人注意到我，主動出來招呼我：

『您好，請問有什麼事嗎？』

男人並沒有特別盯著我的穿著打扮看，應對的態度也十分客氣，讓我著實鬆了一口氣。

『是這樣的，我有點事情想要請教一下……』

『請說。』

『請問在這個鎮上，有沒有人是專門在研究這個鎮的歷史的？例如對古文書比較有研究之類的人？如果有的話，可以介紹給我嗎？』

『您是說歷史嗎？』

男人對於我的要求也絲毫沒有表現出驚訝的樣子，馬上就轉過頭去問辦公室裡的其他同事：

『田淵先生，請問一下，這裡有位學生想請我們幫他介紹對這個鎮的歷史有研究的人。』

原來如此，他以為我是大學生啊？也好，這樣的話事情搞不好會比較順利，那就這樣將錯就錯下去吧！只是不能抬頭挺胸地說出『我是偵探』，有點可惜就是了。

被他叫過來的田淵先生是一位年紀大約四十歲左右，長得圓滾滾的胖男人。臉上掛滿了親切的笑容。

『來了來了，請問有什麼事嗎？』

我把剛剛的說詞重複一遍。不料田淵的表情突然蒙上了一層陰影。兩道眉毛皺得死緊，看起來就是一副不堪其擾的樣子，非常不好意思地說：

『是這樣的啊？是這樣的啊？你要問古文書的事啊？如果可以告訴我是哪個年代的，我想我會比較容易幫到你。』

『我聽說大概在二十年前，曾經有一個人做了很多的調查。』

『啊！您也知道這件事啊！那應該是指江馬常光先生吧！他是個很熱心的人，只可惜……』

只可惜？

『只可惜他在前年已經去世了。』

我超想罵髒話的。為什麼不靠自己的毅力再多活個兩年，等我問完再死呢？不過話又說回來了，事情倒也不是毫無進展，既然是個有名有姓的人，搞不好……

『這樣啊……那請問他有留下什麼書之類的嗎？』

『嗯……』

田淵低頭沉思，不一會兒，壓低了聲音對我說：

『……對死去的人說這種話好像有點不敬，不過江馬先生似乎很不信任我們這個教育委員會，所以從來也沒給我們書。儘管我們已經拜託過他好幾次，請他如果有什麼發現的話一定要通知我們，不過他好像從來就不把我們的要求當一回事。』

仔細想想，這位叫做江馬常光的鄉土歷史學者早在二十年前就已經調查過那份古文書了，可是百地卻要求我們不要把古文書的事說出去，感覺上有點自相矛盾。不過，假使江馬並沒有把他發現古文書的事向鎮公所報告，那也就說得通了。

田淵繼續說道：

『不過，圖書館裡應該還有幾本他寄贈的書吧！你去那邊找找看，我想應該找得到你要的資料。』

『我知道了，謝謝你。』

我低頭道謝。

轉念一想，活人再怎麼說都比死人有力吧！所以我試著更進一步：

『……那麼，除了那個人以外，還有沒有對歷史比較有研究的人呢？我有點東西想要請他幫我看看。』

『什麼東西？你有帶來嗎？』

我差一點就要把東西拿出來了，還好在最後一刻停住了。好險好險，委託人百地可是千叮嚀、萬交代，要求我們不能讓教育委員會知道谷中八幡神社裡有一份古文書的事。不過就算我想要給他看，照片又還沒洗出來，看了也是白看。

『這倒沒有。』

『這樣啊……』

田淵對我說的話似乎不疑有他，只是歪著頭說道：

『這樣的話，你可以去找岩茂先生，基本上他對大正明治時代以後的事都知道得滿清楚的。不過，江馬先生的研究範圍則多半是中世紀時期的東西，這一點就真的沒有辦法了。』

『這樣就夠了，非常感謝你。請問你知道要怎麼跟他連絡嗎？』

『這個嘛……他現在好像是在山北高中當老師，你可以去那邊問一下，就說你要找岩茂隆則老師。』

太好了，山北高中就在八保市裡。我把這個名字輸入腦中的資料庫，朝田淵點了點頭。

『我知道了，真的非常感謝你的幫忙。』

『別客氣。』

田淵的表情又恢復成和藹可親的笑容。

『難得現在還有學生會對小伏的歷史感興趣，你是要寫畢業論文嗎？加油喔！』

『好，我會的。』

『前幾天也有一個學生來過呦！你們是同一所大學的嗎？』

我已經二十四歲了，比起一般的大學生還要大個一、兩歲。不過，對方已經完全相信我是一個學生了，這到底是應該高興？還是應該難過呢？連我自己都無從判斷。為什麼他完全不會懷疑我其實是個偵探呢？算了，還是別要求那麼多了。

當我正準備跨上我的愛車M400時，發現視線的一角出現一個奇怪的景象。

那是一輛停在小伏町鎮公所裡的車，那麼大的一個停車場，它卻停在不起眼的角落。而且在我進入鎮公所之前並沒有那輛車，有的話我應該會記得才對。

那輛黑色的福斯小金龜車，該不會就是我剛才在谷中地區看到的那一輛吧？車身打蠟打得亮晶晶的，泛著黑色的光芒。我用我那少數幾個可以拿出來說嘴的優點之一——絕佳的視力看到了車牌上的字。也難怪這輛車在谷中地區會顯得這麼格格不入了。因為小金龜車的大牌上寫著『練馬』二字。

返鄉探親嗎？我一邊想一邊盯著小金龜車看，結果又發現了另一個不尋常的地方——有人在看我。小金龜車的駕駛座上坐著一個戴著太陽眼鏡，把上半身靠在方向盤上的男人。雖然他的眼睛被太陽眼鏡遮住了，無法肯定他在看哪裡，不過我直覺地認為他是在看我。

我的腦海中立刻浮現出『正在處理棘手案件的偵探面前突然出現了一個謎樣的男人』的畫面。場景還一定要是在鋪著紅磚的小巷子裡，背後還有從地下鐵吹上來的風，男人一邊踩著清脆的腳步聲，一步步地走向偵探，然後撂下一句狠話：『請你不要插手這件事。』

……事實上，這是不可能的。

因為這一帶根本就沒有地下鐵。

5

想起來了，還有一件必須要確認的事。

我又撥出一通長途電話，剛才那通電話也是。『紺屋S＆R』為了要達成顧客的委託，電話是不可或缺的連絡工具，所以電話費自然也成了無可避免的必要支出，這筆錢應該可以跟佐久良且二要吧！只不過，確切的金額要怎麼算出來呢？我一邊撥號，一邊煩惱著這個問題。雖然我有修過經濟學，可是完全沒有實務經驗；雖然我開了這家調查事務所自己當老闆，可是對於管理方法卻是一竅不通。那我到底是為了什麼唸的經濟學呢？……雖然不至於這麼想，不過一心不能二用，我一旦開始專心想事情，手的動作就會停下來，所以我只好先把這個問題擱一邊。

電話響了很久都沒有人接，但是應該不會沒人在家吧！因為剛剛神崎才撥過這個電話，不可能這麼快就出去吧！終於，對方還是投降了，電話那頭傳來一把沉穩的女聲：

『喂。』

『請問是佐久良公館嗎？』

『是的。』

『請問您是佐久良桐子小姐的母親，朝子女士嗎？』

『是的。』

『敝姓紺屋，受到佐久良且二先生的委託，前來調查桐子小姐失蹤的事，這件事情想必您也知道吧！』

『我是有聽說請了一名偵探……剛剛桐子以前上班的地方也有來過電話。』

電話那頭的聲音雖然還不到冷淡的地步，但就是非常地冷靜。我想起來了，佐久良且二有說過，他的媳婦並不贊成他找偵探的這件事。不過，看樣子她已經知道我就是那個偵探了，雖然對我來說，頭銜是偵探還是什麼的，根本就無關緊要。

在打聽消息的時候，有兩種情況，一種是對方很興奮，可以提供你很多情報的情況；一種是對方很冷靜，可以幫助你趕快把話問完的情況。我比較善於處理後者。因為我的語氣總是一板一眼的，而且問題也不多。因此我也只是語氣平淡地提出問題：

『是這樣的，我可以請教您兩、三個問題嗎？』

『……請說。』

『可以告訴我您女兒在八保有哪些常去的地方嗎？還有她在八保一帶有哪些朋友，能否告訴我他們的名字和連絡電話？』

話筒那頭似乎傳來了微微的嘆息聲。可是當我豎起耳朵，卻只有聽到跟剛剛一模一樣的平靜聲線：

『桐子已經是個大人了，你現在問我她有哪些常去的地方，我一時半刻還真的想不出來。』

『這樣啊……』

我想這也是人之常情吧！就跟問我老媽知不知道我在唸高中的時候有哪些常去的地方一樣，我想她大概也答不出來吧！

『那麼她的朋友呢？』

『在我回答你這個問題之前……』

對方用非常平靜的口吻打斷我說的話。

『關於這件事，我認為是我公公太小題大作了。既然桐子是把每一件事都辦好之後才離開東京的，那就表示桐子這麼做一定有她的考量。雖然現在連絡不到她，不過我想這也只是一時的吧！為了那個孩子好，我們實在不應該自作主張地穿鑿附會。』

她的口吻雖然很客氣，但是在客氣的字眼底下，依然流露出隱約的不耐煩。這也難怪，先是公公自作主張地把家醜外揚，再來一個搞不清楚狀況的偵探，若要指望她有什麼好臉色也實在是太強人所難了。這我倒是不在意，比起剛才桐子房東那種冷冰冰的態度，這種待遇已經算好多了。

我放棄了正襟危坐的姿勢，不過聲音還是一如往常地保持鎮定：

『或許是這樣沒錯，但是我已經接受了且二先生的委託，所以還是希望您能夠跟我合作。』

『可以請你到此為止嗎？』

『咦？』

『我公公的委託可以請你當作沒發生過嗎？』

現在是怎樣？

朝子和且二之間，除了對桐子的行為解讀差了十萬八千里之外，感覺上好像還有什麼情感上的對立。難道這就是所謂的『家家有本難唸的經』嗎？不過，這些都不在我的工作範圍之內，我只要把我自己分內的事情做好就好了。

『很抱歉，關於這點必須要且二先生親自來跟我解約才行。』

『那個人對桐子的事情根本一點都不了解。』

朝子的語氣裡終於出現了一絲波動。

『對於桐子自己想清楚、決定要做的事，我認為做大人的不應該從旁干涉。我並不是在否定你的工作，只是如果因為你的多事而惹出更多的風波，反而會給那個孩子帶來困擾的。』

這種話跟我說也沒用啊！可是朝子的語氣擺明了就是在暗示我和神崎通電話可能會給桐子帶來麻煩，讓我十分地不爽。

『請問您是基於什麼理由相信您女兒是完全依照自己的意思失蹤，而且現在仍平安無事的？』

『桐子根本沒有失蹤！這一切都只是我公公大驚小怪。』

如果真是這樣的話，那我還真是求之不得呢！可是，如果真是這樣的話，那就表示桐子只是一時興起，想自己一個人出去旅行散心囉？

『因為我得到的訊息是您女兒可能被捲進了什麼麻煩裡也說不定。所以，如果您有什麼線索足以否定這個可能性的話，可以請您告訴我嗎？只要能夠確定她真的不是失蹤，那我也可以反過頭來幫您說服且二先生，請他不要再擔心了。』

然而，朝子那頭只是沉默了一下。

『我很了解那個孩子。桐子已經是個大人了，不管發生什麼事，我相信她都可以自己處理得很好。只要是桐子決定的事，我想做父母的應該要靜靜地在一旁給予精神上的支持就好。這就是我對那孩子的教育方式。』

這就是朝子的回答。

簡而言之，她只是在告訴我一個做母親的心情，至於桐子現在到底是不是平安無事，她其實也不知道。從朝子說的話聽起來，與其說她信任桐子，還不如說是放牛吃草。倒也沒錯，桐子已經是個大人了，母親實在沒有必要再跟前跟後地擔心這個、擔心那個。當然這也有可能只是佐久良桐子和她母親之間缺乏溝通也說不定。或許還是所謂的『家家有本難唸的經』。不過，這依舊不在我的工作範圍之內，我只要把我自己分內的事情做好就好了。

我把話筒稍微拿遠一點，遮遮掩掩地打了個哈欠。

『……既然是這樣的話，那我明白了。不過，這件事情還是得等我跟且二先生討論過後才能決定，不是我單方面喊停就能停的。請問您知道您女兒在八保一帶有哪些朋友嗎？』

等了半天都等不到對方的回應。到底是在猶豫些什麼呢？要考慮是沒關係，但這畢竟是長途電話，而且電話費還是我這邊要付的，『紺屋S&R』的經費可沒有這麼充裕。如果她想掛電話的話就趕快掛吧！不要浪費我的時間……正當我心裡開始碎碎唸的時候，對方終於開口了：

『……桐子有一個時常提起的朋友，叫做松中慶子（KEIKO）。我記得她以前也是住在八保市，結婚之後好像改姓渡邊。我不知道她的連絡電話。這樣你滿意了嗎？』

『請問漢字怎麼寫？』

『你是問慶子的名字嗎？我也不知道。』

我在便條紙上寫下了『桐子的朋友渡邊慶子』這一行字。

渡邊是個大姓，慶子也是個菜市場名。其實只要查一查以前寄給桐子的賀年卡，或許就可以查出她的地址，不過我想朝子這邊應該是再怎麼問也問不出個所以然來了。所以裝出開朗的聲音說道：

『非常感謝您！幫我了很大的忙呢！』

在聲音裡放進感謝的情緒可是我的拿手好戲之一。

『這樣可以了嗎？』

『是的，真的非常謝謝您。打擾您了，再見。』

我掛下電話，忍不住嘆了一口氣。

要找出這個渡邊慶子實在有夠麻煩的，雖然應該不是什麼太難的事，只要查電話簿就行了。如果電話簿上沒有登記的話，大不了就挨家挨戶地問唄！就算她已經搬離八保市了，但是這個地方就這麼點大，還怕找不到她的親戚嗎？雖然終點看似遙遠，但也還不至於毫無頭緒。

如果真要說有什麼是毫無頭緒的，那就是桐子失蹤的動機了。在系統開發課工作的桐子，薪水雖然沒有領得比人家多，但要過上一般人的生活還是綽綽有餘的。不過意想不到的災難這種東西，本來就是從天上掉下來的。搞不好她不小心去惹上黑道了；搞不好她遇上了詐騙份子，跑去跟地下錢莊借錢，結果被逼得跑路了；也搞不好她生了一場莫名其妙的大病，非得換個地方療養不可。結論就是每個人都有可能遇到突如其來的災難，而這個時候就只能忍耐。那麼，桐子究竟遇到什麼必須要忍耐的事呢？仔細想想，這件事跟我一點關係也沒有。

連著講了三通電話，喉嚨乾得不得了。去『D&G』休息一下吧！

反正翻電話簿這種事，可以邊喝咖啡邊進行。

6

雖然太陽已經下山了，可是我還不打算把冷氣關掉。遠遠地就聽到摩托車的引擎聲愈來愈靠近，然後就停了。我把話筒放回去，吞了一口從一樓的便利商店買上來的礦泉水。伴隨著一陣上樓的嘈雜腳步聲，事務所的大門就被半平推開了。

『我回來了！』

『嗯，辛苦了！』

聽到我的聲音，半平露出了不可思議的表情。

『你的聲音怎麼了？』

『沒什麼。』

只要別說太快就不會對聲帶造成太大的負擔，可是也因此我講話的速度變得非常地緩慢。

『因為……打了太多通電話……嗓子……啞掉了。』

『真的假的？我從來沒有過嗓子啞掉的經驗耶！原來講太多話真的會喉嚨沙啞啊！』

『因為……我這半年……幾乎都沒怎麼在講話……的緣故吧！』

『啥？』

『所以……嗓子變得……不聽使喚了。』

半平一臉同情地說：

『那你就不要再強迫自己說話了吧！』

我點點頭，又喝了一口礦泉水。然後對著半平招招手，用筆在便條紙上寫了一行字，遞給他看——

『經過報告。』

『是的。』

半平開始報告起他這一整天下來的收穫。包括他拍下了古文書原稿的照片、包括有一位叫做江馬常光的業餘歷史研究家也曾經調查過那份古文書的由來、包括他已經死掉了但是生前的作品還留著、包括和江馬常光分別屬於不同研究領域的岩茂隆則也對小伏町的歷史非常了解、包括這位岩茂隆則正在山北高中當老師等等。

半平對谷中地區做出了如下的評語——

『真是太鄉下了，和我出生的六桑有得拚。那種地方到了晚上肯定一個人都沒有，搞不好連盞路燈也沒有。』

我心裡想，這不是廢話嗎？

在聽他報告的過程中，我接連皺了兩次眉頭。第一次是他在描述他為了拍下古文書的照片還打了閃光燈。這種有年代的東西，尤其是紙類，對光線最敏感了，很多博物館根本是嚴格禁止用閃光燈拍照的。不過算了，一次兩次應該沒什麼太大的關係吧！我也懶得一一糾正他了，尤其大家都這麼大的人了，況且我現在光是開口說話都痛苦萬分。

另一件讓我皺眉頭的事，是半平離開了小伏町教育委員會之後，居然就直接回來了。我在紙上振筆疾書——

『你為什麼不直接去圖書館？』

『不，我有去喔！可惜今天剛好是圖書整理日。』

『在禮拜五？』

我記得全國的圖書館和理髮廳都是統一在禮拜一休息的。

可是半平都這麼說了，再追問下去也只是浪費彼此的時間而已。

『我怎麼會知道啊！圖書館每個月都要整理一次的吧！而且不就是每個月的第二個禮拜五嗎？反正沒有開就是沒有開啦！』

原來如此。誰叫我根本不清楚半平是個什麼樣的人，只好一樣一樣地問清楚囉！我努力地擠出聲音來：

『你……會用……圖書館嗎？』

然而半平似乎聽不懂我在問他什麼。

『我不明白你的意思，難道圖書館還有什麼用法或用量的規定嗎？』

『我是說你知道要如何找到你所需要的書？如何抓出你所需要的資料嗎？』

我猜像半平這種人，一整年唯一看過的書大概只有行動電話的說明書了吧！雖然我知道不可以以貌取人，不過半平橫看豎看就是這種人。

半平盯著我的臉看了好一會兒，可能是察覺到我對他的能力有所懷疑吧！突然對我笑了笑：

『沒問題的啦！書我還看得懂。最近不就有一本很有趣的書嗎？呃……叫什麼來著？什麼田捕手的……』

『你是說沙林傑的作品嗎？』

『欸？那不是BLANKEY JET CITY的歌嗎⑩？』

半平呆呆地望著我，我也傻傻地回望著他。然後他說：

『啊！我想起來了，是豆田⑪啦！』

喉嚨愈來愈痛，我擠出最後一絲力氣說道：

『真是雞同鴨講！』

算了，既然事情已經交代給他，就只好隨他愛怎麼處理怎麼處理了。為了我自己的喉嚨著想，還是不要再追問下去好了。只是，有一件事我得提醒他。於是我在紙上寫下：

『如果你打算明天就去找那位老師，最好今天就先跟對方預約。』

『預約？』

半平發出了奇妙的聲音。

『你所謂的預約，是不是就是那個……欸……我幾點要去找你，請你把時間空下來給我的那個？一定要先預約嗎？』

⑩BLANKEY JET CITY是日本的一個搖滾樂團，他們有一首歌就是以《麥田捕手》的作者沙林傑（Salinger）為名所寫成的。

⑪《豆田捕手》（オロロ畑でつかまえて）是日本新銳小說家荻原浩的作品。而《麥田捕手》的日文譯名為《ライ麦畑でつかまえて》，兩者十分相近。

『倒也不是一定，不過這是做人的基本常識。』

『啊……我知道了啦！』

半平看起來似乎有點不爽的樣子。

於是乎，他反過頭來問我：

『部長你呢？有什麼進展嗎？』

我除了搖頭之外還能有什麼反應？

不管是打給『Corn Gooth』的神崎，還是打給佐久良朝子的電話，都只是把我已經知道的事情再做一次確認而已，並沒有其他的收穫。雖然這個行為也不是不重要，但畢竟沒有建設性。雖然神崎的言談之間有一些令我覺得奇怪的地方，但光憑這樣還是推斷不出桐子現在到底在哪裡。我的目的只是要把桐子找出來，至於說她有什麼困難，老實說並不關我的事。

至於另一個可能知道桐子常去什麼地方的渡邊慶子，則是找了半天連個影子也沒找到。沒想到光是要找出渡邊慶子，就是件看起來簡單，但做起來困難的苦差事了。每當我好不容易撥通一個電話號碼，問對方：『請問府上有一位渡邊慶子小姐嗎？』得到的答案都是：『沒有。』我本來打的如意算盤是，就算對方說沒有，我也可以繼續問：『那請問您認識渡邊慶子小姐嗎？』只是有一點我沒有算到，那就是通常人在知道這是一通打錯了的電話時，態度之惡劣，往往是面對面溝通時完全想像不到的。我的喉嚨就是在不斷重複的說明與不斷重複的請求之間操壞掉的，而且根本沒問出更進一步的消息。

經過長期間非人哉的待遇之後，我對接線生這份工作的敬意有如滔滔江水，一發不可收拾。光是那分不屈不撓的毅力就令我佩服得五體投地。還有喉嚨的耐操也是。不過話又說回來了，每當我接到推銷電話的時候，通常也不太把對方當人看就是了。

半平笑道：
『這樣不行喔！我就算沒有收穫的話，也還有晚上的收入頂著，但是部長是領日薪的吧！』
不用你說我也知道。我對第一天的結果也不甚滿意，甚至有點沒信心了起來。
當初針對尋找佐久良桐子的這個案子，我提出的條件是一天多少錢的日薪，加上成功時的一次性酬勞，再加上查案時所必須支出的費用。雖然日薪壓得很低，但是如果完全都沒有收穫的話，收太多錢也不好意思。而且每隔三天就得向佐久良且二報告一次。所以這個禮拜天我就得把目前所查到的事去跟佐久良且二報告。
另一方面，古文書的調查則是採事成之後一次付清的方式，頂多再加上查案時所必須支出的費用。還約定只要百地沒有主動問起，就沒有義務向他報告調查的進度。因為這項調查到底要花多少時間？成功的可能性到底有多高？在訂契約的時候完全都還沒有個底。一般來說，事務所為了節省人事費用，都不希望調查時間拖得太長，但是我付給半平的薪水是採佣金制的，所以不管他是花一年才解決，還是花一天就搞定，對於『紺屋S＆R』的財政都沒有太大的差別。就算最後還是調查不出個所以然來，損失的也只有半平。
我自暴自棄地在便條紙上寫下一行字——
『我會繼續努力的。』
然後突然想起了另一件事，繼續寫下——
『我想你的上班時間就訂為早上九點到下午六點，這樣打工來得及嗎？』
『我知道了。來得及啦！打工十點才開始。』
我繼續振筆疾書——

『你可別累垮囉！』

『放心吧！我自己的身體……』

『要垮也等到完成委託之後再垮。還有，我這裡不提供勞健保，所以請保重。』

半平看完我寫的字，臉上露出一絲苦笑。

『紺屋部長，你這個人啊，基本上還滿無情的耶！』

或許是吧！不過，搞不好我只是忘了要怎麼為別人著想罷了。我心裡雖然是這麼想的，可是卻沒有說出口，當然也沒有寫下來。

時針恰巧走到了我剛剛才規定好的下班時間。

7

〈白袴〉晚安。

〈GEN〉晚安。

〈GEN〉你的新工作進行得如何啦？

〈白袴〉我本來只是想找尋走失小狗的，卻來了一堆莫名其妙的委託。

〈GEN〉莫名其妙的委託？

〈白袴〉尋找失蹤人口和調查古文書的由來。

〈GEN〉這是怎麼一回事啊？是同一件案子嗎？

〈白袴〉不是，是兩件不同的案子。結果害我還莫名其妙地雇了一個人。

〈GEN〉哦，大老闆耶！（笑）

〈GEN〉原來是兩件不同的案子啊？我還在想，如果是同一件案子的話該怎麼辦呢？

〈白袴〉對方說薪水只要事成之後再給就行了，
〈白袴〉感覺上比較像外包的，而不太像受薪的員工。
〈GEN〉白袴先生是從事哪方面的工作呢？
〈白袴〉跟找人有關的行業。
〈白袴〉我有股不祥的預感，但願是我多慮了。
〈GEN〉你要找的是什麼樣的人呢？
〈白袴〉前系統工程師，也有可能是程式設計師。
〈GEN〉原來是我的同行啊！（笑）
〈GEN〉肯定是眼看著期限快到了，東西卻趕不出來，跑去躲起來了，真令人同情。
〈白袴〉對喔！也有這種可能性呢！
〈白袴〉很有參考的價值。
〈白袴〉話說回來，我還真的滿想知道他是為了什麼原因才失蹤的。
〈GEN〉哇，真嚇人！這就是所謂的敬業精神嗎？才開業兩天就有了敬業精神？
〈GEN〉不過說真的，如果有什麼我可以幫得上忙的，儘管說沒關係。
〈GEN〉當然啦！要在我能力許可的範圍之內。（笑）
〈白袴〉如果有需要請你幫忙的地方，我一定不會客氣的。
〈白袴〉如果你不方便的話，也請不要客氣地拒絕我沒關係。
〈白袴〉啊！不好意思，有客人來了，不知道會是誰。

夜幕低垂，街燈也已經亮了，吃過晚飯，然而白天蓄積在屋子裡的熱氣卻遲遲不肯散去。我把所有的窗戶都打開，冬天也可以當作暖被桌來使用的小型矮腳餐桌上放著我的筆記型電腦，我正在玩線上聊天。

那是一個用Java語法寫成，可以放在個人網站上的聊天室，最多只能容許四個人參加。不過通常都只有白袴⑫──也就是我──紺屋長一郎，和一個沒有見過面的網友──GEN的一對一聊天。當初我說為了要重新回到社會上，想先做點什麼來暖身的時候，就是GEN建議我不妨先做點什麼小生意來試試。

GEN的年齡應該跟我差不了多少，但是他高中畢業之後就馬上開始工作，所以比我懂得人情世故，應對進退也都非常地成熟。一些跟網路有關的知識也是GEN教我的。

我們剛認識的時候，我還是個大學生，在那之後，不管是在我畢業的時候、工作的時候、生病的時候、辭職的時候，甚至是花了半年時間在無所事事的時候，只有GEN對我的態度始終沒有變過，我的很多煩惱，只要是在他能力所及的範圍裡面，他都會聽我傾訴、幫我想辦法。所以雖然沒有真正見過面，但我一直都很信賴他。

門鈴又響了。時間還不到八點，雖然這個時間按人家的門鈴還不算沒常識，但我實在想不出來會有誰來找我。如果是推銷報紙的，我就要裝作沒人在家，繼續聊我的天。

我從門上的貓眼往外看，只見一個年約三十的女人站在門口。頂著一顆最近已經很少見的泡麵頭，稍微大了點的鼻子令人印象深刻。手裡拿著一疊不知道是什麼紙。大概是跟社區管委會有關的吧！這麼說的話，我好像在哪看過這個人。

『來了。』我一邊回答一邊把門打開。女人微微地點了個頭算是打過招呼，然後把聲音壓低，像是要說什麼鬼故事似地開口了。

『晚安，不好意思，這麼晚了還來打擾你。是因為有件事情想要請這個社區裡的男士們幫幫忙……』

『什麼事？』

我的聲音嘶啞得嚇人。所以女人瞪大了眼睛，但語氣卻反而變得輕快了起來：

『哎呀！感冒了嗎？』

『不是，只是在工作的時候把喉嚨使用過度了……』

『這樣可不妙呢！含點喉糖可能會好一點喔！不過，如果是喉嚨痛的話，橘子口味的反而不太好。』

『請問，妳有什麼事嗎？』

女人的聲線又沉了下來。感覺好像在演戲，假假的。

『啊、嗯……我想你已經聽說了吧！最近這一帶出現了野狗。』

『嗯，我是有聽說。』

『可是，你知道嗎？今天又有一個小孩被攻擊了，還好只是差一點被咬到。雖然我們已經加強巡邏了，可是人手還是不夠，而且萬一真的發生什麼狀況，還是要有個男人在旁邊比較好……』

『啥？』

我想接這樣的案子接不到，卻得被社區管委會抓去當義工……人生就是這麼諷刺。

『雖然衛生所似乎也做了很多措施，但如果等到孩子們真的受傷就太遲了。更何況現在是暑假，如果都不讓孩子們出門也實在太可憐了，所以我們只好繼續加強巡邏。不知道你願不願意利

⑫亦即染匠穿的白褲子。日本有一句諺語叫做『紺屋の白袴』，指的是為他人忙碌而無暇自顧的樣子。

用假日的時候幫個忙呢！』

『紺屋S&R』基本上也是有假日的。和佐久良且二的契約上也有設定每六天就有一天是停止調查的休息日。可是明天才第二天，如果是前天的話，我的行事曆上還是一片空白。真是不湊巧。

見我猶豫不決的樣子，女人把她手上拿著的紙抽出一張遞給我。

『這是管委會的通知單。』

上頭畫了一隻看起來與其說是狗還比較像是狼的動物，和一個被追著跑的小孩，小孩的眼睛畫成叉叉，正在哇哇大哭。旁邊則用可愛的字體寫著：『自己的安全要自己保護！』標題則是『請協助加強巡邏』。至於發起的單位，則列了一長串南小學校的家長會和社區管理委員會的名單。看樣子這可是個動員了各個組織的大作戰呢！如果只是由家長會所發起的話，我又沒有小孩，應該不可能找到我這裡來。一定是管委會的那些婆婆媽媽出賣我的吧！雖然我還滿有禮貌，在這一帶的風評應該還算不錯，不過我想他們選中我的原因，一定是因為我看起來很閒的樣子。

我再瞄了一眼傳單。

『請問你願意幫忙嗎？』

這次我倒是回答得很爽快：

『好的，沒問題。如果是中午以前的話，我可以幫忙。』

『欸？您真的願意幫忙嗎？』

女人又把眼睛給瞪圓了。然後喜悅的笑容開始在臉上擴散。雖然怎麼看都只像是在演戲。

『真是太感謝你了！因為大家都很忙，沒幾個人願意幫忙。謝謝你！』

我看了看傳單，上面寫著集合地點和時間。

『明天早上八點在這上頭的停車場集合，對吧？』
『是的，請你務必要來。真的非常謝謝你。那就拜託你了。』
後來又互相點頭致意個沒完沒了，好不容易才把她送走，把門關上。
回到聊天室。先盤腿坐在只有我一個人坐過的坐墊上想了一會兒。

〈白袴〉我回來了。
〈GEN〉發生什麼事了？
〈白袴〉真是意想不到的收穫。
〈GEN〉？？？

我又看了一次那句『請協助加強巡邏』的標題。然後目光停留在最後一行的連署名單。家長會長的名字是一個沒聽過的男人。在那下面出現在管委會副會長的名字——『渡邊慶子』。
雖然有可能只是同名同姓……
我繼續敲著鍵盤。

〈白袴〉搞不好看起來像是中了第一特獎，其實只是空歡喜一場。
〈白袴〉總之我明天要去抓狗了。

第三章

二〇〇四年八月十四日（星期六）

1

氣象預報說，接下來幾天依舊是晴朗無雨的好天氣。雖然氣象主播打趣地說這是最適合洗衣服的好天氣，不過如果我沒記錯的話，同樣的話他已經說了快半個月了。再這樣下去的話，不要說民生用水吃緊了，還有可能會發生火災。看樣子我也得小心火燭才行。

我就著昨天還剩下一點的鱈魚子，把飯扒進嘴巴裡。

吃完飯，我張開嘴巴做發聲的練習。

『一二三四五六七，七六五四三二一……』

太好了，聲音恢復正常了。

為了活動方便，我換上牛仔褲和長袖的襯衫。把昨天剛買回來的橡皮球拿在手裡。在腰部的地方繫了兩條毛巾。

雖然我平常去事務所的時候都是穿皮鞋，不過今天早上特地換了雙球鞋。走出房門之後發現，今天的天氣果然就像氣象預報的一樣，從一大早就是個晴天。

專門對付野狗的巡邏隊的集合地點，就在我住的那棟公寓旁的停車場裡，所以走沒兩步就到了。四個女人和一個男人剛好在我那輛車的旁邊圍成一圈。主要都是附近的鄰居，所以都是些熟面孔。我露出營業用的笑容，一一地跟大家道早安。

或許是因為集合地點太近了，所以我犯下了一個沒有提早出門的『錯誤』。因為看樣子我似乎是最晚到的。在我加入那一個圓圈之後，其中一個女人像是要引起大家注意似地低下了頭。

『大家早。感謝大家犧牲假日前來幫忙，今天也讓我們一起努力吧！』

女人很年輕，大概只有二十出頭吧……不，也可能再多一點。會不會她就是渡邊慶子？稍微染過，吹得往外翹的頭髮，穿著短袖的襯衫，乍看之下給人活潑的印象，但臉上的表情卻非常文靜，妝也畫得很保守，感覺不到太強烈的自我風格。

不過，看樣子她好像就是這支巡邏隊的領隊。她先看看我，再望向另一位男士。

『今天還有男士前來幫忙。呃……不好意思，請問你叫？』

『啊、我姓榎原。』

榎原戴著一副厚重的眼鏡，頭髮中分，看起來是個好好先生。從外表上來看應該是個公務員。

我一邊想，一邊接在榎原之後笑著自我介紹：

『我姓紺屋，請多指教。』

其他三位女士也一一地報上名來。其中一位似乎是榎原的老婆。而最後一個自我介紹的是領隊。

『我姓渡邊。』

佐久良桐子二十四歲，所以渡邊慶子應該也是同樣的年紀吧！眼前的渡邊就外觀條件來說的確很符合我要找的人。

渡邊不卑不亢地把目前的狀況交代了一下：

『昨天又有一個在外面玩耍的四年級小女孩被攻擊了。她馬上衝進朋友的家裡，所以沒有受傷，不過聽說還是受到了相當大的驚嚇。雖然家長會有發出通知，要求孩子們盡量不要外出，但是還是請大人在河堤邊的空地、學校的操場加強駐守比較好。接下來好像會愈來愈熱，請大家也要多留意自己的身體狀況。除此之外，這裡還有衛生所發出的通告。尤其是今天才加入的朋友，請稍微記一下——當發現野狗的時候，請不要隨便地刺激牠。除非已經看到小孩子被攻擊了才出手把狗趕走，否則基本上請不要輕舉妄動，只需馬上連絡衛生所，交給他們去處理即可。接下來，進行工作範圍的分配。』

說完，目光在五個人身上繞了一圈。

『既然我們有六個人，那就河邊兩個、學校兩個、剩下兩個人則負責巡邏。有誰要自願的嗎？』

一個女人怯生生地把手舉了起來。

『可以讓我負責學校嗎？因為離我家比較近。』

『好的。欸……可以請男士負責河邊和巡邏嗎？』

她望著我和榎原。我的如意算盤是，如果可以和渡邊一組的話，將有利於我的調查。看她一副很習慣於發號施令當老大的樣子，應該會選最辛苦的巡邏吧！所以我自告奮勇地舉手：

『啊、那我負責巡邏好了。』

聽我這麼說，榎原也鬆了一口氣似地說道：

『那我就負責河邊。』

『那麼河邊就麻煩你和尊夫人了……然後我負責巡邏，新村太太負責學校。這樣可以嗎？』

大家都沒有意見。於是渡邊點點頭。

『再跟大家確認一遍。是一隻中型的狗，外型有點像柴犬。發現之後，除非已經發生被攻擊的情況，否則只要通知衛生所就行了。還有，請大家別上這個。』

她把綠色的臂章發給每一個人。上面用白色的字體寫著『南小家長會』。原本應該是特立獨行、憤世嫉俗的偵探，居然戴上家長會的臂章……我是無所謂啦！可要是讓半平知道了，搞不好會把他給氣死。

見大家都把臂章戴上了，渡邊拍了一下手。

『那麼，就請大家各自小心了。』

這一帶是純住宅區，所以路都很窄。而且因為街道劃分得很整齊，所以也很少有岔路。視野固然非常開闊，但是一旦被狗襲擊的話，也就沒有地方可以躲，因為路的兩旁都被一家挨著一家的圍牆給堵住了。我在渡邊的帶領下進行著巡邏的工作。可能是已經巡視過好幾次了，她在帶路的時候非常地有模有樣。

雖然抓狗是我原本的願望，但今天可不是那麼單純，我得確認渡邊慶子是否就是松中慶子，並問出桐子的情報才行。我正煩惱著不知道要從何切入的時候，渡邊非常善體人意地主動開口了。

『那個球是幹什麼用的？』

她問的是我一直握在右手裡的橘色橡皮球。我拿給她看，並堆出滿臉的笑容。

『這是用來對付野狗的。』

『要拿來丟牠嗎？』

『不是的，是如果看到野狗的話……』

我把細長的手臂高舉過頭，再往下甩。

『就把它用力地扔向地面。因為球會彈得很高，所以狗的注意力會被球吸引過去，我們就可以乘機逃跑囉！而且這樣也比兩手空空來得比較有安全感一點。』

『哦，原來如此。』

渡邊表現出高度的讚嘆，不過多半只是禮貌上的反應。接著就一臉狐疑地說：

『……真的有效嗎？』

我露出一絲苦笑。

『我以前試過，還滿有效的。』

『以前？』

『小時候，我家附近也曾經像現在這樣出現過流浪狗。』

我的視線落在橡皮球上。

『那是隻很兇暴的狗，鄰居的小孩被咬了十幾個地方，還被救護車送進醫院裡。學校也有很多繪聲繪影的傳言，當時真的很害怕。不過小孩子畢竟是小孩子，過沒幾天就忘得一乾二淨了，還是跑去公園玩。我記得那個時候好像也是夏天。』

當時公園裡面沒有大人，只有五、六個小孩。我們拿著橡皮球和塑膠做的棒子在玩壘球。我是投手，所以手裡拿著橡皮球。

『因為我們作夢也沒有想到自己會被襲擊，所以一看到狗就當下嚇得六神無主、一哄而散。剛好那座公園裡有個涼亭，爬得上去的就爬到涼亭的屋頂上，爬不上去的就爬到附近的樹上，有的爬到溜滑梯的最上面，總之就是大家各自找地方避難。可是，還是有人來不及逃跑。』

『那個人就是紺屋先生嗎？』

『不是，是我妹妹。當時學校有交代我們，萬一被流浪狗攻擊時也不要亂跑，因為愈跑只會愈刺激牠，狗一興奮反而會緊追著不放。我妹應該也知道才對，可是實際上根本沒有用。』

搞不好這次學校也發出了同樣的公告，因為渡邊的語氣突然變得有點猶疑：

『沒有用嗎？可是我也是這樣告訴小朋友的耶！』

這麼說來，她不是管委員的人，而是家長會的人囉！如果這個渡邊就是我要找的渡邊慶子，那她才二十四、五歲就已經有個唸小學的孩子啦？

不過，這也不是什麼多稀奇的事。我曖昧地笑了一笑。

『呃，這個嘛……因為狗衝過來的速度非常快，如果不逃的話肯定會沒命，我是這麼想的啦！所以當時我妹也拚了命地跑，但畢竟還只是個小孩，跑得再快也沒有狗快。』

當時小梓和朋友兩個人正在沙堆裡玩沙，而我也只是個小學二年級的學生，從自己避難的溜滑梯上溜了下來。

『當時我的腦中一片空白，只知道狗很喜歡玩球，想說這樣或許行得通吧！就衝到狗的面前，把球往牠身上砸。沒想到還真的有效，我妹總算是逃過一劫了。』

『那你呢？』

『我啊？我也沒事喔！』

我笑了。渡邊也笑了。而且不再只是剛才那種禮貌性的微笑。

『你一定嚇壞了吧！』

『對呀！不過呢……』

我小小聲地補了一句：

『因為這樣聽起來比較容易理解。』

『……你說什麼？』

可能是沒有聽清楚吧！渡邊一頭霧水地反問。而我只是曖昧地笑著，搖了搖頭。

『沒什麼……對了，昨天我看了傳單之後就一直想問了，渡邊太太以前是不是姓松中？』

『是的，沒錯。』

渡邊不疑有他地爽快回答。看來從微不足道的日常瑣事切入果然是正確的選擇。

『果然沒錯。那妳以前該不會也是唸山北高中吧？』

『是的。』

這可真是踏破鐵鞋無覓處，得來全不費工夫啊！我不由得發出一個真心的笑容。

『真的嗎？我今天早上第一眼看到妳的時候就在想，天底下沒有這麼巧的事吧？沒想到還真的有！』

『請問這是怎麼一回事……』

渡邊臉上終於浮現出戒備的神情，這也難怪。接下來只要將我與生俱來的忠厚老實外表發揮到淋漓盡致就行了，沒想到手機居然在這個節骨眼響了起來，而且還是我的手機。

也太不會看時間了吧！我忍不住啐了一聲。跟渡邊說了聲抱歉，按下通話鍵。

是半平打來的。

『啊、部長。事務所的門打不開。就算你再沒有幹勁，也不能說蹺班就蹺班吧！』

我努力用愉快的聲音回答：

『啊——關於這個事，真不好意思，我今天會直接去現場。如果半田先生不介意的話，能不能請你直接開始工作，門就讓它鎖著，不要管它。』

『……有人在你旁邊嗎？』

『好的，那就這麼說定了。』

『隨便啦！那我就直接出發囉！事情辦完之後需不需要再回事務所一趟？』

『如果半田先生的業務超過下班時間的話，可以直接回家沒有關係。我會回事務所一趟。』

『……部長，你講電話的方式好專業喔！』

『多謝讚美。』

『但是一點也不像偵探。』

『再見。』

掛電話。

2

『再見。』

電話突然就被掛斷了。部長真的有在工作嗎？這點我倒是覺得很懷疑。

不過就算進不了辦公室，對我來說也不是什麼太大的問題。反正我又沒有私人物品被鎖在裡面，今天要做的事情也早就計畫好了。

我要去山北高中找岩茂隆則。

昨天部長還特別警告過我，要先跟對方約時間，但我實在是很不想這麼做。因為有哪個偵探查案還要先跟對方約時間的啊？這種行為實在有違我的美學。

事實上，當我打電話去山北高中，請他們幫我轉接給岩茂的時候，我的語氣雖然比起部長的業務化來還差得遠，但也算是中規中矩的了：『敝姓半田，不好意思突然打電話給您。事情是這樣的，我正在找對小伏町的歷史有研究的人。是小伏町教育委員會介紹我來找岩茂先生的。』

可是邊說的時候，我心裡其實是邊懊惱不已的，因為這實在不是我所憧憬的偵探該有的行為。

儘管電話另一頭的岩茂是個人很好的高中老師，但我還是感到一股難以言喻的窩囊。對於我突然打去的電話，岩茂絲毫沒有表現出不悅的樣子，只說他們家的位置不太好找，所以想跟我約在學校；還說現在是暑假，所以應該不難進去……很多小地方都替我注意到了，害我忍不住悲從中來。做為一個偵探，卻得到高中老師這麼親切地對待，就我的美學來說，實在很難接受。

我跨上M400，發動引擎。距離約定的時間還很充裕。

基於昨天所得到的教訓，我今天特地換上了深色的西裝。在這種大熱天裡，在西裝上面再套一件皮夾克，騎著Ducati摩托車到底是一種什麼樣的光景，我連想都不敢想。

愈想愈覺得離我原先的理想愈來愈遠。

山北高中的操場上，棒球社的人正在整理操場。一群穿著米黃色制服的學生拿著長長的水管，正在操場上灑水。從我站的位置上可以看到因為光和水的作用所形成的彩虹。灑水的用意是為了防止塵土飛揚嗎？還是因為連著好幾天的酷熱，不得不灑點水降溫，以免學生中暑？

雖然我在八保住了這麼久，卻還是第一次走進山北高中。山北高中是所私立學校，而我唸的是公立的八保高中。八保市只有兩所公立的普通高中，所以山北高中長久以來都一直扮演著『接收沒考上這兩所公立高中的學生』的角色。我望著高掛在迎賓大廳的『山北高等學校』匾額，想起過去我們曾經把『去唸山北』當作是『笨蛋』的代名詞來用的中學時代。在那個時代，『去唸山北』和『八保高中A級班』之間有著無法跨越的階級鴻溝。不過，如果唸的是『山北升學班』的話，就又另當別論了。我曾經是『八保高中A級班』的優等生，如今卻只是個無業遊民。以我現在所處的社會價值觀裡，無業遊民被定位在哪個階級，我其實比誰都清楚。

地板上貼著磁磚，隨處可見龜裂的痕跡。漆成白色的牆壁，不知道之前貼過什麼海報，只剩下陳舊的透明膠帶痕跡還黏在上面。雖然一點都不冷，但應該有開冷氣。

我才在接待處問了一下，岩茂馬上就出現了。看起來大約五十多歲，頭髮已有些斑白，圓潤溫和的表情，感覺上非常地從容不迫。穿著一身暗紅色的運動服，充分展露出身材的曲線。我個人認為有減肥的必要。

『你好，你是打電話給我的半田先生嗎？』

和在電話裡給人的感覺一樣，態度非常親切。我連忙點頭行禮。

『是、是的。真不好意思，明明是假日還麻煩你特地跑一趟。』

『沒關係，我帶的社團今天剛好也有活動，本來就一定要來學校的。這邊請。』

我跟著他進入了教職員辦公室。一整排的不鏽鋼辦公桌令人有些懷念。唯一和我學生時代不同的，是聞不到香煙的味道。我不清楚這是基於公立和私立的不同，還是時代的演變。雖然現在是暑假，但是好多個位子上都有人在辦公。

辦公室的角落裡有一套接待的客桌椅。岩茂催促我坐進酒紅色的沙發裡。而他自己則在對面坐下，似乎沒打算要賞我一杯茶喝。

『你說你在調查小伏町的歷史，你是學生嗎？』

他笑著問我。昨天在鎮公所雖然也被當成學生，不過他既然問了，我也就老實地回答：

『不，我是個偵探。是受到小伏町的居民委託，替他們調查一些事情的。』

『啥？偵探……』

非常含糊的回答。他對偵探這個單字的反應也未免太冷淡了吧！害我覺得相當地沮喪。重新打起精神來，從西裝的口袋裡拿出了一個信封。將信封裡的照片，也就是那些古文書的照片排在茶几上。由於我的攝影技術本來就先天不良，再加上便宜的照相機又後天失調，所以拍得不太好，字幾乎都看不見了。

『我的委託人想要知道照片中這些古文書的由來，所以委託我協助調查。但是因為我出生在六桑村，對小伏町的東西不太了解。請教了教育委員會的人，他們告訴我，岩茂先生可能知道些什麼也說不定。』

『唉，是田淵先生告訴你的吧！』

不知道是不是有什麼隱情，岩茂露出了苦笑。拿起其中的一張照片說：

『啊啊，這是禁令嘛！』

沒想到他解答得這麼爽快，害我差一點就聽漏了。一邊點頭附和：『是這樣的啊！』話一出口才發現不對。

『禁令？什麼意思？』

岩茂瞥了我一眼。

『半田先生，你看得懂草書嗎？』

我一時無言以對。

『……看不懂。』

『是嗎？』

是我多心了嗎？岩茂臉上似乎出現了困惑的表情。也許是因為他想不到一個在暑假期間還特別跑到學校來向他討教歷史的人，居然連草書也看不懂吧！

岩茂盯著照片，宛如唸咒一樣地喃喃唸道：

『濫妨狼藉之事、放火之事、採伐森林之事。若有違反者，應盡速將其逮捕，並公諸於世。』

岩茂抬起頭來，微微一笑。

『……也就是說，在貼有這個禁令的地方就不能做出橫行霸道的事。』

『這算是一種法律嗎？』

『倒也不是，聽起來好像是這樣沒錯，但是又有一點點不同。』

岩茂把照片放回原位，將兩隻胳臂抱在胸前。我趕緊集中精神，以免不小心又聽漏了什麼。

『禁令在戰國時代到江戶時代之間是一種很常見的東西。因為那個時候整個日本都處於內亂的狀態。諸侯之間也都個個擁兵自重，戰爭時有所聞。』

岩茂口若懸河地說道。語氣似乎跟他剛才招呼客人時的說話方式略有不同。

『一旦發生戰爭，沒有反抗能力的農民們就成了最大的受害者。雖然當時有所謂的刈田⓭或割稻部隊⓮，可是戰爭一旦爆發的話，有時候摧毀敵人的田地也是作戰策略的一種。但是對於農民來說，一年的收入就這樣毀於一旦，試問有誰受得了？所以這裡的「無法無天」和現在所謂的

⓭日本中世的時候，領主為了主張其對於某塊領地的所有權，會強硬地採收那塊領地上的農作物。
⓮把士兵送到敵人的領土上，強行收割對方就快要收成的稻子或小麥，帶回自己的領土。

「無法無天」在意思上有一點出入，主要是指掠奪的行為。為了停止上述的慘劇、恢復應有的秩序，就出現了這種禁令。除了帶有法律上的意義之外，還兼具有告訴大家戰爭已經結束的意涵。』

『那麼，這是戰國時代的諸侯所頒布的禁令嗎？』

『除了諸侯之外，也有的是由地方的領主或具有武力的寺廟所頒布的。只不過，如果是由小伏町所頒布的嘛……』

岩茂說到這裡突然不再往下說了。把禁令的照片重新拿在手上，目不轉睛地盯著看。然後閉上眼睛，用拳頭揉著太陽穴，彷彿是要把記憶給榨出來一樣。

『……這個是在小伏的哪裡找到的？』

『這個嘛……』

我有點猶豫。不知道說出來會不會違反跟委託人的約定。可是，我現在是在求人家告訴我事情，沒道理還有所隱瞞吧！雖然偵探有保密的義務，但這應該是兩回事才對吧！

『谷中地區的八幡神社。』

『果然是那裡啊！嗯，既然如此，那就沒錯了。』

岩茂用力地點點頭。問題是光他一個人知道有什麼用啊？我連忙試著問他：

『八幡神社有什麼問題嗎？』

『不是的。』

岩茂有點不好意思地笑了笑。

『因為我好像在哪裡看過這些禁令。你也許已經從田淵那裡聽說了，我研究的是近代史，像這種中世的資料，我其實很少在看。可是這些禁令卻又好像似曾相識，所以才覺得奇怪。』

我想起來了。昨天神社裡的那個老人所說的話。

『……會不會是哪個學生在暑假的自由研究時做過這個題目？』

『沒錯，正是如此。』

我不記得那個學生的名字了。江馬常光這個名字倒是記得很清楚。對於岩茂和那個學生的研究有關的事，我並不覺得有什麼特別巧合的地方。如果那個學生剛好又是山北高中的學生，那麼找對小伏的歷史頗有研究的岩茂商量是件再自然不過的事。再說山北高中是私立學校，和公立高中不一樣，老師的流動率沒那麼高。

岩茂瞇起了眼睛，一臉懷念的樣子。

『不過，並不是因為暑假的自由研究。而是那孩子加入了歷史研究社，在社團裡進行研究。當時她就和半田先生一樣，正在調查這篇禁令的由來。』

『而您則是那個社團的顧問囉？』

『不是的。』

岩茂笑了。拉了拉他身上穿的運動服。

『我是羽毛球社的顧問。我只是在大學時代有稍微玩過一下下，沒想到一晃眼就已經當了將近二十年的羽毛球社顧問了。歷史研究社則一直是由另一位老師擔任顧問。升學班裡都是些很聰明的孩子。他們的思考邏輯常常會毫不留情地戳破別人的盲點，所以我在面對他們的時候也常常是提心吊膽的。還有，雖然我不方便說得太武斷，但是真正能將老師利用到淋漓盡致的學生，一個學年能有一個就算是多的了。當然有很多學生會來問問題，但是大部分都是懶得自己思考的學生，再不然就是利用問問題的行為來強調自己是個勤奮向學的好學生。然而，那孩子是真的很有自己的想法。因為她是為了將自己蒐集到的資料整合起來，才來找我討論的。』

是這樣的嗎？現在是因為事過境遷了，才會這樣不遺餘力地稱讚吧！當那個學生還在學校的時候，搞不好還被視為是專門找老師麻煩的問題學生呢！

岩茂半開玩笑地接著說：

『如果那孩子的研究報告還在的話，搞不好一下子就可以解開這個謎團了。』

『可以借我看一下嗎？』

我滿懷期待地問。可惜岩茂的表情馬上暗了下來。

『……不行耶！不好意思。』

『欸？為什麼？』

『因為那是學生的研究報告，就算有留下來的話也是學生的東西。沒辦法交給學校以外的人。』

既然他是用那麼懷念的口吻在講這些事，就表示那個學生應該是從山北高中畢業的吧！我不是不了解校方不可以隨便把學生的東西交給不相關的人，問題是學生都已經畢業了，還控管得這麼嚴格，這我就有點不能理解了。我總覺得不是不能給，而是不肯給。或許是為了彌補不能給的結果，岩茂接著說：

『不過啊，我知道佐久良同學……就是那個學生所用的參考資料。那本書好像帶給她很大的提示，所以只要看了那本書，應該也能得到同樣的結論吧！』

明明已經有整理好的東西卻不給看，雖然有點遺憾，但是就如同岩茂所說，只要有了參考書，還怕查不出來嗎？因此我還是鬆了一口氣。

『我明白了。可以告訴我那本書的書名嗎？』

『那本書叫做《稱之為戰國的中世與小伏》。是一位姓江馬的作者所寫的，不過一般的書局已經沒有在賣了。小伏的圖書館裡應該還有吧！』

『作者是江馬常光嗎？』

『沒錯，你也知道啊？』

看樣子，今天還是得再跑一趟小伏町。不過，能夠在去圖書館之前就先知道書名，也算是大有收穫了。雖然不太習慣，我還是鄭重其事地向岩茂道謝，正準備把茶几上的照片收起來的時候，突然發現了一件事。

『再請教一下老師，我現在已經知道這張照片是禁令了，那這張又是什麼？』

除了禁令之外，還有幾張古文書的照片。可是岩茂只是瞧了那些照片一眼，臉上浮現了苦笑。

『那是借據。學者可能會很有興趣吧……』

怎麼會夾雜著這種東西呢？我也學岩茂苦笑了起來。

3

眼前出現了似曾相識的場景。雖然人常常會有不知道在哪裡見過，卻又完全想不起來的那種似曾相識感覺，但我現在的狀況似乎跟那又有點不太一樣。

不是不知道在哪裡見過，而是出現了跟我剛才的話題裡一模一樣的場景。

小朋友被野狗追，朝我們這邊狂奔而來的場景。

我和小梓一起被野狗攻擊的經驗，已經是十幾年前的事了。在那之後，我上了國中、上了高中、上了大學、出了社會、辭了工作，這十幾年來連野狗都沒有再看見過一隻。

然而，不管時代再怎麼進步，只要狗這種生物沒有像天花病毒一樣絕種的話，野狗就會不斷地出現。只要有野狗存在的一天，就難免會出現具有攻擊性的野狗。而只要具有攻擊性的野狗繼續存在的一天，自然也就會出現被野狗攻擊的小孩子。這是一種自然的循環。只不過，這次的情況和十幾年前的情況又有點不太一樣。雖然小孩受到攻擊的情況和我記憶裡的如出一轍，但所幸旁邊還有大人在。

被追著跑的小孩看樣子只有小學一、二年級，卻故做小大人樣地穿著一件多層次的襯衫，一邊發出不知道是尖叫還是咆哮的叫聲，一邊四處逃竄。而在後頭窮追不捨的狗也跟謠傳的一樣，外表看起來像是隻柴犬。至於體型就像小梓說的一樣，看在小孩的眼裡或許會覺得是隻龐然大物，但是在我看來只不過是隻中型犬。

『紺屋先生！』

渡邊大叫。這一叫，把我的三魂七魄給叫了回來。

沒想到會真的遇上記憶中的狀況，害我覺得有點不真實。

我把繫在牛仔褲上的毛巾抽出來，將兩條纏成一條，用左手握住其中一端，把剩下的部分捲在左手臂上。

渡邊則是對著哭泣逃竄的孩子招手。

『快過來這邊！』

可能是終於看到了認識的人，小孩哭得更大聲了，一面朝我們的方向跑來。野狗則還是在後面緊追著不放。我舉起右手，用力地把橡皮球往柏油地面上一扔。

幸好，狗的習性並沒有改變。注意力一下子就被彈得老高的橡皮球給吸引過去，速度也慢了下來。當發現背後的渡邊和小孩已經逃開，我連忙大聲地提醒：

『趕快打電話給衛生所！』

同時我也發現自己的身體不聽使喚了，不過聲音倒還出得來，真是不可思議。

狗這時也抬起頭來，和我四目相交。我記得以前好像有聽人說過，不可以和狗四目相交，因為狗只要對到人類的視線就會發狂。我記得還有一種說法是萬一不小心和狗四目相交，也千萬不能主動移開視線，不然狗會以為自己贏了，更加得意忘形。

所以我用力地瞪著那隻野狗，絕對不能讓牠以為自己贏了而輕易發動攻擊。野狗也不叫，就只是發出低沉的嗚嗚聲以示威嚇。

其實我的兩隻腳都在發抖。因為我從來沒有遇過這麼惡狠狠的威脅，會害怕也是人之常情。另一方面，我的潛意識裡還是認為狗應該不會真的衝過來咬我。因為做為狗的食物，人類的體積實在是太大了一點。而且動物基本上應該是不會隨便挑釁人類的。動物也知道要把力氣花在刀口上，不會傻到與人類為敵。可話雖如此，事實上也已經有兩個小孩受傷了，所以常識畢竟只是常識，做不得準。再說我還沒有實際被攻擊的經驗，也不想有。

我把包著毛巾的左手臂舉到喉嚨前面，繼續和野狗大眼瞪小眼。因為不希望腳被咬到，所以把重心放低。

毫無預兆地，狗就突然朝我飛撲了過來。

淺咖啡色的狗影子突然朝我逼近。緊張和恐懼令我全身動彈不得。我還沒來得及習慣這種動彈不得的感覺，就感到一陣劇烈的疼痛。

野狗咬住了我的左手臂。疼痛雖然不尖銳，但是已經足夠使我清醒過來了。我咬緊了牙關，承受這種從未經歷過的疼痛。我是故意把左手臂給牠咬的，所以才纏上毛巾。

左手臂用力，發現手指頭還能動。看樣子野狗的獠牙似乎還沒有貫穿毛巾和我自己的上衣。痛是很痛沒錯，但是並沒有流血。

我的臉和狗的臉中間只隔著一個拳頭的距離。我忍不住咬牙切齒地說：

『你是贏不了我的。』

這句話完全是脫口而出，沒經過大腦的。野狗雖然想要把我的手臂咬下來，但礙於毛巾的阻撓，只能咬住不肯鬆口。然後，我們的視線又對上了。因為距離太近了，我無法直視狗的兩隻眼睛，只好用雙眼用力地瞪著狗的左眼。

雖然被咬到的那一瞬間真的是痛徹心扉，但是託毛巾的福，還在可以忍受的範圍之內。

只要能像這樣繼續拖延時間的話，衛生所的人應該很快就會趕到吧！

狀況雖然膠著，但畢竟是對自己有利的狀態，所以我也開始變得比較鎮定。因為一直採取半蹲的姿勢實在很累人，所以我慢慢地把膝蓋跪到柏油地面上。忍受著野狗薰人的口臭，我開始跟牠對話：

『再這樣下去，你可是會沒命的喔！』

太陽直曬著我的後腦勺。

騎腳踏車路過的男人，躲得遠遠地問我要不要緊。我沒理他，繼續跟狗說話：

『你會被殺掉喔！』

狗只是從喉嚨裡發出聲響。看樣子人類還是沒有辦法和狗溝通。

中午的住宅區裡開始圍起了看熱鬧的人牆。

不知道究竟過了多久，終於聽見衛生所人員的聲音：

『請讓開。』

衛生所的職員問我有沒有受傷，又語帶責備地說：『不是告訴過你們不要出手的嗎？』我心裡想：『如果我不出手的話肯定會出現第三個受害者吧！』不過，還是訥訥地說了聲：『不好意思。』心裡沒有半點想要邀功的意圖。

狗被送上了衛生所的小型客貨兩用車，圍觀看熱鬧的民眾也逐漸散去。一位燙著小波浪鬈髮，體型有點福泰的女性衝了過來，一個勁兒地說：『謝謝你，真的非常謝謝你。』一邊還拚命地鞠躬道謝。等她走了之後，我才想到，那一定是剛剛那個差點被狗咬傷的小孩的母親吧！

渡邊從剛剛就一直不停地在打電話。可能是打給發起這次巡邏活動的家長會和管委會等相關單位，通知他們警報已經解除了吧！當四周終於恢復了原有的平靜，她才一副終於想起一直把我忘記的表情，一臉抱歉地問我：

『呃……有沒有受傷？』

我輕輕地按著左手臂，感到一陣刺痛。捲起袖子一看，才發現被狗咬到的部位已經腫起了四塊，而且都瘀青了。除此之外，兩條腿也都軟綿綿地使不上力。說起來實在滿丟臉的，一旦從緊張的情緒中鬆懈下來，我幾乎連站都快要站不住了。我不知道半平對偵探這個單字還有什麼其他的印象，但是做為一個偵探，我顯然不是屬於硬漢派。

我勉為其難地擠出一絲微笑。

『只不過是瘀青而已，沒什麼大不了的。貼個撒隆巴斯就好了。』

『不會痛嗎？』

這還用得著問嗎？怎麼可能不痛？

『不過話又說回來，您看起來好像很有經驗的樣子耶！手臂也是故意要給牠咬的，對吧？』

『還好啦！』

『真是勇敢呢！』

才怪！我不僅雙腿發抖，還流了一身冷汗呢！只是我沒有把這種不中用的樣子表現出來罷了。既然野狗的問題已經解決了，我也想起本來的目的，於是我繼續保持微笑。

『習慣了，工作需要嘛！』

『您是從事哪一行的呢？』

正如我所料，她果然問了這個問題。害我不禁有些得意。果然充滿自信的態度有時候是很有說服力的。

『我是個偵探。主要的工作是找回走失的小狗。不過，最近接了一個稍微有點不一樣的案子。剛才我的話才講了一半，就被野狗打斷了……』

偵探這個單字似乎讓渡邊覺得有些疑慮，所以我得快點亮出底牌才行。我盡量保持著平穩的語氣說道：

『妳應該就是松中慶子小姐吧？佐久良桐子小姐原本在東京上班，可是有一天突然不見了。她的家人都非常地擔心。由於我得到佐久良小姐目前似乎已經回到這裡來的消息，佐久良小姐的母親告訴我，妳可能會知道她比較常去的地方。如果妳知道些什麼，可不可以告訴我呢？』

當我一提到佐久良桐子這個名字，渡邊原本就已經不太自然的客氣表情突然掠過了一抹緊張的神色。她垂下眼睛，沉默了一會兒之後，喃喃地說：

『你是說……桐子嗎？』

『是的。』

看樣子她的確知道些什麼。而且還是不怎麼好說的事。如果我現在逼得太緊的話，反而會讓渡邊更不願意開口。所以我試著改用以退為進的戰術。

『當然，站在我的立場上，如果佐久良小姐自己不願意回家的話，我也沒打算要硬把她帶回去。因為她可能有她自己的苦衷，所以我絕對會尊重她的意願。』

『……』

渡邊避開了我的視線。而我依舊在臉上堆滿了笑容，努力地表現出『我從頭到腳都是個好人』這種印象。

『妳可以相信我，如果妳不想讓人家知道訊息是妳給的，我一定不會讓任何人知道是妳告訴我的。怎麼樣？請問妳知道佐久良小姐有哪些常去的地方嗎？』

接下來只能等了。

猶豫了好半天，渡邊終於怯生生地開口了：

『……就我所知的範圍，可以嗎？』

『當然沒問題！』

我間不容髮地張開雙手，擺出一個歡迎的姿勢。看樣子她的嘴巴還真不是普通的緊。要不是那隻突然出現的野狗給了我機會，要突破她的心防恐怕不是一件容易的事。

『桐子常去圖書館。還有鎮上的咖啡廳「Gendarme」和附近一間賣小東西的店「Charing Cross」……還有，她很喜歡從南山公園往下眺望整個街道的風景。』

我把這四個地點牢牢地記在腦子裡。然後繼續保持微笑，無聲地催促她把話說下去。渡邊這時已經完全不掩飾她欲言又止的態度，就連視線也都徬徨不定。我長這麼大，經歷過大大小小的事情，卻還是第一次看到像她這樣，大剌剌地把『我有秘密』四個字寫在臉上的人。只要我繼續對她施加無聲的壓力，她應該會再說點什麼吧！

經過漫長的等待，渡邊終於開口了。這招會成功嗎？

『呃……』

『怎麼樣？』

可惜，我的作戰失敗了。渡邊只是搖了搖頭，小聲地說：『我知道的就只有這麼多。』

她的口風怎麼會這麼緊啊？要是她再八卦一點、再喜歡說長道短一點就好了。

『這樣啊？無論如何，還是非常感謝妳。』

我行禮如儀地點頭道謝。雖然心裡直嘆氣。不過能問出佐久良桐子常去的地方，也算是大有斬獲了。我決定樂觀地面對。

4

我的身材乍看之下雖然不怎麼樣，但是自認還滿強壯的。不但很少感冒，體力雖然還沒有好得可以驕傲的地步，但是耐力倒也還不錯。在集貨中心打工的時候，也常常把班表排得很密集，忙到就連同事也都擔心我到底撐不撐得住，但我自己倒是沒什麼大問題。像現在，我也是頂著大太陽，騎了一個多小時的摩托車前往小伏町的市中心。雖然熱得快要受不了，但是在體力上倒還應付得過來。身強體壯可是當偵探的必備條件之一呢！

小伏町圖書館就在公車總站的旁邊。我前腳剛靠近，就有一輛開往八保的公車和我擦身而過。公車總站聽起來好像很氣派的樣子，其實也只不過是一個比較大型的停車場罷了。即便是開往八保的公車，一天也不到十班吧！

反倒是圖書館的停車場小不拉嘰的。不用數，光看的也知道停不了十輛車。雖然今天是假日，但是停車場上只停了三輛車。

看到其中一輛車，我不禁有點哭笑不得。

『……不會吧！』

又是那輛練馬車牌的黑色金龜車，車上依舊坐了一個戴著太陽眼鏡的男人。

莫非我們上輩子有什麼難解的孽緣？還是正在處理棘手案件的偵探面前，照例都要出現一個謎樣的男人呢？

『感覺還不賴呢！』

我微微地笑了一下，把注意力從金龜車上移開，開始尋找停摩托車的地方。這種幻想的浪漫情節還是等到工作結束之後再說吧！才一本書而已，趕快找一找趕快回家了。

我一邊盤算著，一邊正打算為我的愛車M400鎖上大鎖的時候，背後突然響起了一把低沉的聲音：

『年輕人。』

我回頭一看，眼睛不由得瞪大。居然是那個戴著太陽眼鏡的男人，正居高臨下地盯著蹲在地上的我。像這種大熱天，還一絲不苟地穿著一件卡其色的風衣。低低地戴著一頂帽簷很寬的帽子，把他的眼睛都給遮住了。

如果只是遠遠地看，倒還算得上是一個有趣的老頭。但是像現在這樣靠得這麼近的話就很危險了。我一下子不知道該怎麼反應。

『說、說我嗎？』

男人慢慢地點了點頭。

『什、什麼事？』

我用力地握緊了大鎖。不管是重量也好、硬度也好，都很適合拿來當作防身用的武器。

男人一字一句地把話含在嘴巴裡，又慢慢地吐了出來：

『這件工作對你來說有點大材小用，勸你最好在還沒受傷之前趕快收手。』

『……欸？』

『我已經警告過你囉！』

男人轉身，踩著沉重的腳步聲鑽進他的福斯小金龜裡，頭也不回地開走了。

留下目瞪口呆的我，和令人頭暈目眩的夏日豔陽。金龜車前腳才剛開走，一輛小客車後腳就開進來，一對母子下了車，小孩一邊高聲吵著：『我要借恐龍的書！恐龍的書！』一邊進了圖書館。

事實上，既沒有地下鐵吹來的風，也沒有紅磚鋪成的暗巷，更沒有漸行漸遠的腳步聲。

我依舊握著大鎖，動彈不得。好不容易擠出了聲音：

『……不會吧！』

然後，我發現了一件事。

那個男人……『大材小用』這句成語，好像不是這麼用的吧！

5

不會吧？

我在心裡喃喃自語著。小心不要讓下巴掉下來，努力保持住臉上的笑容再問一次：

『是這個人嗎？請你再看仔細一點，真的沒錯嗎？』

圍著一條貼身的黑色圍裙的老闆，很老實地又花了點時間仔細地看了一遍，然後把照片遞還給我。

『沒有錯。因為她從以前就是我們的常客了，所以我很有印象。』

『你最後一次看到她是在……』

『就跟你說是三天前啊！因為她很久沒來了，所以我們還聊了一下，我不會記錯的。』

我現在在位於八保商店街上的『Gendarme』咖啡廳裡。雖說是商店街，不過由於附近沒有停車場，再加上這幾年郊外紛紛開了大型的購物商城，所以已經失去人氣，只保有過去商店街的風情。店裡幾乎沒什麼客人，和空盪盪的街道洋溢著同樣寂寞的氛圍。當初在聽到『Gendarme』的店名時，還以為跟聖女貞德⑮有什麼關係，不過走進店裡一看，卻發現到處都裝飾著山岳的照片。咖啡只有特調咖啡和美式咖啡兩種，雖然小梓他們的『D&G』可以選擇咖啡豆，比較有期待的樂趣，但是這家店的味道比較接近我喜歡的口味。

我看準了適當的時機，把照片拿出來，也沒說明前因後果，就直接開門見山地問：『請問這個人最近有來嗎？』

對方給我一個笑容和以下的回答：『嗯，有啊！』

沒想到這麼快就找到看過她的人了，害我反而有點不知所措。我本來都已經想像好自己怎麼找都找不到目擊者，一個人坐在黃昏時分的事務所裡搖頭嘆氣的樣子，作夢也想不到才找了第一家就得到這麼肯定的答案。

我一下子不知道該接什麼話，隨口問了一個無可無不可的問題：

『她看起來如何？有沒有不舒服的樣子……』

老闆沉吟了一下，陷入了思考。

⑮Gendarme原為法文的憲兵之意，後來亦轉為山脊上的岩柱、岩塔之意。日式發音與聖女貞德的發音很接近。

『看起來並沒有不舒服的樣子呢！點的商業午餐也都有吃光光喔！而且還是她主動跟我說「好久不見了，還記得我嗎？」雖然我們只聊了一兩句，不過感覺和以前沒什麼不同。』

『她有說接下來要去哪裡嗎？』

『這我就不清楚了，沒聽她提起過。』

聊到這裡，老闆似乎終於發現事情不太對勁，突然沉下聲音來問我：

『請問那個女生發生什麼事了嗎？』

『呃，沒什麼……』

架子不能端得太高，萬一被當成行跡可疑的人可就不妙了。我趕緊端出先前已經準備好的說詞：『她本來說要搬來小伏町的，可是時間到了卻遲遲不見人影，所以家人都很擔心。』

沒想到老闆倒是一下子就相信了我的說詞。在經過渡邊那道築得比天還高的心防後，不禁有些缺乏真實感。

就連一天只能喝一杯的咖啡，也沒辦法好好品嘗，不過這麼一來，至少可以確定桐子三天前應該還在八保。

我想留張名片給老闆，這才想起名片連印都還沒印。只好抽出一張上頭印有『Gendarme』店名的餐巾紙，拿出隨身攜帶的原子筆，寫下事務所的電話號碼和我自己的手機號碼，交給老闆。

『如果她再來的話，可以請你跟我連絡嗎？』

老闆微笑著點了點頭。

『好的……我也會告訴她，她的家人正在擔心她。』

雖然才找了第一家店就幸運中獎，害我有一點不敢置信，不過冷靜下來仔細想想，倒也沒什麼好奇怪的。桐子在八保的可能性是打從一開始就存在的，既然回到了久違的故鄉，那麼去自己以前常去的咖啡廳坐一下也是人之常情吧！

接下來這家店應該就會白跑一趟了吧？我一邊這麼想，一邊望著『Gendarme』的斜前方。那裡就是渡邊告訴我的第二家店『Charing Cross』。

我站在店門前，心裡那股可能會白跑一趟的預感更強烈了。因為『Charing Cross』賣的東西都很時髦，感覺和它充滿英國情調的店名⑯差很多。玻璃門裡面雖然有幾個客人，可是不管再怎麼把年齡放大來看，應該都還是高中生。如果講得保守一點，則很有可能只是國中生。

不過既然都已經來到店門口了，問一下也沒什麼損失。於是我拉開玻璃門。店裡的客人看見我這個活像是跑錯地方的闖入者，雖然都投以懷疑打量的眼光，但我決定當作沒看見。穿過擺滿了青蛙和熊貓玩偶的走道，筆直地走向收銀臺。

收銀臺裡站著一個看起來和我同年紀的女人。染成棕色的頭髮，一隻手撐在桌子上，沒什麼活力的樣子，和這家店的氣氛一點都不搭。看到我走近，大概也不認為我會是客人吧！所以只是愛理不理地說了一聲：

『歡迎光臨。』

也好。反正我的確不是客人，要是被熱情款待才更麻煩呢！我堆出笑臉：

『不好意思打擾妳工作……』

我一邊說，一邊把照片從口袋裡拿出來。

⑯Charing Cross查令十字路為位於英國倫敦的一條老街，曾經匯集許多古老的書店。

『請問妳有看過這個人嗎？』

店員一樣愛理不理地把照片接過去，卻在看到照片的瞬間露出激烈的反應。先是瞪著牛鈴大的眼睛抬頭望著我，然後又低頭看了一眼照片，再抬頭看我。臉上充滿莫測高深的神情，好像逮住誰的小辮子一樣，一邊不懷好意地笑著，一邊把照片遞還給我。

『你是桐子的男朋友嗎？』

我努力撐住公事公辦的態度。

『不是的，我是受她家人委託，想要跟她取得聯繫。她本來預定要搬來這裡，可是不管是行李還是本人都還沒到。』

『什麼嘛！原來是這麼一回事啊！』

店員毫不掩飾地表現出失望的樣子。

——我還以為是哪個沒出息的男人，被女人甩掉的說。

她擺明了滿心期待我可以提供一些八卦，以供她打發看店的無聊時光。

我忍不住在心裡罵了聲吃飽撐著，不過不爽歸不爽，可不能夠表現在臉上。

『妳好像認識佐久良桐子，是嗎？』

『對呀！我是認識她。我們還是老同學呢！』

光從她提到桐子的語氣，就猜出她們大概是這層關係了。不過我還是裝出興奮的聲音：

『太好了！事情就是這樣，請問佐久良小姐最近有來你們店裡嗎？』

『嗯。』她非常敷衍地說：『她是有來過。』

真的有來啊！

我按捺住內心的激動，重新問了一遍：

『那是什麼時候的事？』
『前天……啊、不對，前天店裡公休。那應該是三天前。』
『這樣啊……』
我不禁皺眉，搞不好聲音也同時沉了一下。這個店員非常敏感，馬上又恢復了些好奇心。
『怎麼了？三天前有什麼問題嗎？』
『不不，沒什麼。』
『怪怪的喔！一定有鬼。』
『才沒這回事呢！只是剛剛在別的地方也聽到有人說在三天前見過佐久良小姐。並沒有什麼鬼呦！』
『真的嗎？』
雖然她似乎不太滿意我的解釋，不過也沒必要再多做解釋。
『除此之外……佐久良小姐當時有沒有什麼奇怪的地方？』
我才問完，店員就好像正在等我問她這個問題似的，忙不迭地點頭。
『啊！有的有的。』
『真的有嗎？請問是什麼樣子？』
店員裝模作樣地蹙起兩道眉毛，故意裝出苦悶的聲音說道：
『感覺上她好像突然變成了裝熟魔人。因為我和桐子的感情並沒有特別好。可是她一看到我，馬上表現出非常高興的樣子，還說「哇，好久不見了！妳好嗎？」也不管我正在看店，淨跟我扯一些以前的事情。雖然以前的事情很令人懷念，我們聊得也很開心，可是總覺得那些事情跟她好像沒什麼關係。

『這麼說吧！桐子這個人是不怎麼和人親近的，所以也沒什麼朋友。我小時候因為愛玩，所以混過很多品流複雜的地方，可是桐子感覺上就是很清楚那些地方不是好地方的樣子，雖然她不是那種很認真嚴肅的優等生，可是還是讓人覺得很難親近。當然，這些都是長大之後才明白的。結果那天一見，沒想到她那麼健談，害我嚇了一大跳。』

『這樣啊……』

也許是因為她剛離開東京回到八保，突然看到認識的人，所以特別高興吧！

我是這麼想的啦！

『而且啊，她還買了那邊那個綁紅頭巾的洋娃娃喔！沒想到桐子會買洋娃娃，這點還滿令人意外的。』

這我倒不意外。雖然我不知道這個店員知不知道，既然桐子從小就常來這家『Charing Cross』走動，表示她本來就很喜歡這種小女孩的東西。不過從店員的反應上看來，她的外表應該看不出有這種嗜好吧！

如果說，遇到熟人曾讓她的心防稍微鬆懈，搞不好她會透露接下來要去什麼地方也說不定。我抱著一絲絲的期待。

『佐久良小姐有說她接下來要去哪裡嗎？』

店員稍微想了一下。

『……沒有耶！』

『這樣啊！那麼，妳知道佐久良小姐還有哪些可能會去的地方嗎？』

店員非常不耐煩地皺起了眉頭，臉上露骨地寫著：『你這傢伙到底有沒有在聽人家說話啊？』

『我不是說過了嗎？我跟桐子的交情並沒有好到那種程度！我怎麼會知道她喜歡去什麼地方……啊！既然這樣的話，我介紹以前常常跟桐子混在一起的人給你認識好了。雖然她已經當媽媽了，不過應該還住在這個鎮上。』

我臉上的笑意更深了。

『那真是太感激妳了。請問她叫什麼名字？』

『嗯，她叫做慶子。娘家姓松中，不過現在已經結婚冠夫姓了，叫什麼來著……』

我就知道。

向店員致謝之後，想說買點什麼來當作感謝她提供消息的報酬好了，往店裡看了一圈，突然又想到一個問題：

『再請問一下……佐久良小姐買下那個綁紅頭巾的洋娃娃，是在和妳說話之前，還是之後？』

『啥？』

又是非常露骨的不耐煩，不過店員還是認真地回想了一下，然後回答道：

『……之前吧！我們是在結帳的時候認出對方，然後她才主動跟我說話的。』

之前啊……之後我還比較知道為什麼說，真是有夠會找麻煩的。

結果我買了招財貓。那是隻長得很奇妙的招財貓，搞不清楚牠到底是在招手還是在洗臉，不過瞇起了眼睛，看起來很享受的樣子。

根據我從『Gendarme』和『Charing Cross』所得來的情報，桐子三天前確實人在八保。只是有幾個地方怎麼想都想不通。

第一，渡邊告訴我她常去的店只有兩間，這麼巧，兩間都在三天前看到過她。

『可能是我平常做人太好，所以上帝特地助我一臂之力吧！』

我一邊甩著裝有招財貓的粉紅色塑膠袋，一邊自言自語。辭掉工作之後，我養成了在想事情的時候就會自言自語的怪習慣。雖然一直很想要把它改掉，不過現在比起改掉壞習慣，我還有更重要的事要思考。

第二，她在遇到『Charing Cross』店員的時候，為什麼會那麼高興呢？雖然也可以單純地解讀成人在看見好久不見的老朋友時，總是會特別地高興；但是，如果她這麼看重以前的回憶，光是遇到一個過去感情不怎麼樣的店員都可以熱絡成這樣，沒道理不去找大家都公認和她是好朋友的渡邊。

……還是她已經去找過渡邊了？看渡邊那種不乾不脆的態度，搞不好她早就知道桐子的去向，只是不肯告訴我罷了。

嗯，愈想愈有可能。只不過，如果真是這樣的話，那事情可就難辦了。

第三點還是出在『Charing Cross』上。

桐子失蹤了。而且沒有告訴任何人她要去哪裡，就一個人回到八保來了。以現階段來說，雖然還無法猜測出到底發生什麼事，不過她一定有什麼苦衷，這點是可以確定的。如果辭掉『Corn Gooth』的工作並非她的本意，而且她還希望有朝一日可以再回去上班的話，那麼她就很有可能是惹上什麼不好解決的麻煩了。就連她現在是不是能有一個遮風蔽雨的地方，我都持保留的態度。至少我不認為她現在是過著安穩的生活。

問題是，她居然還有閒情逸致去買什麼綁著紅頭巾的洋娃娃，這點我也覺得很詭異。像這種小東西或裝飾品，通常是用來點綴居家生活的。也就是說，得先過上安穩的生活，才有辦法買這些東西來點綴。像我現在住的地方就很殺風景。那種能讓心靈獲得平靜的東西，我家一樣也沒有。因為我根本就不需要。

可是桐子卻買了洋娃娃。如果是為了要慶祝和朋友的重逢倒還說得通，就跟我買招財貓的理由是一樣的。可是桐子卻是先決定要買洋娃娃，在結帳的時候才發現店員是她認識的人……我就是這一點想不通。

當然，搞不好這一切都只是桐子的自導自演。先假裝買東西要結帳，然後再若無其事地說出『哇，好久不見了！』但如果是這樣的話，新的問題又出現了——她為什麼要兜這麼大的一個圈子呢？桐子和那個店員的交情應該還沒有好到要兜這麼大一個圈子來跟她相認吧！

佐久良桐子究竟是為什麼要回到這個小鎮上來呢？

她現在又在什麼地方呢？

真的能這樣一路追著桐子的足跡、找出她的藏身之處嗎？我突然沒把握了起來。真的可以不用先把這些不可思議的謎團解開，就找到她嗎？

我一邊想一邊走，不知不覺已經回到『紺屋Ｓ＆Ｒ』的公寓後門。我第三個目的地打算去一趟圖書館，不過突然想到答錄機裡可能會有一些留言，所以就先繞到事務所來看一下。

遠遠地，就看到有一個人影，站在大門深鎖的事務所門前。

6

小伏町圖書館是一棟老舊的木造建築，搞不清楚館齡已經有幾年了，不過感覺上年代應該久遠到就算被當作古蹟來保護也不奇怪。我抬頭仰望著那棟圖書館的建築物，心頭湧起了一股強烈的不安。

剛才那個金龜車男的出現的確也令我不安，雖然他的打扮和臺詞都像演戲一樣地誇張，就連成語也用錯了，不過他確實知道我正在調查某些事，否則他不會連著兩天都出現在我身邊，天底下哪有這麼巧的事？那個男人所說的『勸你最好在還沒受傷之前趕快收手』，也不能只當是笑話，笑過就算了吧！

不過，現在主要讓我不安的事情，並不是那個男人的威脅。內心的膽怯終於化成了語言，從我的嘴巴溜了出來：

『……現在，找書好像已經全面改成線上作業了……』

光想到得一張張地翻閱那些目錄卡片就覺得很沒力。

圖書館裡的採光非常良好，而且就連冷氣也很涼，洋溢著明亮舒適的氣氛。右手邊傳來一陣小孩子的歡呼聲，轉過頭去一看，透過高度較矮的書架看過去，那裡應該是專門放置一些兒童叢書的地方吧！幸好，櫃臺旁邊就有一臺觸控式螢幕的檢索機器，而且櫃臺裡面還有一個看起來人很好的年輕女生，馬上把我的不安一掃而空。

『請問一下，這臺機器可以用嗎？』

『啊、可以的，請用。』

剛要把手指按上檢索機器的觸控式螢幕時，突然猶豫了一下。負責打掃的人也太偷懶了吧！上頭布滿了搞不清楚是誰的指紋。至少也擦一下嘛！我忍不住在心裡罵髒話，萬般不情願地按上了螢幕。

而且還是臺感應超不靈活的觸控式螢幕。必須利用呈現在畫面上的五十音，一個字一個字地打出書名或作者名，光是要把『中世』這兩個字拼出來，就需要相當大的耐心與毅力。好不容易打完了書名，按下檢索鍵，馬上跳出以下的畫面：

『查無此書』

哇哩咧！怎麼會這樣？我這才想起來，江馬常光的那本書叫做《稱之為戰國的中世與小伏》，而不是《稱之為中世的戰國與小伏》。不得不含著眼淚、咬著鼻涕，把辛苦半天才打好的那行字消掉。真是累死人了，就算沒有鍵盤，至少也給個手寫式的螢幕嘛！跟五十音纏鬥半天，總算又把書名打好了，重新按下檢索鍵。

『稱之為戰國的中世與小伏作者：江馬常光』

有了。

可是不管我按了幾次『詳細表示』，卻始終沒有反應，最後只好把整個拳頭壓在螢幕上，終於慢半拍地跳出以下的畫面：

『您所查詢的書在地下一樓鄉土資料書架二一〇．四D的書架上』

我想要把這一頁印下來，才發現這臺機器似乎沒有列印的功能。只好把位置和圖書編號多唸幾遍背起來，問了一下櫃臺的女生：

『請問地下一樓要從哪裡下去？』

女生舉起手來，指著兒童書專區的相反方向。那裡有一扇敞開的鐵門，門裡面看來是另一個書庫，唯一的照明似乎只能仰賴微弱的燈光和一些散亂的光影。

『就在那裡面。』

『謝謝。』

我向她道了聲謝，走進空氣中滿是塵埃的昏暗書庫。

這裡每一個書架都長得比我還高，書架和書架之間只有勉強可以讓一個人穿過去的距離。與其說是圖書館，還比較像是空間非常狹小，擠滿了舊書的舊書店。

最令我驚訝的是，居然沒有窗戶。還分得到一點一樓明亮燈光的是圖書編號九百多號的書籍，也就是『文學類』的書籍。似乎都是些通俗的小說。再往裡面走的話，就只能仰賴電燈的光芒了。而且那個燈光也不知道是不是有什麼隱情，微弱得不得了。

這個書庫比我想像的還要大，走到最裡面，終於看見通往地下室的樓梯。樓梯的段差非常大，大到讓人不禁懷疑這根本不符合建築法規吧！再想到這座圖書館的年代之久遠，就算發生過一兩次摔死人的事故也不奇怪。搞不好還有什麼扭斷脖子的鬼故事之類的……我被自己杯弓蛇影的胡思亂想搞得背脊一陣涼，在沒有冷氣的地下室裡倒還滿涼快的。

我扶著牆壁，一步一步慎重地往下走。和一樓一樣，地下室也塞滿了比人還高的書架，書架裡塞滿了書，看不出實際的面積大小。搞不好地下室其實是一個無盡延伸的空間呢！真是可怕的小伏町圖書館。

東一個西一個的燈泡就是地下室全部的光線了。是燈泡喔！還不是日光燈。真是太誇張了。我上一次看到燈泡是什麼時候啊？啊，我家廁所的照明好像就還是使用燈泡。柔和的橘色光線在古老的木製書架上灑下昏黃的光影。

我忍受著令人不愉快的壓迫感，從兩旁的圖書編號開始找起。還是九百多號的文學類，而且還是一些我連名字都沒聽過的作家。正覺得奇怪的時候，馬上就明白了，那些都是小伏町和八保市、六桑村出版的同人誌小說和詩集、散文集等等。雖然我要找的是二百多號的書，不過從『當地出版的書籍』這一點來看的話，搞不好目標就近在眼前了。於是我仔細地瀏覽著書架上的書名。

看完一整排書架，終於在轉角的地方發現了二百號的書。最先映入眼簾的是《小伏町史》。我記得我要找的那本是二一〇之四，於是繼續往下找。

幸好鄉土史的書不到一百本，所以很快就找到了。姑且不管圖書編號的話，江馬常光的著作總共有四本，而且全都擺在一起。分別是《小伏一揆與其末日》、《小洞水道》、《這個城市與地方的歷史——給肩負下一個世代的年輕人——》、《村子的作法　六桑・小伏・八保》。

還好四下無人，我忍不住叫了起來：

『喂！怎麼沒有《稱之為戰國的中世與小伏》？』

沒有。我要找的書居然沒有。

再仔細地看了一下，架子上的四本書都沒有被貼上禁止借閱的貼紙，所以《稱之為戰國的中世與小伏》應該也是可以外借的吧！是剛好被借走了嗎？還是不小心放在別的架子上呢？我不禁詛咒起小伏町圖書館這種不上不下的線上檢索系統來。人家八保市立圖書館在檢索的時候就可以順便知道書有沒有被借走了說。

我重複著站起來又蹲下去、蹲下去又站起來的半蹲動作，在江馬常光的作品附近進行地毯式的搜索。沒有。

把範圍放大，開始從一整櫃的書下去找，還是沒有。

後來發現半蹲式的找法不僅累人又沒效率，於是改變作戰方式，先從第一層的這一頭找到那一頭，再從第二層的這一頭找到那一頭……以此類推。

就著燈泡的昏暗光線，我已經把眼睛瞪到最大了，還是找不到。吸入一大口充滿塵埃的空氣，嘆了一口氣。

『我想，應該是真的沒有吧！至少看起來是這樣啦……』

如果要徹底地搜尋，就非得把這座圖書館翻過來不可。我現在做的事已經遠遠超過偵探的範圍了，再找下去的話，乾脆直接換個工作還比較快。

誰來告訴我，到底哪一個才是我的本行啊？

我像攀岩似地沿著樓梯爬回鋪滿陽光的一樓。

我才在書庫待了十五分鐘左右吧！櫃臺的職員就已經換過一輪了。剛才那個女生不知跑去哪裡，換成一個戴著一副四四方方的細框眼鏡，滿頭白髮的男人。胸前的名牌寫著『名和』二字。

我正想上前問一下問題，卻被個小鬼給搶先了。

小鬼扯著嗓子問：

『恐龍的書在哪裡？』

白髮的男人溫和地笑了笑：

『在那邊，上面掛著一個七號牌子的書架，大概在正中間吧！這樣知道嗎？』

可是小鬼卻搖搖頭。

『不知道。』

『這樣啊……佐野小姐，麻煩妳幫這孩子帶一下路。』

男人往櫃臺裡面叫喚，然後剛才那個女生便走了出來。

『往這邊走喔！』

在小鬼跟她走開去找書之前，名和也沒有忘了要再叮上一句：

『小朋友，不可以在圖書館裡跑步或大聲說話喔！』

『好！』

小鬼老實地回答，聲音還是很大。

目送小鬼離開之後，名和轉過頭來看我。剛才的溫和臉色不知道消失到哪裡去了，口氣生硬地像是用尺畫出來的直線。

『有什麼需要嗎？』

幹嘛那麼兇啊？害我有點嚇到，連忙在臉上堆出禮貌的笑容。這麼小心翼翼的感覺真令人討厭。

『呃，我想找一本書，可是卻找不到。不知道是不是被借走了，你可以幫我查一下嗎？』

『書名叫什麼？』

『呃，《稱之為戰國的中世與小伏》，是一個叫做江馬常光的人寫的。』

當我說出書的名字，不知道是不是我的錯覺，名和的態度好像突然軟化了。

『你找江馬先生的書嗎？那是一本好書喔！不過現在剛好被借走了。』

『咦？』

我不可置信地眨了眨眼睛。就算圖書管理員是圖書館的專家，可是圖書館裡少說也有好幾萬本的書，不可能對每本書的借閱狀況都清楚掌握到這個地步吧！

『你確定嗎？能不能再查仔細一點？』

名和板得硬邦邦的臉部線條似乎稍微放鬆了一點。

『我當然不可能記得所有書的借閱狀況啊！只是剛好也有人在找那本書，而且他今天正好又來問過，所以我才會記得。不會錯的，那本書確實被借走了。』

然後他又加了一句：

『江馬先生真有一套。即使去世了，還是有像你們這些年輕人來找他的書。』

聽起來其中好像有什麼歷史的感覺，不過我對他的回憶並沒有多大的興趣。於是一邊搔頭一邊說：

『啊啊，真傷腦筋。我急著要看那本書說。』

這種事成之後才一次付清報酬的委託，就是要趕快把目標訂出來、趕快把事情搞定才好。這麼做不只是為了委託人，良好的工作效率也是優秀偵探必備的條件之一。

沒想到這又觸怒了名和。

『你跟我抱怨也沒用。不然你先預約吧！等書還回來就會跟你連絡的。』

『可是，這樣還是不知道書什麼時候會還回來，對吧？』

我想到一個好主意了。

『啊，對了。你知道那個借的人是誰嗎？我想直接去找他。因為我只要請他讓我瞄一眼就好了。』

可是這句話似乎正好踩中了名和的地雷。白髮底下的一雙眼睛突然往上吊，兩道眉毛皺得死緊。我都已經快被他怒氣沖沖的臉色給嚇得半死了，還要被罵：

『怎麼可以做這種事！』

雖然他的聲音沒有很大，但是在這麼安靜的圖書館裡，還是響得大家都聽到了吧！雖然嚇得要死，可是還得發揮我死纏爛打的功力。

『沒、沒有那麼嚴重吧！我一定不會給對方添麻煩的。』

『……』

名和似乎也覺得自己叫那麼大聲實在很丟臉，低下頭來，改為說明的語氣：

『聽我說，圖書館呢，對於使用者的資料是要絕對保密的。就算是警察來問案也一樣。就算有法院的搜索票，也是盡量能不說就不說。不管是哪裡的圖書館，不管是對哪一個圖書管理員來說，這都是最基本的常識。你還是放棄，乖乖地排隊吧！』

這麼說來，我好像也有聽過這個規定。不過這只是表面話吧！我才不信所有的圖書管理員都像這個男人說的一樣，那麼有操守地守護著借閱者的秘密。如果今天站櫃臺的不是這個頑固的老頭，搞不好就會告訴我了。不過還是先道歉吧！我可不想再被罵。

『這樣啊？真對不起，我不應該做出不合理的要求。』

名和也跟我道歉：

『別這麼說，我也不該對你大吼大叫，不好意思……那你還要預約嗎？』

『啊，要的。』

他從櫃臺裡拿出一張寫著『預約單』的再生紙和鉛筆給我。然後非常公式化地告訴我該填寫哪些欄位。

『請把名字寫在這裡、電話號碼寫在這裡、然後這裡要填入借書證的號碼。』

可能是發現我臉上又出現了問號，名和停止說明，抬起頭來看著我。

『請問你有借書證嗎？』

『呃，這個……沒有耶！』

『那麼就得辦一張了。你住在小伏嗎？』

『不是，我住八保。』

名和的臉又板了起來。我還以為又要挨罵了，不由得把身子縮成一團，不過名和只是小小聲哼了一聲，然後貌似不好意思地把音量放輕：

『八保的話恐怕不行耶！因為我們只有和小伏、石杖、六桑三個地方合作，八保並不在我們服務的範圍之內喔！』

你們就是這樣才會被說是官僚主義啦！我正要發難的時候，抬起頭來，卻突然想起一件事

——我雖然住在八保，但是……

『啊，我是六桑人。我可以給你我的身分證號碼。』

名和非常乾脆地點頭。

『這樣的話就可以辦借書證了。』

我連作夢都沒想到，過了這麼多年漂泊如浮萍的生活，居然也會有感謝自己身為六桑人的一天。接下來的手續很快就順利地辦好了，終於搞定《稱之為戰國的中世與小伏》的預約。

再來只能耐心地等待了。雖然對委託人不太好意思，但這也是沒辦法的事。今天能有這樣的收穫已經很不錯了，我心滿意足地準備踏出圖書館的時候，突然腦海中靈光一閃。

搞不好山北高中的岩茂自己也有一本《稱之為戰國的中世與小伏》也說不定。因為當我問到有誰對小伏的歷史比較有研究的時候，人家馬上就提到他的名字。而且是他說圖書館可能會有，我才來圖書館找的，如果我請他借我看一下的話，他應該不會拒絕我吧？

如果真是這樣的話，那我這一個下午的辛苦算什麼？我握著剛剛還讓我覺得很有成就感的預約單，突然覺得一陣空虛。

就這樣兩手空空地回去未免也太悲慘了。我掉頭走回圖書館。

幾分鐘之後，再度走出圖書館的我，手上抱著除了《稱之為戰國的中世與小伏》之外的江馬常光所有著作。

雖然這只是我一個不甘心不放手的洩憤行為，搞不好還是會有用處也說不定。只是具體上到底有什麼用處，我一下子也說不上來。

7

站在事務所門前的，是一個身高和我差不多，穿著西裝、打著領帶的男人。而且一看就知道他平常就很習慣於這樣的穿著打扮。雖然還稱不上是個美男子，但是略顯中性的五官，看起來還不壞。只可惜皮膚太白了，在這樣炎熱的夏天裡，不禁給人有點弱不禁風的印象。據我研判，眼前這個男人應該是從事坐辦公室的文書工作吧！

男人惡狠狠地盯著我看，但我並不想跟他大眼瞪小眼，於是主動開口問他：

『不好意思，大家都出去了，請問您找敝公司有什麼貴幹嗎？』

『你就是紺屋先生嗎？』

非常生硬的聲音，但我好像在哪裡聽過。到底是哪裡呢？也不給我想起來的時間，男人就從胸前的口袋裡掏出一張名片。

惡狠狠的眼神依舊緊盯著我，也不管我還在爬樓梯，就用兩隻手把名片遞上。

『突然來訪真不好意思。這是我的名片。』

我不禁又後悔起還沒有印名片的重大失誤，一邊接過了他的名片。只瞥了一眼，就明白我為什麼會覺得好像在哪裡聽過他的聲音了。

『昨天真是謝謝您了。還讓您特地打電話去確認，真是不好意思。』

『彼此彼此，我才不好意思，花了點時間才確認……』

我們互相向對方致歉。

他的名片上印著『Corn Gooth股份有限公司系統開發課神崎知德』。

『其實是我有點事想當面跟你談。』

我用手示意神崎先別急著往下說，從口袋裡掏出了鑰匙。

『先進來吧！有什麼事情等坐下來再說。』

『謝謝。』

神崎回答。那雙眼睛還是一副要把我生吞活剝的樣子。搞不好他其實沒有惡意，只是天生就長成這樣子也說不定。

一定要趕快把名片和飲水機準備好才行，對於遠道而來的客人，居然連茶水也不給人家一杯，實在是太沒禮貌了。我編了一個『最近事務所才剛搬來這裡』的藉口，請他坐到椅子上，打開冷氣，自己則是躲到事務所外面，拿出行動電話。

電話響了幾聲就被接起來了。

『您好，這裡是「D&G」。』

是小梓。真倒楣，怎麼不是友春接的呢？我硬著頭皮說：

『麻煩妳用最快的速度送一杯冰咖啡和一杯葡萄柚汁到「紺屋S&R」來。』

『老哥……我們家沒有在做外送的啦！』

『那妳幫我拜託友春。』

過了一會兒，小梓不滿的聲音傳了回來：

『……他說好。等做好了之後再給你送過去。』

『歹勢啦！』

我回到辦公室裡，看見神崎正一臉興味盎然地掃視著空盪盪的事務所內部。

『我還是第一次進來這種偵探事務所呢！本來還以為會是一個東西堆得亂七八糟的地方說。』

我一面在沙發上坐下，一面露出了禮貌性的微笑。

『我這裡只是調查事務所，而不是偵探事務所。雖然大家都直接叫我們偵探就是了……我剛才也說過了，這兩天才剛搬過來，所以一些東西都還沒就定位。很快就會堆得亂七八糟了。』

我面不改色地謊話連篇。

『神崎先生是從東京過來的嗎？』

『是的，沒錯，先搭新幹線再轉特急。』

『那可真是遠道而來啊！歡迎歡迎。這裡的地址應該也是佐久良小姐的家人告訴您的吧？』

『是的，是她爺爺告訴我的。』

這種不痛不癢的話題持續了好一會兒。在進入主題之前，我們彼此都在試探對方的底細。我暫時還搞不清楚神崎此行的目的，基本上，有什麼事情不能在電話裡說，非得要這樣千里迢迢、萬里遙遙地大老遠跑到八保來說呢？東拉西扯之間，我還發現神崎的工作即使是假日也不一定能休息，只要客戶那邊有任何問題，一通電話過來，就算是假日也常常要趕過去解決。這種情況在我當銀行員的時候也常常碰到，所以我很清楚，神崎的工作並不是那種因為是禮拜六日就可以自由出遠門的性質。既然如此，他為什麼還要跑這一趟？

就在東拉西扯也已經快要撐不下去的時候，有人敲門了。

『讓您久等了，「D＆G」送飲料來了。』

是小梓的聲音。我站了起來，把門打開，小聲地說：

『真快呢！妳是開Copen來的嗎？』

小梓以前曾經開著大發的雙門跑車，以超過規定時速三倍左右的車速在深夜裡的山路上狂飆。不過自從結婚之後，好像已經收斂了不少。

小梓瞬間收起營業用的笑容，沒好氣地回答：

『開車的話會灑出來吧！我可是小跑步過來的呢！就連小友也不高興囉！因為你說要用最快的速度，所以泡不出好喝的冰咖啡，正在鬧彆扭呢！』

的確是我不好。

小梓把托盤裡的冰咖啡和葡萄柚汁小心翼翼地移到桌子上。量看起來有點少，可能是為了要避免在運送的過程中不小心灑出來的緣故吧！

小梓收了錢，把空的托盤抱在胸前，微笑著低頭致意：

『那我走了。杯子我改天再來收。』

不過就在她轉身離去之前，偷了一個神崎沒有注意到的空檔，非常兇惡地瞪了我一眼。眼神裡充滿了無聲的抗議：『你這個專門給人家找麻煩的混蛋老哥。』我決定當作沒看見，沒看見。

有了飲料之後，場面變得比較冷靜，冷氣剛好也夠涼了。兩人同時舉杯，喝了一口潤潤喉嚨，我率先打破沉默：

『好了，神崎先生，差不多可以說明您的來意了吧？』

神崎將兩隻手緊握成拳，抬起頭來。

『……說得也是。我在來的路上也一直在想，到底要從哪個點切入比較好。我想先請教你一個問題，你找到佐久良小姐了嗎？』

『還沒。』

但是找到見過她的人了——這句話滾到嘴邊，又被我給吞了回去。沒必要告訴神崎我現在搜索的進度吧！

神崎輕輕地嘆了一口氣。

「這樣啊……我今天之所以來找你，是想委託你繼續尋找佐久良小姐的。」

還真是個意外的要求。我綳緊了身體。

「咦？我不太明白您的意思。」

「昨天我為了要搞清楚你的底細，打了一通電話給佐久良小姐的母親，可是愈談愈覺得不太對勁。她甚至還在電話那頭表現出想要取消調查委託的意圖。」

事實上，她不只想，還直接跟我說了。

「所以現在是怎樣呢？他們取消委託了嗎？」

「沒有。」

「那就好，就算今後佐久良小姐的家人決定要取消委託的話，還是希望你能夠繼續調查下去。到時候調查的費用就由我來支付。除此之外，如果她家人給的錢不夠你全力進行調查的話，也請跟我連絡。幸好我沒有家累，手頭上還有一點可以自由運用的閒錢。雖然跟有錢人的出手闊綽沒得比，但如果金額不是太大的話，請儘管跟我說。」

「……原來如此。」

我總算明白了。

「也就是說，神崎先生您自己似乎也有必須把佐久良小姐桐子找出來的理由，對吧？」

神崎慢慢地點了點頭。我把背靠在沙發上，反覆思量著神崎所說的話。

對我來說其實沒什麼差別。尋找佐久良桐子本來就是件意料之外的工作，就算當事人要取消這個委託，我雖然不至於拍手叫好，但是也不覺得有什麼損失。只不過，神崎似乎沒有搞清楚，我的委託人並不是桐子的母親，而是她爺爺，所以原則上應該不會被取消。也就是說，就算神崎不來拜託我，我也得繼續查下去。

可是就算是這樣，我也不能在完全不知道神崎和桐子之間的關係的情況下，就糊里糊塗地接受他的委託。這可是工作呢！

我臉上浮現公事公辦的笑容。

『我明白您的意思了。可是啊，假使佐久良小姐的家人取消了對我的委託，照道理來說，我也不能隨便幫一個和佐久良桐子小姐一點關係也沒有的人繼續調查她的事。我想知道，神崎先生為什麼會想要知道佐久良小姐的下落？』

或許早就有心理準備會被問到這樣的問題，神崎毫不猶豫地回答：

『我和佐久良交往過。我還想跟她結婚，而且從她的反應看來，她應該也有考慮到跟我結婚的問題。』

跟我想的差不多。

『說是這麼說啦！不過現在一切似乎都有了變化。』神崎開始支吾其詞了起來：『……我也搞不清楚是怎麼一回事了。我記得是從上個月初開始的吧！桐子突然要求我暫時不要跟她見面，也不要去她家找她。我嚇了一大跳，完全不知道自己做錯了什麼事。追問她理由，她講得不清不楚的。』

『她叫你暫時不要跟她見面？』

我看了一下神崎的名片。Corn Gooth股份有限公司，系統開發課。

『這樣不是很奇怪嗎？你們是同事吧？』

『對呀！我們的辦公室雖然是隔成一個人一個人的獨立空間，但是再怎麼說還是在同一個樓層裡，不可能完全不見面。所以我才會覺得更莫名其妙。』

『這一個月之內……也就是從佐久良小姐提出「暫時不要見面」的要求，到她辭職的這一段時間裡，她在辦公室有刻意避開你嗎？』
神崎堅定地搖搖頭。臉上流露出困惑的神色，想必他也已經煩惱很久了吧！
『並沒有。她的態度都跟平常一樣，並沒有什麼太大的變化。如果她有刻意避開我的話，雖然會滿難過的，但至少還猜得出是怎麼一回事，可能是她已經不喜歡我了，要跟我分手之類的。問題就是不是這樣才奇怪。她還是笑著跟我打招呼，我拿咖啡過去給她的時候，她也沒有表現出不高興的樣子。』
『……神崎先生主動拿咖啡過去給她嗎？』
『因為我想知道桐子心裡在想什麼嘛！只好主動去試探看看。可是她真的都表現得跟平常一樣……』
一直強調平常平常的，我哪知道你們平常是什麼德性啊！
『佐久良小姐是那種會把心裡想的事情表現在態度上的人嗎？』
『才不是！』
嚇我一跳，犯不著這麼用力地反駁吧！
『剛好相反。我從來沒看過像她那麼有自制力的女生。總是靜靜地生氣、靜靜地高興。雖然也有些難以親近的地方，但是該怎麼說呢……雖然她不是故意要擺出很酷的樣子，但有時候還真的滿酷的。也可以說是有味道吧！』
真想回他一句：『你這樣說我哪聽得懂啊！』可又不能回說：『有沒有味道並不是重點吧！』真傷腦筋。
神崎的話匣子一開就停不下來，滔滔不絕地繼續說道：
『正因為桐子是這種人，所以我才擔心。她就算遇上了什麼麻煩，也不會找人商量，只懂得靜靜地自己一個人想辦法解決。就好像之前她所負責調整的參數出了問題，明明可以拜託別人幫忙解決的事，她偏要自己一筆一筆地慢慢核對。所以我想桐子一定是考慮清楚了才會辭去工作、離開東京的。我想她一定是模擬過各種可能性，覺得這麼做最好才去做的吧！關於這一點，我倒是贊成桐子母親的說法。』

『既然如此，為什麼還要來找我？』

『為什麼？這還用問嗎？』

我又被瞪了。

『我剛剛不是已經說過，我們打算要結婚了嗎？現在結婚對象遇到了困難，我再怎麼不濟，也一定有什麼可以幫得上忙的地方吧！只是因為我還有工作，沒辦法一直待在這裡。所以才要請你務必繼續幫忙找。』

『哦……』

不管怎樣，先點頭再說。但是我在內心倒彈三尺，神崎的外表看起來根本不像是這麼熱血的人，所以不管怎麼說都覺得假假的。搞不好桐子是真的想要跟他分手也說不定。

……不過，也有可能只是因為他太擔心女朋友的安危，所以才亂了方寸吧！我在東京的時候，也曾經有過論及婚嫁的對象。如果她突然不見了，搞不好我也會講出同樣的話也說不定。只不過，那個人在我病情惡化之後就突然失去了連絡。此刻腦海中雖然浮現出她的模樣，卻已經想不起她的名字。

總而言之，我已經知道整件事情的來龍去脈了。

『既然是這樣的話，那本事務所自然是義不容辭。』

神崎深深地向我鞠了個躬。

『謝謝你。那就拜託你了。不過，我只有假日的時候才可以過來……我會在這裡待到明天，如果有什麼事的話，請隨時跟我連絡。』

他一邊說，一邊掏出錢包，抽出一張像是收據的紙片。

『不好意思，可以借我一枝筆嗎？』

接過我遞給他的筆，神崎在紙片上寫下一串數字。

『這是我的行動電話，剛剛給你的名片上沒有手機號碼。』

『好的，我知道了。』

神崎正要把錢包收起來的時候，卻突然想起什麼似的，停下手上的動作。

『啊！對了，差一點就忘記了。』

他又拿出了一張名片。我瞧了一眼，不同於神崎的名片，是張桃紅色的名片。

『這個給你。這是桐子在東京的地址電話。也許你會有用也說不定。』

看來像是私人用的名片。除了『佐久良桐子』的名字之外，上頭還寫著住家的地址和行動電話的號碼、E-mail address等等。雖然我已經從且二那裡掌握住桐子在東京的地址電話了，但還是微笑著收起來。

特地請小梓送來的冰咖啡幾乎連一口都沒有動到，神崎就離開了。我笑著目送他下樓，卻在門關上的瞬間，馬上吐出一口氣。

『……呼——真受不了……』

拿起電話，盯著手裡的名片，按下一組號碼。

和上次一樣，電話馬上就接通了。

『您好，感謝您的來電，這裡是「Corn Gooth股份有限公司」。現在是下班時間，請於平日上午十點以後再來電話……』

對喔！今天是禮拜六。我又嘆了一口氣，把電話掛上。

8

每次像這樣在外面奔波的時候，就會覺得冷氣真是人類最偉大的發明。太陽已經漸漸地往西邊沉沒，該辦的事情都已經辦完了，再繼續待在小伏也沒用，不如回八保吧！

將停車場看了一圈，並沒有看到黑色的小金龜車。現在回想起來，我好像被威脅了呢！那男人好像叫我別再介入這件事，否則會受傷是吧？我拿出古文書，仔仔細細地盯著看。

『受傷……是嗎？』

難道真的跟寶藏有關嗎？如果隨便插手的話，會被世世代代以守護這個寶藏為職志的族人追殺嗎？感覺起來雖然也很驚險刺激，可是我想要的是那種比較具有都會氣息的偵探故事。打開M400的大鎖，正準備戴上安全帽的時候，有人叫住了我：

『啊，不好意思，請等一下。』

是一個年輕的男生，看起來像個大學生，也有可能還是高中生。斜斜地戴著一頂帽簷很寬的灰色帽子。帽子底下是一雙充滿學生氣息的單純眼神和笑容。本來就已經是很細瘦的體型了，再加上一張長長的馬臉，更添了幾分憔悴的氣息。不過他說話的聲調語氣倒是十分活潑，和外表形成極大的反差。

『你是剛剛進入地下書庫的人，對吧？呃……不好意思，我聽到你和櫃臺人員的談話。』

『……你哪位？』

『啊，不好意思，我忘了先自我介紹。我叫做鎌手，在大學裡主修中世史。』

這真是太好了。我忍不住笑了開來。像這種學有專精的人，認識再多也沒有壞處。如果是由對方主動送上門來的更是多多益善。這就是所謂的隨心所欲……啊，不對！是順水推舟吧！我把手中的安全帽掛回照後鏡上。

『你好，我叫半田，是個偵探。』

『咦？偵探？』

鎌手睜大了眼睛，馬上露出一個好奇心十足的笑臉。

『哇，真的還假的？真的有偵探這種人物存在喔？我還是第一次看到呢！……請問一下，偵探需要執照嗎？』

……

第、第一次被當作一個偵探來對待……半田平吉，忍不住落下男兒淚。

當然，眼淚只能流在心底。

『日本是不需要的。』

『這樣啊……如果有的話我還真想見識一下呢！』

如果有的話，我也很想給你看啊！乾脆回去拜託部長好了，就算只是類似工作證的玩意兒也好，請他做一張給我吧！最好設計成徽章的樣子，我一想到自己慢慢地從胸前的口袋裡把徽章拿出來，自我介紹『我是偵探』，就覺得暈陶陶的。

不過我馬上就回到了現實。

『你找我有什麼事嗎？』

『啊，不好意思。』

鎌手微微地低了個頭。

『我非常需要那本書。』

『哪本書？』

鎌手的眼睛閃閃發光。

『就是半田先生剛剛在找的那本《稱之為戰國的中世與小伏》。一般來說，鄉土史家的書通常都只是寫來滿足自己的創作欲望的，但是那個作者卻不一樣，他的作品少歸少，可是都還滿有可看性的。我已經把那個作者的書全部看完了，但是最重要的關鍵卻非得參考《稱之為戰國的中世與小伏》不可。不借到那本書的話，我的畢業論文就寫不出來了。』

原來如此。聽起來雖然合情合理，但是有一點我不是很能理解。

『……這種窮鄉僻壤有什麼值得寫成論文的地方？』

『有的。』

他回答得倒是十分乾脆俐落。這麼一來，我反而更有興趣了。

『是什麼呢？』

可是，被我這麼一問，鎌手馬上變得支吾其詞了起來。欸……呃……地唸了半天，低著頭，不時飄來懷疑的眼神。我不禁苦笑。

『我對歷史學什麼的一點都不了解，所以不用擔心我會告訴別人啦！』

『真、真的嗎？』

『偵探最會保守秘密了。』

我都拍著胸脯保證了，鎌手似乎也稍微放鬆了警戒。

『……那我就透露一點點吧！你應該聽說過戰國時代，五木氏和土守氏在這一帶不停地反覆上演著勢力之爭的戲碼吧！』
這麼基本的歷史我當然知道。
放大到整個國家來看，五木和土守都只是微不足道的小諸侯，就著一些沒什麼了不起的收成的山間土地在那邊搶得你死我活，結果還不是被後來乘虛而入的豐臣軍隊坐收漁翁之利……我只知道這個大概，詳細的史實並不清楚。
『現在的八保市就是五木氏當時的據點。土守則好像是在小伏的鎮公所附近蓋了什麼館之類的。而介於兩者之間的中間地帶好像有一座山城。我對這種地方諸侯小鼻子小眼睛的鬥爭雖然沒什麼太大的興趣，但是對那座城倒是有些好奇……』
我有些錯愕。
『山城？這種東西日本不是到處都看得到嗎？』
『呃……話是這麼說沒錯啦！』
鎌手意味深長地笑了笑。
『當然沒有這麼單純囉！如果只是到處都有的山城，我幹嘛還特地大老遠地跑到這種地方來啊？我要找的，當然是有點不一樣的山城囉！』
『大老遠？原來你不是本地人啊？』
『不是，我是福島人。』
『只為了一個「有點不一樣」的山城，你居然大老遠地從福島跑到這裡來？』
我忍不住嘆氣。畢竟我自己連學校都沒唸畢業，所以看到這種為了區區一座山城投注這麼多心力的學院派優等生，不免覺得有點自慚形穢。
鎌手用力地點了點頭，加強語氣繼續說道：

『所以我無論如何都需要那本書。然而我畢竟是個窮學生，沒辦法一直住在民宿裡等到那本書還回來。如果可以的話，我也很想預約……』

原來如此。既然鎌手不是本地人，自然也沒有辦法預約《稱之為戰國的中世與小伏》。

『所以我想拜託半田先生。如果那本書還回來了，如果那本書到了半田先生手上，可不可以先借我看一下？我保證不會給你添麻煩的。』

那本書對我來說，也是工作上要用的啊……

我稍微考慮了一下，皮笑肉不笑地說道：

『敗給你了。好吧！到時候先借你看。』

當然我還有其他目的。

『非、非常感謝你！』

鎌手鞠了一個將近九十度，實實在在的躬。然後從口袋裡拿出筆和筆記本，撕下一頁寫了一些字。

『我現在住在這個地方，等你拿到書之後請一定要跟我連絡。萬事拜託了。』

原來他寫的是電話號碼，而且還是小伏町的區域號碼，照他剛才所說，應該是民宿的電話號碼吧！

『那我就先告辭了。』

我一邊道別一邊伸手去拿安全帽，突然想起差點忘了最重要的問題。

『……對了，你說那座山城有點不太一樣，是怎麼個不一樣法？』

鎌手只是露出一個神秘的微笑，搖搖頭。

『在看到《稱之為戰國的中世與小伏》之前我也不是很清楚，所以不敢隨便亂說。我的教授常常訓誡我們，不可以光憑揣測就隨便亂說。』
『說得也是啦！』
無所謂，反正我本來也沒有多大的興趣。跨上我的M400，向鎌手道別：
『那你好好加油吧！』
鎌手回我：
『偵探先生也是。』
偵探先生。
這四個字聽在耳朵裡真是太美妙了。

9

『喂，事務所的門還是鎖著的耶！』
『歹勢，我現在在「D&G」休息。你也過來吧！我請你喝杯咖啡。』
我可不是想要讓你請客才過去的喔——半平一邊碎碎唸，一邊把摩托車停在事務所附近，用走的來到『D&G』。
我點了一杯葡萄柚汁，對小梓和友春雖然有點不好意思，但我一天只能喝一杯咖啡，而今天的配額已經在『Gendarme』用掉了。我一個人占著這家店最裡面的包廂。說是這麼說啦！不過太陽下山之後，店裡就只剩下我一個客人了。這麼說來，我還不知道這家店營業到幾點呢！如果其他條件許可的話，友春自己應該很樂意把一天二十四小時都拿來煮咖啡吧！
不一會兒，半平隨著門上風鈴的脆響走了進來，我向他招招手。
半平走到我面前坐下。

『……我都不知道這裡有家這麼可愛的店，如果只有我一個人的話，還真有點不好意思走進來呢！』

『別這麼說，大大方方地進來就行了。』

這時小梓剛好送上開水。

『您決定好要點什麼再叫我。』

附送微笑一枚。

半平目送她的背影說道：

『店員感覺起來也不錯。』

『真不湊巧，人家已經是老闆的老婆了。』

『我又不是這個意思。』

『順便再告訴你，她是我妹妹。』

半平非常沒禮貌地盯著我的臉看，然後又轉過頭去看小梓，然後馬上發難：

『一點都不像！』

這句話從小聽到大，聽到都已經不想再聽了，所以我已經麻痺得懶得做反應。

『你要喝什麼？』

『請給我一杯苦味馬丁尼酒。』

我謹遵指示地把菜單看了一遍。

『……沒有耶！』

就連酒精類的飲料也沒有。半平還是一臉煞有其事地說：

『可是啊，做為一個偵探，如果不喝苦味馬丁尼的話，好像有點說不過去。』

『那來杯螺絲起子如何？還偵探咧！不就是調查一張鄉下地方的神社廢紙罷了。』
真是受不了這個偵探狂。我無奈地搖搖頭，但還是意思意思地問了友春一下：
『有辦法變出苦味馬丁尼酒嗎？』
友春一直望著這裡，是在等我們告訴他要用哪種咖啡豆，沒想到等到的卻是這種答案，他微微一笑說：
『我這裡可是咖啡廳喔！』
『我想也是。』
『不過，如果是月光的話就有。』
月光？我好像在哪裡聽過這個黑話。但是卻怎麼也想不起來是什麼意思。不抱希望地隨口問了一下半平：『月光是什麼東西？』
沒想到半平連想都不用想就直接回答：『就是私釀酒嘛！』
哦，原來如此。我一邊慶幸自己想起來了，一邊轉過頭去看友春：
『友春，你……』
『請不要大聲嚷嚷，而且我還是比較擅長煮咖啡。』
沒想到友春居然有這種興趣，嚇我一跳，但是更令我驚訝的，是半平居然知道這種黑話。
在我飽受驚嚇的同時，半平看了看菜單，說道：
『請給我一杯冰的咖啡歐蕾。』
聽到他點的東西，友春臉上浮現出一絲絲遺憾的表情。誰叫他是個以煮咖啡為畢生職志的男人。搞不好還把牛奶當作是天敵呢！
我調侃半平：『沒想到你居然會點咖啡歐蕾這麼娘娘腔的東西。』

半平只是不好意思地笑笑：『現在剛好想喝一點甜的東西嘛！』

說穿了，就是他已經累了吧！

這也難怪，他這幾天不單只是往返於小伏町與八保市之間，晚上還要打工到三更半夜。不過這都是他自己的選擇，所以我也不方便說什麼。

『冰的咖啡歐蕾，請慢用。』

小梓一本正經地把杯子放在桌上。我正打算叫半平報告一下他調查的結果，沒想到卻被他搶了個先。

『對了，部長今天早上為什麼沒進辦公室？是真的直接到現場去了嗎？』

『是的。』

我把襯衫的袖子捲起來，露出貼著藥膏的左手臂。

『……你去看醫生嗎？』

『……』

我悻悻然地把袖子放了下來。

『我去抓野狗啦！你沒聽說嗎？最近在南小附近出現了流浪狗。我也加入了巡邏隊，而且好死不死地剛好被我碰到，結果這裡就被咬傷了。』

『你該不會是在炫耀受傷的事吧？』

沒錯，就是這樣。不過既然沒有收到欽佩的效果，所以也算不上是炫耀了。我把袖子扣好。

『對了，那個失蹤的美女現在怎麼樣了？該不會是被那隻狗抓去當押寨夫人了吧？』

『你以為在演八犬傳嗎？』

『八犬傳？八犬傳的內容是這樣的嗎？我本來是打算跟米諾斯⑰的故事兜在一起的說。』

『什麼跟什麼嘛！』

我喝了一口葡萄柚汁。

『那個巡邏隊的頭頭剛好就是佐久良桐子以前的好朋友。因為這次機會，我才有辦法接近她，順便打聽一些情報。』

『阿門！』

『被衛生所的人帶走了。』

這傢伙，因為沒有其他客人，就懶懶散散地靠在櫃臺上。我瞥了她一眼，簡短地回答：

『咦？原來那隻狗是老哥你逮到的啊？結果呢？那隻狗後來怎麼樣了？』

一旁的小梓突然插了進來：

小梓雙手合十，為狗兒祈福。

半平也略略地低下頭來。

『那可真是辛苦你了。沒想到會多出這樣的工作，一定很累吧！』

『也還好啦！自然而然就變成這樣了，所以也不覺得辛苦。』

『真的嗎？』

『真的啦……說得明白一點，我還不討厭這種工作。』

半平的臉上浮現出問號。我懶得跟他解釋，所以乾脆換我問他進度：

『你那邊進行得如何呢？』

⑰希臘神話。米諾斯的妻子患有戀動物癖。

『啊，非常順利。』

半平豎起大拇指。

『已經有眉目了。雖然沒有事先預約，不過我明天會再去山北高中一趟，只要拿到某一本書，調查工作就等於完成百分之八十了。』

『哦——』我發出了讚嘆的聲音。『動作還滿迅速的嘛！』

『畢竟偵探是我長久以來的志願嘛！』

半平得意洋洋地說。不過這種事到底有什麼好得意的？我還是搞不太懂。

『啊！還有還有，發生了一件非常戲劇化的插曲喔！』

半平的眼睛閃爍著光芒。反正一定不會是什麼好事吧！我冷冷地望著半平，可是他一點也不介意地說：『我被警告了呦！被一個戴著太陽眼鏡、穿著風衣，開著黑色福斯小金龜車的男人，警告我不要插手這件事。』

我想了一下。

『……不好意思，你要吹牛也吹一個比較有真實性的牛好嗎？』

『我才沒有吹牛呢！』

半平激動地用力拍了一下桌子。從我的座位可以清楚地看見，小梓非常不爽地挑了挑眉。這也難怪，畢竟這家店的擺設是由她一手包辦的嘛！

『是真的、真的啦！他說我沒能力擺平這件事，所以還是盡早收手，免得受傷。』

哼……

我把雙手抱在胸前，不過被狗咬到的地方實在太痛了，所以又馬上放開。

『……所以呢？你怎麼看這件事？』

『覺得很有偵探的感覺。』

『然後咧？』

『沒有然後了。』

因為半平回答得未免也太理所當然，害我覺得頭似乎痛了起來。別說我已經搞不清楚這傢伙到底是聰明還是笨蛋，就連他到底是講真的還是開玩笑，我都搞不清楚了。

如果半平說的是真的，那個男人的目的倒是十分清楚明白。半平怎麼會沒有發現呢？還是他也已經注意到了，只是不說而已？

那個男人要警告的對象其實是我。意思是叫我不要插手佐久良桐子失蹤的事，事務所才開沒兩天的傢伙根本沒有能力處理這件事。他只是不小心搞錯對象，糊裡糊塗地跑去跟半平嗆聲罷了。沒想到那男人還滿脫線的，不過我大概猜得出來他為什麼會搞錯。

每天上班的時候，我都是把車子停在大樓後面的停車場，然後從後門進去。可是半平卻是唯恐天下不知地把他的M400停在一樓的便利商店門口，大剌剌地從正門上來。再加上我要嘛躲在事務所裡打電話，要嘛跑去服飾店調查，相較之下，半平則是大搖大擺地穿梭於八保與小伏之間進行調查，會搞錯也實在是人之常情。

如果這一切都跟我想的一樣，那麼事情就更棘手了。佐久良桐子的調查雖然至今仍有很多曖昧不清的謎團，但基本上並不是什麼特別危險的工作。雖然桐子是自己決定要失蹤的，表示她的確遇到不得不隱藏自己行蹤的危險或麻煩，只是從現在這個時間點看來，至少應該還沒有切身的危機，而我也還沒有感覺到比被狗咬還要迫切的危險。

可是這時卻出現了一個戴著太陽眼鏡、穿著風衣，開著黑色福斯小金龜車，感覺起來就好像是在玩角色扮演的男人，警告我不要插手此事，否則會有危險，這讓整件事情變得更複雜。雖然現在再說這些也於事無補，但如果是尋找走失小狗的話，就不會遇到這種事了吧！

『……搞什麼嘛！真討厭。』

我忍不住發起牢騷來。

『相信我，部長，我說的都是真的。』

半平又小小聲地強調了一次。

我抱著最後一絲希望問他：『對了，你有看見那輛小金龜車掛的是哪裡的車牌嗎？』

『有的，是練馬的車牌。』

太糟了！

基本上我是個逆來順受的人，別人要求我做什麼，我就會乖乖地聽話照辦。但現在這個是工作，總不能丟下一句：『好，我知道了。』就收手不管。更何況，又還沒有出現什麼具體的危險訊號。

話說回來，要是真的發生危險，可就太遲了也說不定。但是關於桐子的失蹤，我連理由都還掌握不到，那個行跡可疑又有點脫線的男人說的危險到底是什麼，現在也還無法想像。真是傷腦筋啊！

『……算了，明天再繼續查吧！』

我喃喃自語，把剩下的葡萄柚汁一口氣喝光。

只不過，說句老實話，就連我自己也不相信，光這樣查，就能把佐久良桐子的藏身之處查出來。

第四章

二〇〇四年八月十四日（星期六）—八月十五日（星期日）

1

〈白袴〉大概就是這樣吧！

我把黏在飯鍋底部的剩飯做成茶泡飯，充當晚餐填飽了肚子之後，坐在電腦前面開始上網。在聊天室裡將我今天一天的成果簡單地整理報告一下。反正GEN既不知道白袴——也就是敝人在下我紺屋長一郎是何方神聖，更不知道我在找的人到底是誰。所以只要那幾個關鍵字不要打出來，就不算違反守密義務，可以愛寫什麼就寫什麼。

在我敘述的時候，GEN除了『哦——』、『這樣啊——』的附和之外就沒有再打任何字了，可是等我報告完畢之後，螢幕上出現了一行字：『有一點我覺得滿奇怪的』。

〈GEN〉有一點我覺得滿奇怪的，

〈GEN〉這個失蹤的人，在她同事的口中，和那個賣雜貨的店員口中，

〈GEN〉給人的印象差滿多的耶！

〈GEN〉據她同事所說，這個失蹤的人並不會把情緒表現在外表上，

〈GEN〉可是據店員所說，這個失蹤的人一看到她就表現出非常高興的樣子，

〈GEN〉還非常主動地找她說話。

老實說，我也覺得這點滿奇怪的。所以當神崎在描述桐子的為人和個性時，我沒辦法滿不在乎地用『這根本無關緊要』的態度來把他打發掉，也許就是因為注意到其中的不合理吧！因此，我也試著假設出幾個原因。

〈白袴〉第一種假設，假設那個失蹤的人其實並不喜歡她的同事，

〈白袴〉所以只有在面對她那個同事的時候才會表現出那種愛理不理的態度。

〈GEN〉……如果真是這樣的話，她那個同事準備要領好人卡了。

〈GEN〉還有，請不要使用特殊機型才有的文字，我這裡會看不到。

〈白袴〉啊，不好意思。

如果這個假設是正確的話，那麼不管是結婚的約定，還是桐子要求暫時不要見面的說法，就都只是神崎編出來的謊話了。

〈白袴〉為了確定這個假設的真實性，我本來想要問一下這家公司的其他人知不知道這兩個人之間的關係，

〈白袴〉以及她這個同事在公司裡的評價。可惜今天是假日，打去公司也沒人接。

〈GEN〉我記得他那個部門是跟系統有關的，對吧？

〈GEN〉只要直接打到分機，管它是週休二日、三節還是過年，都一定會有人留守的喔！（笑）

〈白袴〉是這樣的嗎？

〈GEN〉只不過……也許是我想太多了也不一定，為什麼偏偏選今天，也就是禮拜六來找你呢？

我雖然沒見過這個GEN，不過對他也算是另眼相看了。我只是寫了個大概，他就能注意到這一點，真不簡單。

〈白袴〉就是這個！如果不要想得太複雜的話，今天是禮拜六，剛好公司放假，

〈白袴〉所以他才有時間來這裡找我。

〈GEN〉但如果從非常理的角度看的話，

〈GEN〉今天是禮拜六，就算想打電話去公司確認事情的真偽也沒辦法。

〈GEN〉所以他才故意選在今天出現。

〈白袴〉真精闢的分析。如果是這樣的話，那麼，這個同事……

〈GEN〉在禮拜一開始上班之前就可以達到他的目的了。

這個目的鐵定跟佐久良桐子脫不了干係。

問題是不知道他到底想對桐子做什麼。

〈白袴〉第二種假設是那個同事根本是個冒牌貨。

〈白袴〉假設今天來找我的人並不是昨天和我通電話的人，他其實根本就不認識失蹤者。

〈白袴〉但是這樣會有一個問題，

〈白袴〉至少今天的這個同事和昨天的那個同事聲音相似度百分百，也拿得出印有公司名稱的名片。

〈GEN〉這個問題我可以馬上回答你，聲音像不像只是種模糊的印象，而且要印名片還不簡單嗎？

雖然他說得也有道理，但我自己並不相信第二種假設能夠成立。『Corn Gooth股份有限公司』的電話號碼是佐久良且二給我的，應該不會是假的吧！再說了，打去系統開發課的電話剛好被神崎接起來也純粹只是個巧合。而神崎也是在接到我的電話之後，先後跟佐久良朝子、佐久良且二連絡之後，才取得『紺屋S&R』的地址的，我不認為其他人會有辦法知道這中間的曲折。所以那個人就是『Corn Gooth』的神崎知德本人，這點應該沒什麼好懷疑的。對詳細情形並不清楚的GEN似乎也覺得這條線太薄弱，所以也沒有再寫下去。

過了一會兒，GEN又開始鍵入訊息：

〈GEN〉有沒有興趣聽聽我的第三種假設？

〈白袴〉願聞其詳。

〈GEN〉那個同事所認識的人和店員所認識的人其實並不是同一個人。

我停止了敲鍵盤的動作。冒牌貨嗎？我倒是沒有想過這個可能性。

那就來想一下吧！桐子在『Corn Gooth』上班，這件事佐久良且二知道，『Corn Gooth』的同事也知道。但是，如果是兩個人串通好了的話，就算各自過著對方的生活也不是完全不可能的事。只不過……

〈GEN〉然後，你在找的那個真正的當事人，其實已經不在人世了。

這倒不可能。

〈白袴〉這是不可能的。
〈白袴〉賣雜貨的店員和咖啡廳的老闆都認識那個失蹤的人。
〈白袴〉雖然他們都說她的感覺有點不太一樣，可是如果現在的當事人是冒牌貨的話，
〈白袴〉大搖大擺地出現在本尊常去的店裡只會給自己找麻煩罷了。

唯一的可能性是，桐子到了東京之後，把自己的名字借給別人，而那個別人後來在『Corn Gooth』上班。現在，那個別人辭去了『Corn Gooth』的工作，而真正的桐子則回到八保來。

可是，這種可能性實在是太低太低了。因為支持這種可能性的，只有『神崎和「Charing Cross」店員口中的桐子形象有些不同』這一點而已。撇開這點不談，還有可能性更高的假設存在。

〈白袴〉第四種假設。

〈白袴〉這個失蹤的人深諳對於那些不熟的人、不親近的朋友、不打算要交往很久的對象，

〈白袴〉只要保持禮貌地應對就行了。

〈白袴〉但是對於不是這樣的人，她認為不要表現出真實的自己才是明哲保身之道。

〈白袴〉所以她在職場上是個非常壓抑自己的堅強女性，

〈白袴〉但是在雜物店則是個沒那麼多防備，一聊起往事就停不下來的女性。

〈白袴〉不過這種說法聽起來實在太理所當然，沒什麼建設性。

雖然螢幕上的文字符號還是一貫地面無表情，搞不好GEN正在網路的另一邊搖頭嘆氣。

〈GEN〉……既然你都這樣想的話，幹嘛還寫出來呢？

〈白袴〉歹勢啦！我把這個推理遊戲搞砸了。

〈GEN〉我去倒杯酒來，等我一下。

經他這麼一提，我也想要來一杯。

自從生病以來，我連酒都不想喝，只是渾渾噩噩地過一天算一天，今天卻難得地想來上一杯。記得冰箱裡還有啤酒，雖然是半年前買的，不過應該還沒壞吧！夏天的夜晚，我在矮腳餐桌上打開了啤酒的瓶蓋。

2

GEN喝的好像也是啤酒，札幌派的GEN和惠比壽派⑱的我隔著網路小酌了起來。夜已經深了，我正打算今天到此為止的時候，GEN突然丟過來一個問題。

〈GEN〉對了，可以告訴我那個失蹤的人叫什麼名字嗎？

這個要求未免也太強人所難了吧！

縱使我才當了三天的偵探，也不可能被別人一問，就隨便把委託的內容洩漏出去——這點最起碼的職業道德我還有。

可能是有點醉意了，敲著鍵盤的手指頭開始不聽使喚。

〈白袴〉你喝醉了嗎？

〈GEN〉因為札幌啤酒實在是太好喝了。

〈白袴〉那不是很好嗎？還有，你問這個要幹什麼？

〈GEN〉呃……該怎麼說咧？

〈GEN〉可能是玩網路的人特有的習性吧……

〈GEN〉只要有人名，就忍不住想要上網搜尋。

⑱札幌啤酒（Sapporo Beer）和惠比壽啤酒（Yebisu Beer）都是啤酒的廠牌，也都是日本的地名。

〈GEN〉搞不好她有自己的網站也說不定。

我馬上另外打開一個視窗，輸入關鍵字『佐久良桐子』開始搜尋。只可惜，可能是不常見的姓再加上不常見的名字，所以連一筆都搜尋不到。確定真的毫無所獲之後，我悻悻然地再回到聊天室。

〈白袴〉那個失蹤的人不是系統工程師就是程式設計師，總之是那個領域裡的人喔！
〈白袴〉怎麼可能那麼輕易地就把自己的本名公布在網路上。
〈GEN〉白袴先生……
〈白袴〉怎樣？
〈GEN〉你現在正在搜尋對吧？

被發現啦！我喝了一口倒在杯子裡的啤酒。

〈白袴〉隨便你怎麼想像吧！艾力克斯。
〈GEN〉你是不是喝醉啦？
〈GEN〉算了，反正我早有預感你不會告訴我了。
〈GEN〉要是有她個人的E-mail address就好了，我倒想試著寫信給她。

我醉得更厲害了。

對了，因為佐久良且二做給我的履歷表上沒有記載，所以我也就沒想到那裡去。可是我今天已經拿到佐久良桐子的E-mail address了。

〈白袴〉等我一下。

是收在錢包裡嗎？不對，好像是塞在襯衫的胸前口袋裡。我一個人在只有六張榻榻米大的房間裡像個陀螺似地團團轉，滿屋子找那張紙片，可是卻到處都找不到，正當我心裡開始嘀咕會不會是放在事務所裡沒有帶回來的時候就找到了。原來是和神崎的名片一起被我整整齊齊地收進名片夾裡了。

桐子的E-mail address是〈10k-Sacramento@cocktram.ne.jp〉。原來如此，她把自己的名字放進去了⑲。

〈白袴〉找到了。而且還是個人專用的E-mail address。

〈GEN〉欸？還真的有啊？那還不趕快搜尋看看。

現在正在做呢！我從一個綜合檢索的網站開始搜尋，結束搜尋。什麼都沒有。

〈白袴〉沒想到她把個人資料保護得那麼好，什麼都查不到。

⑲佐久良（Sakura）的日文發音與Sacramento的開頭（Sacra）相近。

〈GEN〉果然沒這麼簡單嗎？至少可以告訴我是哪家的帳號吧？

〈白袴〉……如果只是帳號的話應該沒關係吧……大概……

〈白袴〉是cocktram的。

〈GEN〉哦，如果是cocktram的話，電子信箱和網頁的帳號應該是一樣的。

原來還有這一招啊！我忍不住拍了一下大腿。先用搜尋引擎找到cocktram入口網站的首頁，再從〈www. cocktram.ne.jp〉試圖去連結〈www. cocktram.ne.jp/10k-Sacramento/〉。可惜螢幕上出現了伺服器錯誤的字眼。錯誤訊息是『403 Forbidden』。

我情不自禁地漏了口風。

〈白袴〉出現了，403。

〈GEN〉403？不是404嗎？

HTTP狀態碼的404指的是『您所搜尋的網頁不存在』。一旦出現這個訊息，就表示在那個網頁地址上什麼都沒有。而在另一方面，403指的則是『您所搜尋的網頁禁止存取』。雖然不給看，但確實是存在於網際網路上沒錯。

也就是說，佐久良桐子確實有一個自己的網站。

我有一搭沒一搭地跟GEN互丟訊息，一面開始檢索起〈www. cocktram.ne.jp/10k-Sacramento/〉。不一會兒，就找到網站的入口了。〈www. cocktram.ne.jp/10k-Sacramento/duplicate/index.html〉。點進去看。

〈GEN〉怎麼樣？
〈白袴〉已經關站了。
〈白袴〉啊！不過日記還留著。

桐子的網站叫做『duplicate』，首頁上只有寫著『duplicate自即日起關站，感謝大家長久以來的愛護』一行字。黑底白字，看起來有幾分陰森森的味道。網頁下方還有一個小小的連結，連到『過去的日記』。

『真是太幸運了……』

我一邊喃喃自語，一邊點進去看。從二〇〇一年四月到二〇〇四年七月之間的紀錄都有。搞不好這下子就能知道佐久良桐子到底發生什麼事了，我抱著淡淡的期待，打開『二〇〇四年七月上旬』的日記。

可是螢幕上出現的，卻只有一行字，而且又是陰森森的黑底白字。

『此網頁已移除』

回到上一頁，再看其他的日期，六月上旬、五月下旬……

不管點進去哪一個日期，全都只有『此網頁已移除』。

我忍不住啐了一聲。這個佐久良桐子不僅辭職、搬家，就連在網路上也消聲匿跡了。

〈GEN〉白袴先生？
〈GEN〉哈囉——白袴先生？
〈GEN〉你一個人看太狡猾了吧！也給我看一下嘛！

〈白袴〉啊，不好意思。不過這可辦不到，因為網頁都被刪掉了。
〈GEN〉404？
〈白袴〉不是，只有『此網頁已移除』一行字。
〈GEN〉？？？怎麼這麼奇怪？如果要移除的話，把整個檔案刪掉不就得了？
〈GEN〉為什麼她不這麼做呢？

這倒是個再基本不過的問題。如果想要移除的話，把檔案刪掉就好了，甚至把整個網站刪掉還來得快一點。既然如此，她為什麼要留下檔案，還大費周章地寫下『此網頁已移除』的訊息？

〈白袴〉不知道有沒有藏著什麼暗號？按按Ctrl＋A好了。
〈GEN〉這難道是對玩麥金塔電腦的我所下的戰書嗎？

我假裝沒聽見GEN的抗議，將桐子的日記一篇一篇地仔細翻找。搞不好看起來平凡無奇的畫面裡，其實隱藏著什麼文字或者是連結也說不定。

……只可惜，還是白費力氣。我查了半年份的紀錄之後，終於宣告放棄。

〈白袴〉不管是按Ctrl＋A還是Tab鍵都沒有反應。
〈GEN〉所以才說是對麥金塔玩家的挑釁嘛！你要不要看一下原始檔？
〈GEN〉搞不好她有寫在註解裡也說不定。
〈白袴〉那個我也看過了，並沒有。大概全部都是用複製、貼上的吧！

我想現在桐子網站『duplicate』上所有的日記，都是把只寫著『此網頁已移除』的原始碼複製、貼上所做成的吧！就像金太郎糖一樣⑳，不管從哪個日期的目錄點進去看，出來的結果都一樣。

〈白袴〉這點的確很不合理。就算只是複製、貼上好了，要重複個幾十次也挺浪費時間吧！
〈白袴〉刪掉的話就一勞永逸啦！

我才剛打完這行字，GEN馬上就回我一個意外的訊息。

〈GEN〉不，如果是這樣的話，還有一個理由。那就是不能刪除。
〈白袴〉啥？
〈白袴〉不能刪除是什麼意思？
〈GEN〉白袴先生，這個世界是非常現實的呦！

現實？這傢伙該不會是想要跟我收取諮詢費用吧？我晃了晃裝滿啤酒的腦袋瓜子。現實？現金？CASH？㉑

……Cache㉒？！哈哈，這也太無聊了吧！

⑳金太郎糖是日本製糖業的傳統技藝，剛做出來的是長條狀，然後才切成一個一個的圓形，但無論從哪裡下刀切出來的橫切面都一模一樣。
㉑日文的現實寫做『現金』，而現金的英文是cash，和cache的發音一樣。

〈白袴〉對喔！還有頁庫存檔的問題。
〈GEN〉真不愧是白袴先生，反應好快。

在網際網路的世界裡，有一些搜尋引擎的網站，只要打入某個關鍵字，就可以把含有那個關鍵字的網頁都列舉出來。其中又有一些搜尋引擎具有將網頁暫存的功能。

舉例來說，假設我架了一個網站，在上頭寫下『把小梓最寶貝的藍寶堅尼模型弄壞的人是我』。搜尋引擎就會把我的網頁暫存在他們的伺服器裡，如果有人用『藍寶堅尼』或『弄壞的人是我』之類的關鍵字下去搜尋，就會找到我的網站。

後來，我覺得這樣還是不太妙，就把整個檔案給刪掉了。於是在我的網站上已經看不到原來那一行字。但是，如果這個搜尋引擎具有網頁暫存的功能，就會把被我改掉之前的網頁原封不動地保存下來，因此還是可以看得到『把小梓最寶貝的藍寶堅尼模型弄壞的人是我』這一行字。

為了避免這種情況發生，我應該怎麼做才好呢？

其中一個方法，就是將寫著『此網頁已移除』之類文字的檔案上傳，藉以覆蓋掉原來的檔案。那麼就算哪天又被搜尋引擎搜尋到了，也只會留下『此網頁已移除』的字眼，看不到原本跟藍寶堅尼有關的敘述。

佐久良桐子大概就是這麼做的吧！她把自己曾經出現在網路上的痕跡全都仔仔細細地擦掉了。

果然，我利用搜尋引擎找到她的網頁位置，試圖打開日記檔案的頁庫存檔。可惜這一切都在桐子的算計之內，雖然不是全部，但那些日記檔案幾乎都只剩下『此網頁已移除』的字樣了。

〈GEN〉問題來了，那個失蹤的人不但辭掉工作、改變地址，還把自己在網路上的痕跡擦得乾乾淨淨，

〈GEN〉可是另一方面，她卻大搖大擺地出現在雜物店買洋娃娃、

〈GEN〉在咖啡廳喝咖啡，

〈GEN〉這是為什麼呢？

我想我大概知道為什麼，這也是神崎和佐久良朝子之所以都不知道桐子失蹤的原因。桐子的確是遇到麻煩了，只不過，遇到麻煩的那個人可能不叫做佐久良桐子，應該是另一個筆名或暱稱吧！

也就是說，桐子在虛擬實境的網路世界裡受到攻擊了。

〈白袴〉網路攻擊嗎？

〈GEN〉我也是這麼想的。

〈GEN〉連頁庫存檔都不敢留下的話，表示可能不只是單純的網路攻擊，

〈GEN〉而是網路跟蹤狂之類的吧！

如果是這樣的話，那問題可就大了。桐子已經利用『此網頁已移除』的策略把自己在搜尋引擎裡留下的頁庫存檔刪掉。還有一個傷腦筋的問題是網站的名稱『duplicate』。『duplicate』這

㉒Cache，意即快取，亦即搜尋引擎所記錄的頁庫存檔。

個英文單字指的是複製的意思，雖然不是非常普遍的單字，但是一扯到電腦的話常常會使用到。如果用這個字去搜尋，可能會跳出上萬個風馬牛不相及的網站來吧！想要從中找出佐久良桐子的網站『duplicate』到底發生過什麼事，其實不是件容易的事。

追根究柢，調查佐久良桐子身上到底發生什麼事並不在我的業務範圍之內。我的工作只是把桐子找出來，請她跟佐久良且二連絡而已。從接下這份委託到現在，我一直這麼提醒自己。

只是，我現在已經知道桐子確實曾經遭受到某種攻擊，不由得開始產生一個念頭——如果我把整件事情弄清楚，或許就能推測出桐子下一步會怎麼做了。換個角度，我甚至覺得，如果不把這整件事情搞清楚，可能就找不到桐子了。像今天這樣在八保繞個幾圈，見人就問：『請問你知道桐子去了哪裡嗎？』就想得到『啊，她在某某地方喔！』的回答，我從一開始就不敢想。

我漫不經心地敲著鍵盤。

〈白袴〉如果可以抓到過去的登錄履歷就好了。

GEN的回信馬上就來了。

〈GEN〉我可以幫你喔！剛好明天是禮拜天。
〈白袴〉欸？可是你不是很忙嗎？
〈GEN〉只不過是抓個網站的登錄履歷罷了，沒什麼大不了的。
〈GEN〉報酬就等下次放假的時候請我吃頓飯好了。

真是出乎意料的大豐收。GEN的電腦知識、網路知識都比我強太多了。

〈白袴〉謝啦！有你幫忙輕鬆多了。

〈GEN〉你就當自己是隻誤上賊船的狐狸好了。

〈白袴〉你這樣說是故意要讓我睡不著的嗎？

〈GEN〉那你可以告訴我網址了吧？

既然GEN要助我一臂之力，幫我把佐久良桐子找出來，就沒有什麼好對他隱瞞的了。不過為了謹慎起見，我還是確認一下這個聊天室已經設定成外面的人看不到裡面內容的狀態之後，才打上『duplicate』的網址，送出。

那行網址才剛出現在聊天室的畫面上，GEN就回了訊息過來。

〈GEN〉這樣就行了，那我先閃了。

〈GEN〉札幌啤酒萬歲！

接著畫面上就出現GEN已經離開聊天室的訊息。這個聊天室除了我和GEN之外幾乎沒有人會進來，不過我還是老老實實地登出。

再來只能等了。時間也已經過了十二點。很久沒有花這麼長的時間盯著螢幕了，所以覺得眼睛有點乾乾的。瓶子裡還剩下一點點啤酒，不過放那麼久早就不冰了，我直接對著瓶子把剩下的啤酒一口氣喝掉，上床睡覺。

第五章

二〇〇四年八月十五日（星期日）

1

第二天一早還是個大晴天。這到底已經是第幾個晴天啦？新聞報導也說，由於一直都沒有下雨，所以有些地方已經開始要限水了。也因為天氣實在是太晴朗了，不知道哪個縣市還發生了森林大火，目前已經有兩個人死於中暑、一個小孩死在小鋼珠店的停車場裡、另外還有三個人溺死。不過，地方版依舊沒有出現身分不明的屍體，頭版的新聞是由小伏町、六桑村所共同舉辦的盆舞將於今天晚上八點開始的消息。

在這種大熱天裡，要從哪件事情開始著手呢？我一邊配著黃蘿蔔乾吃早飯，一邊茫然地想著。今天得向委託人佐久良且二報告進度，不過這種事用講的就行了，所以只要傍晚打通電話去給他就可以搞定。昨天從渡邊口中打聽到桐子常去的地方只剩下南山公園和圖書館還沒去，是不是應該去看看呢？還是再去『Gendarme』和『Charing Cross』一次呢？或者是再去問神崎一些問題也不錯。話又說回來，且二那邊不知道有沒有什麼進展？

『……唉！』

我忍不住嘆了口氣。

不管是哪一個方法似乎都只能治標、不能治本，我不認為光是這樣就能找到佐久良桐子。

既然我已經推測出桐子可能是在網路上遇到了麻煩，就想循著這條線索追查下去。也就是說，在GEN那邊有結果之前，我只想隨便做點什麼來打發時間。我本來在工作上就不是一個太積極的人，再加上已經有了打發時間的念頭，就更提不起勁來了。

總之先去事務所一趟好了。半平應該會過來吧！那麼至少得先去把門打開。當我換好衣服，正準備出門之前，突然想到應該先把筆記型電腦打開，檢查一下有沒有信件。

一共有八封新的郵件，其中七封都是垃圾郵件，我看也不看地就刪掉了。

剩下那封是GEN寄來的。主旨是『檢舉網站的網址』。

我下意識地看了一下時鐘。現在還不到早上八點五十分。昨晚在聊天室互道晚安的時刻我記得已經過了十二點。中間才經過不到九個小時，我不禁深深佩服。

『簡直是鞋匠家的小精靈嘛！』

我把電子郵件打開。

關於這次的事件，我有上監視網站查了一下，由於目前手邊的線索還太少，所以查到的資料也不多，不過大致上還是看得出是怎麼一回事。這次的事件叫做『EMA vs. 螳螂事件』。就我來看實在不是什麼稀奇的事。

至於『duplicate』的登錄履歷，目前正在和站方交涉當中。等到有結果之後，我再寄給你。

那麼就先這樣吧！

GEN的署名底下還有一串網址。

總之我先連到那個網址，然後把網站上的內容全部另存新檔。

抱起筆記型電腦，把自己連同電腦塞進我那破破爛爛的小車裡，朝著事務所前進。一進到事務所，把門打開，立刻就坐到會客用的沙發上，同時把電腦啟動。

GEN介紹給我的那個網站叫做『天網恢恢』，計數器所顯示的數字高達二十萬，也就是說，點閱這個網站的人數高達二十萬人次，乍聽之下雖然還滿唬人的，但一般的人氣網站大概只要幾個月就能達到這個數量了。網頁下方還有一行小小的字體『since 2001.7』，所以應該是花了三年的時間才累積到二十萬人次。以一個網站受歡迎的程度來說，這其實是屬於中下了吧！

如同GEN所介紹的一樣，這個網站收集了一些發生在網路上的爭議事件。就像美國法院的紀錄一樣，羅列出以當事者命名的爭議事件，例如『波蘭 vs. 哈利卡納蘇斯事件』、『松星 vs. 路人甲事件』等等。『EMA vs. 螳螂事件』就是其中一件。

昨天聊得太晚了，所以眼睛好累，我點了眼藥水，本來想把網頁印出來看的，不過因為內容似乎並沒有很多，所以就直接往下看了。

2

我把M400停在便利商店前。等手上這個案子結束之後，得找個機會跟便利商店的老闆好好談談才行，如果只有兩、三天的話，隨便借停一下可能還沒什麼關係，可是如果以後要繼續在『紺屋S＆R』做下去的話，還是得把停摩托車的地方搞定才行。我一邊揉著惺忪的睡眼一邊盤算著這件事，一邊爬上位於二樓的事務所。

部長昨天早上沒有進辦公室，今天不知道會不會來。我一邊想一邊開了門，只見他坐在會客用的沙發上，雙眼無神地盯著筆記型電腦的螢幕。

『部長早安。』

『……嗯？』

部長只是抬起頭來望了我一眼。

『嗯，早安。』

『你在幹嘛呢？還把電腦給帶來了。』

『有個很有意思的網站，我正在看呢！』

雖然心裡想說的是『那工作怎麼辦？現在不是上網的時候吧！』不過，我只是淡淡地回了句：『是喔！』誰叫我從一開始就知道部長做事不太積極了。只是，如果他混得太過分，導致事務所經營不下去的話，我的偵探夢可是會跟著破碎的。

『我只是過來看一下而已，馬上就要出去了，因為對方要我一大早就過去。』

部長完全不問我要去找誰、做什麼，只是漫應一聲：

『嗯，你去吧！』

兩隻眼睛還是死盯著螢幕，我說的話他到底有沒有聽進去都還是一個問題。算了，這樣也好，我樂得輕鬆。

我和岩茂約在一家位於市郊的購物中心的停車場裡，剛好是在從八保往小伏的國道中間。時間是早上九點半，距離開店還早得很，所以停車場裡沒什麼人。只有少數幾個店員在四周打掃的身影。仔細想想，偵探都是在這種很少人經過的停車場裡收受一些關鍵證物的。真是太刺激了！雖然我並不是昨天的金龜車男，不過早知道就戴副太陽眼鏡來了。唯一美中不足的是時間選在晴朗的早上，神清氣爽的感覺不太符合這個情境；另一個美中不足的地方是還沒開店就不能先進入停車場，所以我們相約見面的地點嚴格說起來其實是在『停車場旁的路肩』。算了，這部分就睜一隻眼閉一隻眼吧！我的接受範圍在這三天已經被拓得很寬了。

岩茂開著一輛Corolla出現了。做為一個私立高中的普通老師，又是老資格了，開一輛豐田的Corolla也很正常吧！以為會看到黑色賓士的人才有毛病吧！穿著一套黑色西裝的岩茂下了車，不知道是不是因為繫了皮帶，還是因為黑色顯瘦的效果，他看起來並沒有昨天那種圓滾滾的感覺。不過，他既然會要求在一大早見面，就表示他可能正在趕時間吧！

『哇，你來得真早。』他向我打了個招呼，臉上浮現一抹社交辭令的微笑。『真不好意思，我本來以為直接跟圖書館借不管是對你還是對我都比較方便，沒想到反而害你浪費時間了。』

我也輕輕地點了個頭。

『我也沒想到會被借走。不好意思，有點強人所難……』

『別這麼說，我才不好意思呢！跟你約在這麼詭異的時間和地點……』

『是有什麼活動嗎？』

岩茂點點頭，有點自豪地說道：

『小伏町今天有一場廟會喔！你應該也知道吧？就是交換盆舞。我也被叫去幫忙呢！所以得在十一點前趕到八幡神社才行。』

這個傳統我當然知道，原來是今天啊！既然岩茂對當地的歷史那麼了解，被叫去參加廟會也是再自然不過的一件事，嗯。我無可無不可地回答：

『那得快點趕過去呢！』

『沒關係……』岩茂看了看手錶。『沒關係，時間還充裕得很呢！』

『請問你有把那本書帶來嗎？』

『當然，不過因為已經是很久以前的書了，所以有點破爛。』

岩茂回到車上，從副駕駛座拿出那本書。雖然是硬皮的封面，但封面完全沒有任何設計感可言，只有標題《稱之為戰國的中世與小伏》是用燙金的字體寫成的。除了書背以外的部分皆有點泛黃變色，無法判斷那到底是因為歲月的痕跡，還是尼古丁的薰陶。

岩茂把書遞給我，露出鬆了一口氣的表情，彷彿完成一件大事似的。也不再頻頻地注意時間，態度終於恢復成做為一個老師所應該有的從容不迫。

『今天我會把這本書借給你，也算是冥冥中有什麼緣分存在吧！你應該知道交換盆舞的緣起吧？』

『……這我倒不清楚耶！』

『欸？你不是六桑村人嗎？』

岩茂臉上浮現見獵心喜的表情。這麼愛教人，當老師果然是最適合他的職業。

『算了，也不是每個六桑村人都一定會知道這件事。這個活動一開始可是由江馬常光所提出來的喔！』

啥咪?!

這件事我真的一點也沒有興趣知道。那個活動對我來說根本就是惡夢的代名詞，用膝蓋想也知道，我不可能對發起那個活動的人存有任何好感。此刻就連費了一番工夫才找到的書，也突然變得討厭了起來。

由於我臉上的痛苦表情可能只是一閃即逝，岩茂似乎並沒有發現，也或許他根本就沒在注意我的臉色，只顧著口沫橫飛地自顧自說道：

『對呀！那已經是二十年前的事了，那時候半田先生搞不好都還沒出生呢！當時正值泡沫經濟開始起飛的時候，地方上流傳著一種說法，說是觀光業將會成為地方產業的救世主。所以小伏町也在研究是不是要發展些什麼來吸引觀光客，還把各界人士聚集起來，成立了一個委員會。因為我當時才初出茅廬，還沒資格參加，但是江馬先生就有加入這個委員會。因為他平常並不喜歡出席這類的活動，所以我們還覺得很意外呢！』

……我們還覺得很意外呢！

話不是這麼說的吧！岩茂老師。在我小時候給我帶來了那麼多的困擾、把我耍得團團轉的傳統，居然只有短短二十年的歷史？

我已經不知道該說什麼才好了。因為我真的一點興趣都沒有，所以也沒問過這項傳統的由來，不過在六桑村，每個人都表現出『這是自古以來就有的傳統儀式』的樣子。所以我還以為這已經是流傳了好幾百年的傳統，再心不甘、情不願，也得勉為其難地參加。

如果這只是短短二十年前，而且還是為了吸引觀光客才發起的活動，那我除了『我被騙了』之外，再也想不出其他的說法來形容我此刻的心情了。而且跳舞就跳舞，幹嘛還要兩地交換呢？如果不用從六桑村翻過一個山頭，千里迢迢、萬里遙遙地跑到谷中，我可能還會覺得沒那麼痛苦也說不定。這也是江馬常光的傑作嗎？雖然都已經是過去八百年的事了，雖然也還不到忍無可忍的地步，但總覺得自己像個白癡一樣。

我想我現在的臉色應該非常難看吧！但是岩茂卻絲毫沒有察覺，繼續說道：

『既然要做的話，還是要做出能夠代表小伏歷史的東西會比較好，所以這時候就輪到江馬先生出馬了。因為有很多學生並不知道學歷史有什麼意義，所以應該要更強調出將歷史落實在日常生活中的意義絕對不容小覷的觀念呢！不是只要把事件背起來就好了，而是要用整個生命去見證歷史。如果能夠客觀地審視所謂傳統的支配力，並具有宏觀的思想，我想這樣的學生愈多的話，八保的未來也會愈光明燦爛，但是，實際上，並不是這麼容易的事。』

你對我抒發教育理念也沒用啊！我既不知道高中日本史到底有沒有價值，也不想知道與交換盆舞有關的任何事。

我只想趕快找個能安靜看書的地方，趕快把這個討人厭的作者寫的書看完，趕快把這不在計畫範圍之內的第一份工作畫上休止符。這是我現在唯一的願望。

『於是江馬先生就提出了與六桑村的交流方案。乍聽之下還搞不太清楚是怎麼一回事呢！』

『啊，不好意思打斷你一下。』

我硬是把他的話截斷，故意把自己的手錶伸到他面前。

『你差不多該出發了吧？』

『欸？真的耶！』

這下子岩茂的慌張應該是真實反應了吧！一邊搔著頭說：『不小心聊得太投入了，那我先走囉！』一邊鑽進他的Corolla。

剩下我一個人，站在停車場的邊上，目送著Corolla急急地揚長而去。

然後，看了看手上的書。

……找個地方悠閒地看吧！昨天部長介紹的那家『D＆G』似乎是個不錯的選擇。

3

EMA vs. 螳螂事件

今天要跟大家分享的是一件比較瑣碎的小事，沒什麼大事發生，就表示這個網路世界還滿和平的，但是對大家來說可能有點小無聊也說不定。

EMA vs.螳螂事件在本站上的分類是屬於典型的第二種類型，也就是『埋伏式病毒』。出現爭議的舞臺是『duplicate』。這個網站的點閱率雖然不高，但內容卻十分充實呢！是由和歷史有關的文章、和電腦有關的文章，以及站長個人的日記所構成。日記只是站長個人的工作紀錄，跟歷史有關的文章在下有看沒有懂，所以不予置評，但是跟電腦有關的文章則都非常有趣。就連在下也常常忘了監視的任務，不小心看得入迷了呢！不過現在已經關站，所以也不用過去了。站長對於同位元檢查有非常精闢的論述，想要的人可以寫信給在下，在下都有存下來。在下又在無所不用其極地騙大家寫信過來了。

可是啊，這麼充實的內容反而為站長帶來了災難呢！就像在下第十三篇文章裡所提到的，這種『樸實且充實』的網站，常去的訪客就那幾個，而且站長常常會一不小心就和這些鄉民混得太熟。一旦站長和鄉民的距離靠得太近、分寸拿捏得不好，就可能發生站長不在家，留言板卻被那些常去的鄉民鳩占鵲巢的情況。這次挑起爭端的螳螂君不正是這種愛管閒事又好出風頭的人嗎？

在下把所有留言板上的留言從頭到尾看了一遍，發現螳螂君大概是在二〇〇三年八月以前開始出現的。一開始，螳螂君雖然有一點狀況外，但總算是順利地當上了這個網站的常客，而且看起來暫時也還沒什麼危險性。發生問題是在後來，原因在下等一下會寫，但是EMA小姐回覆給螳螂君的留言也真是有夠冷淡的。雖然不至於到客氣生疏或愛理不理的地步，但也的確無法讓人覺得她是用真心誠意在回覆的感覺。但是她回覆給其他人的留言其實也都是這樣的呢！只不過螳螂君似乎沒有注意到這點。這也很正常啦！因為從在下的角度來看，螳螂君是個將宅男三大要素的其中之一——『凡是跟自己想要的結果有出入的部分一律自動忽略』的要素，發揮到淋漓盡致的人呢！

EMA小姐和螳螂君相敬如冰的蜜月期終於在二〇〇三年十二月的時候正式地畫下句點。導火線是起因於EMA小姐寫在日記裡的一段話——

我有時候會想閉起眼睛來走路。我是一個系統工程師，而且非常喜歡閱讀。可是一旦閉上眼睛，這兩件事就都不能做了。我對到時候會剩下一個怎樣赤裸裸的EMA非常好奇。

沒什麼大不了的，只不過是站長的自言自語而已。但是大家可不要小看這種自言自語喔！每天都要上網更新自己的日記其實是件非常了不起的事喔！因為會讓自己有感觸的事情又不是每天都在發生，如果一整天都沒有什麼特別的事情發生的話，就只好拿自己開刀，說點自己的事情蒙混過去。當然，也有人會說，這樣的日記還不如不要寫，不過這並不在我們今天討論的範圍裡。

總之呢，螳螂君對這篇日記產生很大的反應。以下是轉載自留言板的內容。

想要閉起眼睛來走路，我認為是眼睛看得見的EMA小姐本身傲慢的想法。如果閉上眼睛就可以看到赤裸裸的自己，那麼所有的視障者不全都是赤身裸體的嗎？我認為EMA小姐應該要跟他們道歉。

真是太誇張了！在下也算是在各種網站上見識過各種惹是生非的人，但是像螳螂君這種思考模式還真是值得另開新篇討論。如果這種邏輯說得通的話，那麼禪宗不就全部都是歧視主義了嗎？遇神殺神！遇鬼殺鬼！

對於螳螂君的挑釁，EMA小姐的回應如下：

是這樣的嗎？

就只有這樣一句話。真是太帥了！完全不打算跟對方糾纏下去。感覺就好像死過好幾百萬次的九命怪貓一樣地冷淡。雖然在網路的世界裡，對付那些吃飽了撐著故意來鬧場的人，最好的方法就是不予理會，但是像她這樣，對一個昨天之前還是常客的人，只因為對方突然開始發瘋，就這樣毫不留情一刀兩斷地絕決，在下也還是第一次看到。

然而這種回應對螳螂君無異是火上加油。他開始對EMA小姐所說的話、所做的事愈看愈不順眼，還把以前的文章都翻出來，一而再、再而三地百般挑剔。

想要把圖片放大來看的人請點擊縮圖。

就連這種說明他也有得挑剔——

縮圖是什麼東東？請恕我無禮，EMA小姐，我認為妳都沒有考慮到那些不是從事電腦工作的人的心情。奉勸妳最好趕快改掉那種什麼都要秀一下專業術語的炫耀態度比較好。

希望能得到妳較有誠意的回答。

這真是太扯了，完完全全被他打敗了。如果硬要這樣雞蛋裡挑骨頭的話，什麼都嘛可以拿來講！就連在下都想抓住他的領子，大聲地對他吼：『縮圖不就是旁邊那張小圖嗎？你這個笨

蛋！』但是卻不能這麼做，這也算是網路文化的一個瓶頸吧！順帶一提，EMA小姐的反應是

是這樣的呢！

還是只有五個字。

老實說，在下認為EMA小姐的態度也有一點問題。因為螳螂君顯然就是在這時候正式從單純只是愛管閒事的正義魔人變成死纏爛打的大魔王，在這之前其實是有辦法可以避免事情鬧到這麼僵的。只要在事情還沒有變得無法收拾之前，EMA小姐肯說一句：『您說得是，對不起。』搞不好事情就不會鬧得這麼大，還變成本網站的案例之一。聽說最近在真實的世界裡，就曾經發生過因為對詐欺的請款通知置之不理，而被單方面判罰必須負起支付義務的案例，所以對於網路上那些死纏爛打的大魔王，似乎也不能再只是消極地相應不理。

後來，螳螂君受到其他常去那個網站的鄉民宛如排山倒海的吐嘈攻擊，不知道是不是被逼得狗急跳牆，他還自己搞了一個檢舉的網站，開始列出『duplicate』所有不對的地方。這個檢舉網站的留言板雖然也湧進了大量的留言，但每一則留言的時間好像都差不多，不知道是不是在下想太多。好像也在有2ch㉓上開一個討論串（而且還是開在系統業者的專版上，為什麼？搞錯了嗎？），總之沒有任何人要理他，所以一下子就被新的討論串給蓋過去了。如果有人還留著當時的紀錄請寄給在下。

㉓2channel的簡稱。可以說是日本最大的網路論壇，由成千上萬個留言板組成，類似臺灣的ＰＴＴ。

也許是因為不堪其擾，所以EMA小姐在二〇〇四年四月一度把網站關閉。與其說她是被惹到煩不勝煩，在下倒認為她可能是覺得，如果要把自己搞得那麼累的話，還不如直接關站算了。本來在下也以為EMA vs. 螳螂事件終於到此告一段落，沒想到居然還有後續發展。因為EMA小姐在同一個月的月底就宣布要重出江湖，而且還跟以前一樣，繼續寫著與電腦有關的文章，以及上傳她的日記。在下本來還以為她已經找到怎麼對付螳螂君的方法了，沒想到螳螂君還是死性不改地繼續在留言板上寫著：『我認為EMA小姐應該要改進』地糾纏不休。既然這樣，乾脆把留言板關掉算了——在下一邊這麼想，一邊繼續觀察。可是從六月中開始，螳螂君的攻擊突然消失了。在下也鬆了一口氣，心想他終於鬧夠了吧！如此一來，這個優質的網站總算是保住了，真是太好了。

沒想到一進入七月，『duplicate』居然又關站了。而且這次還很仔細地把以前的日記全都撤掉了。

結果還是搞到兩敗俱傷。在下個人其實還抱著淡淡的期待，也許EMA小姐哪天會換一個名字，在這個廣大的網路世界重新架一個網站，繼續寫些有趣的文章。下次就改名叫做雪莉好了。

那麼我們下次再見囉！下次要跟大家分享的是發生在一個自稱是『擁有執照的拳擊手』的網站上一些非常有意思的對話。

這次的教訓：愛管閒事的正義魔人如果放著不管的話，可是會進化成死纏爛打大魔王的。

4

第四章　谷中的『城』

大家有聽過『物臭太郎』的故事嗎？

在信州有一個叫做物臭太郎的懶惰蟲，從小在村民的保護下長大。有一天，京城在徵召工人，村民推派物臭太郎去參加，想說順便把這個燙手山芋甩掉。物臭太郎到了京城之後，不但娶了妻子，後來還發現他居然是某個貴族流落在民間的後裔，簡而言之就是個貴族流離傳㉔。

可惜這個故事有一個比較與眾不同的地方，並不是一個單純的貴族流離傳。因為物臭太郎還在村子裡的時候，是個不事生產，連動都懶得動，甚至連人家掉在地上的餅都懶得撿來吃的人。問題是，像他這樣的男人，為什麼能在那個大家光是要養活自己都成問題，根本沒有餘力照顧別人的年代生活下去呢？

前三章筆者都在說明現在的小伏町是處於一個多麼不安定的狀況下。五木氏和土守氏的勢力之爭更加深了這種混亂的程度，位於兩者的勢力界線上，也就是現在的谷中地區、六桑村已經發生過好幾次的戰禍了。

接下來，讓我們把焦點移到上述的谷中地區。

谷中有個非常不可思議的傳說。那就是在谷中地區的東邊，與六桑村之間，隔著好幾座山，據說山裡有一座『城』。筆者小時候常常聽到谷中的居民將東邊的山稱之為『城山』。

然而，從五木氏和土守氏的勢力範圍上來看，谷中的山裡照道理講不可能有『城』存在。如果這座城是五木氏的領土，那麼戰場應該會再往八保靠近一點才對；相反地，如果這座城是土守

㉔日本說話文學的一種。多半是些年輕的神明或英雄流落到民間，經歷了各式各樣的試煉與考驗，最後功成名就的故事。

氏的領土，那麼戰場就應該會偏向小伏一帶才對。此外，經調查過兩股勢力範圍的資料，上頭完全沒有提到谷中的城。即使去查後來留下的軍忠狀㉕，也沒有任何一篇提到自己攻打或鎮守谷中之城的事跡。

那麼，谷中的『城』難道只是谷中的居民自己編造出來的幻想嗎？

筆者向當地的老人要來了地圖，深入杉山去調查，前前後後一共去了三次，雖然不知道是不是就是那座城，但筆者確實發現當地的確有人工加工過的地方，如圖十二的地圖所示。

從谷中翻過一座山，先往下走，再往上爬，在山頂上有一個規模非常小，但確實有被削平的地方。一邊大概只有二十公尺左右吧！還發現了像是壕溝一樣的低窪地帶。

中世的『城』指的並不是『具有防禦能力的設施』，而是『以此做為防衛據點的設施』。不管實力有多麼脆弱，不管戰備有多麼陽春，只要有人下定決心要守住這個地盤，那麼這個地方就可以稱之為『城』。『城』在中世除了可以指實際的建築物之外，還具有象徵的意義，同時也是一種充滿了神秘氣息的存在（請參照筆者所寫的《村子的作法　六桑．小伏．八保》第一〇一頁）。既然這樣的話，那麼這個遺跡應該就是『谷中城』沒錯吧！

『谷中城』既不存在於五木氏的資料裡，也不存在於土守氏的資料裡，但又確實存在於現實之中……這到底是怎麼一回事呢？

解開這個謎團的鑰匙，就在谷中的八幡神社裡。那是幾張古文書。原本存放在谷中的寺廟裡，後來明治時代發生廢佛毀釋㉖的運動，不知道為什麼，只有這幾張古文書被送到了八幡神社。

其中一張是由三條禁令所構成的公告。

禁

一、濫妨狼藉之事。

二、放火之事。

三、採伐森林之事。

若有違反者，應盡速將其逮捕，並公諸於世。

根據一般的說法，濫妨指的是綁架，狼藉指的是搶奪人家的財產。相傳這道禁令是在天正十三年（西元一五八五年）由土守氏所頒布的。當時兩股敵對勢力的權力之爭也終於進入了最高潮，局勢明顯地傾向於對土守氏有利的局面。就連長久以來皆為五木氏領土的谷中，也在天正十四年變成土守氏的領土。

如果只是這樣的話，那麼這個公告的確可以這樣解讀——由於土守氏打敗了五木氏，將谷中納入其支配的領域內，正式宣布當地自即日起脫離戰爭的狀態，並致力於恢復當地的治安。

然而，剩下的古文書卻提出了另外一個解讀這份公告的角度。

古文書除了公告之外，還有一張借據。債務人是谷中村，債權人是六桑村。金額是三貫兩百文。這在當時是一筆非常龐大的數目。谷中人到底打算把這筆錢用在什麼地方呢？

借據最後有這麼一段文字——

㉕日本的鎌倉、室町時代，武士會將自己的軍功寫成軍忠狀，以做為日後論功行賞之用。

㉖明治元年，揭示政教合一的明治政府頒布了神佛分離的公告，企圖抑制佛教勢力的發展。結果引起一股鎮壓佛教的風潮。許多的寺院、佛具和經文甚至都遭到破壞的命運。

右文所示的金子，是為了將來繳交判錢、筆功借用的。理當要在同年的十二月底之前還清。從此以後，六桑如果受到了攻擊，可以透過地下通道逃到谷中村方山。

由此可見，這筆錢是為了繳交『判錢』、『筆功（筆耕）』所借用的。必須在十二月底前還清。另外，今後六桑要是受到戰火的波及，大家可以逃到谷中的山上。

但問題是，這筆錢到底是要繳給誰的呢？

這個答案就藏在上述禁令的最後一句話裡——『若有違反者，應盡速將其逮捕，並公諸於世。』也就是說，一旦發現有人做出搶奪、綁架、放火、採伐的行為，就要把他抓起來的意思。但是在亂世中，這些掠奪者通常都有自已的武力，那麼土守氏到底是叫誰把他們抓起來呢？

除了谷中的老百姓之外還有誰？

在中世，老百姓只能靠自己的力量，從已經化身為掠奪者的士兵手中，守住自己的生命財產與安全。為了要和這些武裝的掠奪者對抗，老百姓當然也有自己的武裝和組織（關於谷中年輕人在戰時的組織化，請參照在下所著的《村子的作法　六桑・小伏・八保》第一三三頁）。

換句話說，這份公告絕不是什麼和平的宣言，而是一張戰鬥許可證，允許在其管轄範圍底下的村子，一旦發現軍隊突然變成掠奪者的時候，可以用武力來抵抗他們的掠奪（相信大家應該都知道，如果在沒有這種事先公告的情況下，擅自以武力跟諸侯的軍隊對抗的話，可是會被當成判亂罪抓起來的）。

只不過，當時是『自力救濟』的中世。這張許可證當然不可能從天上掉下來。因此谷中的居民只好去請求當時在情勢上占了上風的土守氏頒布這個公告。當然土守氏也不會平白無故地發出這張公告，而是要求了相當代價的金額做為報酬。或許是判錢，也或許是筆功（筆耕）的費用。

但是金額之高，單單一個谷中根本付不出來。不夠的部分只好去跟夾在土守氏和五木氏之間的六桑村借。因為如果不乖乖地把錢準備好的話，在發生搶奪、綁架的時候就不能用武力抵抗。所以不難想像谷中會有多麼感謝六桑了。

在《小伏日記》裡，描寫谷中與六桑的夏日風情如下——夏天農閒的時候，谷中的居民會在中元節到六桑去跳舞給六桑的居民看。然後下次再換六桑的居民到谷中去跳舞給谷中的居民看。谷中和六桑這種以舞會友的方式，在交流的意義下，除了有同樣處在緊張地帶的同病相憐之外，可能也有一旦發生戰事的時候，可以互相支援的默契存在吧！

是故，谷中為了表示對六桑的感謝之意，答應在六桑遭遇危險的時候伸出援手，也就是給予六桑居民『上山』的特權。當時谷中東側山地的所有權握在谷中手裡。因而，借據上白紙黑字地寫著，六桑居民在發生戰爭的時候可以『上山』。

當敵人太過強大，就算有武裝也不管用的時候；或者是五木氏或土守氏的大軍壓境的時候，居民不得不離開村子去避難，這種行為就是所謂的『上山』。

然而，根據筆者自己的經驗，如果沒有事先做好準備的話，逃難生活可是會很辛苦的。此外，如果只是單純地逃到山上，可能還是會擔心掠奪者說不定隨時會攻打上來。

因此，為因應以上的需要，就產生了戰備糧倉、短期生活的據點、簡易的防禦措施……也就是所謂的『谷中城』。

由此可知，『谷中城』的『城主』也就是谷中村的居民們。

像這樣的『村之城』並不是只有谷中才有。根據報告顯示，光是九州一帶，就已經發現了十九處的『村之城』。以下是筆者個人的看法，筆者認為像這樣的『村之城』在全國各地可能多到數不清。基於人類共通的想要活下去、一定要活下去的生物本能，再加上中世『自力救濟』的時空背景，所有想得到的方法都要試上一試。所以像這種具有防衛機制的建築物，我認為也是必然的大勢所趨。

除此之外，那些全副武裝，盤踞在城裡的老百姓，應該也使出了各種手段吧！既然統治者都把維護治安的權力與義務下放到民間了，民間自然也必須雇用戰鬥的專家吧！那就是所謂的傭兵。

簡而言之，為了以備不時之需，中世的村落早就知道要如何從平常開始扶養一批不事生產的人。所以筆者在本章一開頭所提到的『物臭太郎』的民間傳說，也有一種說法指這個故事就是從這種扶養『隨時可以推上火線』的傭兵習俗而來。至於這些被扶養的人當中，是不是真有一批傭兵到時候可以全副武裝，代替老百姓上戰場，則全是筆者自己的想像。

中世之所以被稱為戰國，就是因為在那個時代，沒有任何可以保護老百姓的系統，老百姓如果想要保護自己的生命財產安全不受侵害，只能自己武裝起來，或是雇用傭兵，除此之外，別無他法。

然而，現在這個稱為現代的時代，並不是取代掉中世，而只是覆蓋在中世之上。只要現代出現了一點點破綻，中世就有可能乘勢翻盤而起。一旦我們對周圍五公尺以內的治安都不能放心的時候，就有可能重新拿起武器吧！因為『自力救濟』的世界從來不曾消失過。

5

既然都把筆記型電腦帶來了，我也就不再拿紙筆，直接在電腦上開一個新檔案，開始做起時間表來。

二〇〇三年
八月以前：『螳螂』與『EMA』接觸。
十二月：『螳螂』開始對『EMA』發動攻擊。
二〇〇四年
四月初：『duplicate』關站。
四月底：重新開站。
六月中：『螳螂』從『duplicate』上消聲匿跡。
七月初：佐久良桐子跟神崎知德說要分手。
七月十日：在這天之前遷了戶籍。
『進入七月之後』：『duplicate』關站。
七月三十一日：桐子離開『Corn Gooth』。
八月三日：桐子被發現失蹤了。
八月十一日：桐子出現在『Gendarme』和『Charing Cross』裡。同時且二收到了明信片。
八月十二日：且二找上門來。

『嗯……』

一切的謎題都解開了。

佐久良桐子如果沒有同時遇到別的麻煩的話，那麼她應該是為了躲避『螳螂』才失蹤的。

當然桐子應該沒有傻到把自己的公司或地址寫在網路上吧！只不過，人類的頭腦是一種很可怕的東西，就算自己不覺得有講出什麼私密的事情，對方也能從隻字片語裡慢慢地拼湊出事實的全貌。舉例來說，小寫的a長得跟α很像，當然不求甚解地直接把a當成α的人也不在少數，可是如果對方真的有心要追根究柢的話，發現不是α，就換β試試看，不是β的話，再換δ試試看……以此類推，只要不斷地嘗試錯誤，總有一天一定可以找出正確的答案，也就是小寫的a來。『螳螂』或許就是從『duplicate』站上的資料推敲出『EMA』的公司或者是她住的地方，搞不好還直接找上門去也說不定。最後，逼得『EMA』不得不把網站關掉，甚至不得不把工作辭掉，從東京逃到遠遠的八保……

這真是……

這真是……

無聊到了極點。

被打敗了。自從接下佐久良且二的委託之後，我一直是以公式化的心態在進行搜查。抱著順其自然的精神，『案子既然接了就做吧！』的態度。反正都已經被逼到懸崖邊了，就算想逃也不知道要逃到哪裡去，硬要逆天而行更是只有白癡才會做的事。所以，雖然我當初開這間事務所的目的只是為了要尋找走失的小狗，沒想到第一件案子就要找人，我也沒怎麼掙扎地就接下來了。

就連高中時代的學弟說想要和我一起工作，我本身也沒什麼意見，只要條件談得攏就行了。佐久良桐子的事情也是一樣，我也是基於工作需要才去了解的，本身對於發生在她身上的事情並沒有特別想知道的欲望。

但是……

就在那一瞬間，我突然想起了半年前剛回到八保的時候，那分我以為早就已經褪色的心情。在回憶的畫面裡，那個被殘酷現實擊垮的，到底是我？還是桐子？不管是皮膚病還是網路上的跟蹤狂，都是無聊到不能再無聊的原因。

……總而言之，我已經知道桐子為什麼要鬧失蹤了。但是，如果我的推論是正確的話，那個開著黑色金龜車，警告半平『不要插手』的男人又扮演著什麼樣的角色呢？他就是『螳螂』嗎？如果是這樣的話，那問題就單純多了，他對半平說的話應該是善意的忠告，而不是惡意的警告……

我盯著時間表，兩隻手交叉撐在後腦勺上，深深地把自己埋進沙發裡。

『怎麼這麼麻煩啊……』

像是在呼應我的嘆息一樣，電話突然響了。而且不是我的行動電話，而是公司裡的電話。知道這個號碼的人只有小貓兩、三隻，但不管是哪一隻，都一定不會有什麼好事吧！我慢吞吞地站了起來，慢吞吞地拿起話筒。

『您好，這裡是「紺屋S&R」。』

『喂，請問是紺屋長一郎先生嗎？』

是女人的聲音，而且還是帶著哭腔的聲音。這個聲音我好像在哪裡聽過，但一下子想不起來。

『是的，我就是紺屋長一郎。』

『不好意思假日還打電話給你，我是渡邊。』

我小小地緊張了一下。因為我本來還在想，如果桐子真的躲在八保一帶的話，第一個選擇當然是旅館，但是第二個選擇應該就是渡邊的家了。那麼渡邊突然打電話給我，是要幫桐子轉達些什麼嗎？我趕緊伸手抓了一枝原子筆。

『不會不會，敝公司是全年無休的。請問您有什麼事嗎？』

莫非她終於下定決心，把要說的話整理好了之後才打電話給我的？因為渡邊的聲音雖然顫抖，但已經不再有昨天的猶豫了。

『是這樣的，昨天你問我桐子的事情時，我不小心說了謊話。並不是我不相信紺屋先生你，而是真相實在是教人難以啟齒……』

這點光看妳的態度就知道了！但我還是非常客氣地說：

『沒關係啦！誰叫我的工作本來就不是那種能讓第一次見面的人放下戒心來暢所欲言的性質。』

『真的很抱歉，我其實知道桐子從東京回來的理由。』

『……』

『她在東京有一個男朋友。本來已經到了論及婚嫁的地步，可是上個月突然分手了……桐子一定是因為這件事，覺得傷心難過才回來的。對不起，因為你說你是受到桐子家人的委託，而我認為這件事如果傳到桐子父母的耳朵裡，對她來說可能會有不良的影響，所以……』

雖然這是個充滿爆炸性的情報，可惜我昨天就已經被炸過了。不僅如此，我還親眼見過那個傳說中的男朋友。

雖然有點出乎我的預料，但我還是小心翼翼地不讓聲音洩漏出我早就知道這件事，反過頭來安慰她：

『這樣啊！原來是這麼回事啊！謝謝您告訴我。這麼一來找人的工作就可以進行得更順利了。當然，我絕對不會告訴任何人是您告訴我這件事的，請放心，那麼……』

我正打算收線的時候，渡邊的聲音卻從話筒裡尖銳地射了出來：

『等一下，我、我……』

『嗯？』

『我見到桐子了！』

哎呀！原來剛剛講了半天都不是重點啊！

因為這一句話，剛才還一直懶洋洋地掛在辦公桌上，雙眼就像死魚般無神，只是勉強裝出熱切語氣的我，終於變得認真起來了。

『什麼時候？什麼地方？』

『禮拜三，也就是四天前。』

也就是說，跟桐子出現在『Gendarme』和『Charing Cross』是同一天。

『您有叫住她嗎？』

『第一眼看到她的時候，我根本沒想到她就是桐子。因為她戴著一副淺色的太陽眼鏡，穿著一件圖案詭異的襯衫，頭髮亂糟糟地紮了起來，行為舉止看起來也有點鬼鬼祟祟的樣子，怎麼看都跟我印象中的桐子差太多了，所以我本來還以為只是剛好看到一個和桐子有點像的人罷了……』

我壓根兒沒想到要問桐子禮拜三的穿著。不過，如果桐子那天確實打扮得跟以前都不一樣的話，倒是可以去探探『Charing Cross』店員的口風。

『可是，她的習慣卻和桐子一模一樣。桐子在外面抽煙的時候有個習慣，就是抽完之後會先把煙蒂丟在腳邊，用腳踩熄，然後再彎下腰把煙蒂撿起來。那個人也這麼做了，所以我才會覺得那個人可能就是桐子。』

『既然如此，妳為什麼不叫住她？』

『因為……』

從一開始打來就是要哭要哭的渡邊，到這裡終於撐不住了，扯開嗓子喊道：

『因為我是在五金行看到她的，而且那個人只買了繩子耶！我只要一想到，萬一桐子受不了失戀的打擊想要做傻事的話，就覺得好害怕，根本提不起勇氣叫她，就連你向我問起桐子的時候，我也不敢說，因為好像一說，事情就會變成真的……可是，後來我有打電話給她，她沒接；傳簡訊給她，她也沒回。搞不好……她已經變成一具屍體，躺在什麼地方也說不定……』

『……您的意思是說，您在禮拜三看到一個和佐久良桐子小姐有著相同習慣的人，穿著平常桐子小姐不太可能會穿的衣服，行為看起來也有點鬼鬼祟祟的，然後只買了繩子是嗎？』

『沒錯！』

『我明白了……我一定會把佐久良小姐找出來的。對了，最後想再請教您一個問題，您大概是在幾點看到她的？』

電話那頭的聲音出現了一絲絲困惑，然後非常慎重地回答：

『……我記得是在傍晚的五點鐘左右。』

桐子是在『Gendarme』咖啡廳吃的午餐。也就是說，渡邊看到她至少也是在她去過『Gendarme』之後。恐怕也是在桐子在『Charing Cross』買了紅色頭巾的洋娃娃之後吧！

『謝謝您告訴我這些，我一定會好好利用這些情報的。再見。』

掛上電話之後，我深深地嘆了口氣。

我想渡邊的擔心並不是沒有道理。

順利地升學，順利地找到理想中的工作。

就在快要可以結婚的時候。

原本只是用來調劑生活所架設的網站，卻惹上了無妄之災。

連住的地方都曝了光。

然後不知道發生了什麼事。

逼著她不得不和男朋友分手，甚至辭去工作。

但是她為什麼會選擇回來故鄉呢？

就跟我一樣……

半年前的我也是這樣，只要再有一點點的打擊，就會拿條繩子把自己吊死了。

對我來說，佐久良桐子已經不再只是一個不相干的名字了，而是漸漸地有其明確的人格特質與形象。素未謀面的佐久良桐子，在我心中已經有了具體的形象——雖然有些功利的地方，但總算是自食其力地努力活著，而且到最後都沒有向惡勢力屈服。感覺跟我有那麼一點點相似。

不管是對桐子還是對我來說，我們所能依靠的，就只有自己的才能，如果才能上有所不及的地方，就只能靠著取得各式各樣的證照和經驗，努力彌補自己的不足。同樣地，不管是對桐子還是對我來說，只因為一個莫名其妙又無聊透頂的障礙，就把這半輩子的努力都給否定掉了，那種從天而降的失落感，要把人逼上絕路是非常簡單的一件事。

就像桐子在離開公司的時候，曾經跟神崎說過的：『我想要再回來上班。』我也是一樣，如果有機會能再回到銀行員的工作崗位，我也想要回去。我想桐子這句話，其實是有點自我解嘲的意味在的。雖然想回去，但是，可能已經回不去了吧……

我本來就得把佐久良桐子給找出來，因為那是我的工作。

但是，現在已經不單單只是因為這個原因了。

我的手機響了。這次似乎是電子郵件。

打開來一看，寄件者是GEN。內容只有短短的三行。

沒問題了，應該可以拿到過去的紀錄。

等對方準備好之後，我再寄給你。

所以請你三不五時就要檢查一下收件匣。

我把電話線從電話上拔下來，接到筆記型電腦上。

6

我心裡頭的感覺非常複雜。

第一個念頭當然是高興。我完成了身為偵探的第一份工作，還有什麼比這個更令人高興的？江馬常光書裡寫到的內容完全符合委託人的要求。接下來只要整理成調查報告就行了。偷懶一點的話，乾脆直接把《稱之為戰國的中世與小伏》的第四章影印給他就好了。當初還以為這個案子沒有半點頭緒，可能不太容易解決，沒想到才花了短短三天就搞定了。這份成就感令我非常爽快。

可是在另一方面，我又覺得很不爽。如果百地他們真的那麼不想讓世人知道古文書存在的話，就應該自己做一下功課吧！自己查都不查，就只想著要把問題推給別人，真是太可惡了。害我還得去調查別人早就已經調查過的事情，這口氣實在是嚥不下去。換做是紺屋部長的話，他可能會說，這不是很好嗎？不費吹灰之力，酬勞就輕輕鬆鬆地入袋了。可是我不一樣，我想要做比較像偵探的工作。像這種既不需要花腦力，也不需要直接面對困難，只是借本書來看看就可以搞定的工作，再輕鬆我也不屑做。

除此之外……

我發現我心裡還有一股不可思議的感慨，和剛才那些情緒都不一樣。

我有一個壞習慣，就是會想一些有的沒的。而這個壞習慣通常會導出兩個結論——一是我最討厭的事情就是自己的命運掌握在別人手裡，一是我第二討厭的事情就是自己掌握了別人的命運。被這兩個結論束縛的我，既不願意被別人使喚，也不想去使喚別人，結果高不成、低不就，到現在都還沒有一個穩定的工作。如果我能夠早一點把這兩個爛結論丟掉的話，搞不好早就考上大學，現在也找到一份穩定的工作了吧！或者是，如果我真的那麼不喜歡和人相處的話，乾脆找個深山隱居起來，過著自給自足的生活也比現在強，再不然的話，也可以一死百了，十八年後又是一條好漢，可悲的是，我偏又沒有這樣的勇氣。這就是我永遠不上不下的原因。

所以我才會想當一個偵探。在這個世界上，不管是雇主和勞工、丈夫和妻子、怨恨的人和被怨恨的人，彼此都掌握著對方的命運。而偵探的任務就是當這些人的命運在互相牽扯的過程中產生裂痕、出現危機的時候，以第三者的角度代替當事人解決，同時收取應得的報酬——這樣的工作我就勉勉強強還可以接受。

所以，根據這個結論，我實在是很受不了那種完全把命運交託到別人手上，自己一點主見都沒有的人。倒也不是瞧不起這種人，而是覺得他們居然能夠允許這樣的事情發生，真是外星來的。在我的觀念裡，靠兄弟姊妹賺錢養活的人就跟填志願役的阿兵哥一樣，我都沒有辦法忍受。不管是對兄弟姊妹的完全依賴，還是對長官的絕對服從，雖然這些行為還不至於否定掉他們的存在價值，但是如果要我過這樣的生活，打死我我也不要。

換句話說，就算是下輩子、下下輩子、下八輩子，我都不想變成封建時代被支配的人。那種必須服從支配者的命令、只能乖乖被壓榨的角色……光是想到就令人頭皮發麻。

但是江馬常光的著作卻完全顛覆了我的想法。在他的書裡所描寫到的人物，為了生存下去，不得不拿起武器，而為了要能夠合法地使用武力，他們事先計畫周詳，利用金錢來交換生命，他們的生命力非常強韌，強韌到了一個恐怖的境界。

既然這樣的話……

既然這樣的話，這是可以被接受的。

而且江馬常光還用了自己的方式來紀念他們，就是那個我最痛恨的交換盆舞……原來如此。

我對於所有的事情都只是一知半解，不管在哪一個領域裡都只是半瓶子水。因為所有的事情我都只是知道一個大概就下去做了，從來沒有想過要深入了解任何一件事。

也就是說，我從來沒有把知識落實在日常生活中的經驗。

『……這傢伙還滿天才的嘛……』

我忍不住讚嘆，同時把《稱之為戰國的中世與小伏》翻到下一頁。突然想起一件事，於是把手舉了起來。

『來了。』

我是在『D&G』看這本書的，所以店員馬上飛奔過來。

『請給我一杯特調咖啡。』

『好的，特調咖啡一杯！』

江馬常光其他的書搞不好也有提到跟委託有關的事。所以等我看完《稱之為戰國的中世與小伏》之後，也打算把其他四本都讀過一遍。

當然，不可否認，我其實也想再多享受一點這種把知識落實在日常生活中的快感。

7

即使已經把油門踩到底了，時速也頂多只有六十公里，再也上不去了。不過像這麼破爛的車子，在山路上還能夠有這樣的表現，已經可以給它拍拍手了。

我正在前往小伏町的路上。因為一開始就說好了，每隔三天要跟佐久良且二報告一次尋找桐子的進度。雖然用電話也可以搞定，但是在看完GEN寄來的網頁存檔之後，我突然改變了想法。

今天路上的行人非常少，對面車道幾乎連一輛車都沒有。不需要太專心在開車上的結果，就是我的思緒不禁又飄向桐子的網站『duplicate』。

我個人並不認為桐子在『duplicate』上所寫的日記，有真實地呈現出她心裡面的想法。因為她的筆觸非常雲淡風輕，她的觀點有時的確會讓人大吃一驚沒錯，但也就僅止於此，不會再往下深入了。更何況，我也沒有那麼多時間，可以一字一句地，仔細推敲桐子的內心世界。只是先大致看過一遍，找出『螳螂』之所以能纏上她的幾個可能原因。

桐子一開始就在個人簡介上表示『EMA』是個系統工程師。從『跑到新宿三丁目去吃午餐』這句話可以判斷出，她的公司可能是在地下鐵新宿三丁目車站附近幾個站的距離以內。而『電梯壞掉了，只好用爬的爬到五樓。小時候雖然常常去爬山，但現在已經沒有這個體力了。』這句話則透露出桐子的公司應該是在一棟五層樓以上的建築物裡的五樓。再加上最關鍵的一段敘述『上班上到一半，正在沒有靈感的時候，突然聽到樓下傳來轟然巨響。從窗戶往下一看，只見大卡車和小型客貨兩用車翻倒在路中央。要怎麼撞才能撞成那樣啊？真不可思議。』只要查出新宿三丁目附近當天有發生過大卡車和小型客貨兩用車相撞事故的地點，就不難鎖定桐子的公司了。

因為我早就猜想『螳螂』應該是透過『duplicate』的日記去接近佐久良桐子的，所以紀錄裡有這樣的文字也早在我的預料之中。頂多只是覺得『啊，果然！』這樣。

但是，除了這點以外，還有幾個地方特別引起我的注意。

一提到SOHO這個單字，我就會不由自主地聯想到老街，但SOHO其實是Small Office・Home Office的簡稱。利用網路將蒐集到的情報轉化成有用的材料以從事生產的這種工作型態，如果從蘇活區㉗這個地名來聯想的話，感覺就突然變得好遙遠。在我的故鄉，也有一家店的名字是以倫敦的地名來命名。光聽名字還滿有情調的，走進去一看，其實是家賣小東西的店，小小的店裡擺滿了Hello Kitty的商品。這種命名和實際情形相差了十萬八千里的幽默，老實說，我非常喜歡。

（二〇〇一年五月四日）

這裡指的應該是『Charing Cross』吧！

只要翻開電話簿，查查『服飾店』或者是『雜物店』的項目底下，有哪些是以倫敦的地名命名的店，就可以找到『Charing Cross』了吧！

能夠擁有一個可以讓心情恢復平穩狀態的地方，我認為是非常重要的。我的房裡因為堆滿了各式各樣工作上的資料，所以紛亂的思緒在這樣的空間裡反而得不到平靜。只好另外再找一個可以讓我的心靈歸於平靜的地方。最近我找到的地方是一家叫做『Bivouac』的咖啡廳。這家店的餐點倒也不是特別的好吃，所以我也搞不太懂自己為什麼會喜歡上它，可能是因為它的氣氛很像我高中時代常去的一家店吧！尤其是大門，簡直可以說是一個模子刻出來的。雖然這種因為似曾相識而感到安心的感覺，有點像是沉溺於過去的老人，但是只要能夠達到放鬆的效果，像老人又有什麼關係呢？（二〇〇二年六月六日）

我不知道『Bivouac』是家什麼樣的店，但是只要找到這家店，記住大門的樣子，再到八保走一趟，搞不好就能找到『Gendarme』了。

除此之外，還有這樣的內容——

唸國中的時候，我家附近有一家叫做『March Hare』的二手衣店。我一直以為那是家理髮廳㉘。有一天想要剪頭髮，就走進了那家店，結果被滿坑滿谷的衣服給嚇了一大跳，問了店裡的人，這才明白個中的緣由，也才明白這家店的招牌上為什麼會畫著一隻兔子。從此之後，我就常常在那家店買衣服，那家店的風格就成了我後來的穿衣風格了。如果當初那家店賣的都是些蘿莉風服飾的話，搞不好我今天穿的就是那樣的衣服了。（二〇〇三年五月二十二日）

換句話說，這也是佐久良桐子在八保常去的地方，要是『螳螂』也保存了這些日記內容，並加以調查的話，很有可能也會找上這些地方。

幸好，沒有任何跡象顯示這些店是在『八保市』內。只要無法鎖定區域的話，問題應該還不

㉗蘇活區位於美國紐約市曼哈頓的南部，全名South of Houston Street，簡稱SoHo，歷史悠久，是為老街。
㉘March Hare是《愛麗絲夢遊仙境》故事中的『三月兔』。Hare（兔子）與Hair（頭髮）音近。

大。正當我鬆了一口氣的時候，卻發現事情才沒有我想的這麼簡單。

我被問到這個暱稱的由來。雖然在留言板上出現了各式各樣的揣測，但是全部都答錯了，應該說不可能有人答對才對。因為這是我從一個叫做江馬常光的人的名字偷來用的㉙。這是一個在鄉下搞自費出版的老爺爺，搞不好這輩子影響我最深的就是看了這個人所寫的書也說不定呢！

（二〇〇二年九月三十日）

江馬常光是誰啊？沒聽過。我上網查了一下，一共找到六筆檢索查詢結果。看起來江馬常光好像是小伏町的鄉土史家。既然都摸到小伏了，八保也等於是呼之欲出了吧！更何況江馬常光就有一本叫做《村子的作法　六桑·小伏·八保》的書。

再加上桐子自己還自爆——

我唸的是市立的國中，所以沒給家裡造成太大的負擔，但是高中、大學都上私立學校。當時滿腦子只想著自己的事，都沒有考慮到會給父母的經濟造成負擔。雖然我在學校都有拿到獎學金，但是距離清償債務還是有一大段的距離。（二〇〇二年八月十九日）

這麼一來，只要『螳螂』猜到桐子的故鄉既不是『町』也不是『村』而是『市』的話，搞不好就能從江馬常光的作品裡導出『八保市』的結論來。

一切都要看『螳螂』的執著有多深了，他究竟查到什麼地步呢？

從我這個第三者的角度一路看下來，『螳螂』極有可能已經追查到八保市了。就在桐子逃回來的這個八保市。

正當我這麼想的時候，卻在最後的最後發現了一段意外的文字——

小時候，每年一到暑假，我就很期待去爺爺奶奶家玩。就算爸媽不帶我去，我也會跟他們要錢，然後自己坐公車去。

我本來就不是個都市小孩，所以對於那些山呀田的，並不會覺得特別稀奇，也不是特別喜歡爺爺奶奶。

只是，爺爺奶奶家那種鄉下的透天厝，對於年幼的我來說非常地寬敞，感覺上充滿了秘密。小時候我才不相信可以在家裡搞個秘密基地什麼之類的。

即使長大之後，如果問我哪裡才是我歸去的地方，浮現在我腦海裡的也不是我從小住慣了的三房兩廳公寓，而是爺爺奶奶家的秘密基地。

真不可思議啊！我明明就沒在那裡住過，卻感覺到淡淡的鄉愁。（二〇〇四年七月二日）。

看完之後，我第一個想到的是半平說過的話。記得半平是這麼描述谷中地區的——

『真是太鄉下了，和我出生的六桑有得拚。那種地方到了晚上肯定一個人都沒有，搞不好連盞路燈也沒有。』

我想也是吧！

㉙江馬的日文發音即為EMA。

假設佐久良桐子還活著，只是找了個地方躲起來的話，那麼那個所謂的秘密基地，也就是佐久良且二家的某個地方，應該是最適合的選擇吧！既不用花錢，也有個可以遮風蔽雨的地方。只要在半夜活動的話，就不必擔心被人看見了。接下來，只要等到『螳螂』死心離去，就可以從容不迫地現身了……

但如果真是這樣的話，桐子的處境還是相當危險。『螳螂』很有可能在看到『duplicate』的內容之後，從那些蛛絲馬跡的線索裡面就把桐子的底細給摸了個一清二楚。這麼難纏的『螳螂』應該不會漏掉這篇日記裡所透露的訊息。

佐久良桐子辭掉工作、離開東京的時候，應該正處於某種驚慌失措的狀態下吧！我可能把她的遭遇跟我的遭遇多所重疊也說不定，但是就算把我自己的影子抽掉來看，我想那種可能性也非常高。或者是她可能以為這樣就能擺脫『螳螂』的糾纏，所以放心得有點太早了。不然的話，她既然知道自己可能已經被鎖定了，就不應該還出現在『Gendarme』和『Charing Cross』裡吧！

雖然她從頭到尾都沒有提到『爺爺奶奶的家』就在小伏町這件事，但也不能這樣就掉以輕心……如果我是『螳螂』的話，也許會把位於八保附近的市町村裡所有姓『佐久良』家的電話全都打過一遍吧！要找『渡邊』這個大姓可能麻煩一點，但『佐久良』可就輕鬆多了。

我用力地把油門踩到底。但是儘管油門已經被我踩得快要貼到車底了，時速還是只有六十公里。而且不知道是不是坡度太陡了，速度反而還一直掉下來。

明明我事先已經有打過電話說我要來，可是佐久良且二還是出門去了。前來開門的是一位老太太，自稱和子，態度非常誠懇。

『這次我孫女的事情麻煩您了，真的非常感謝。』

說完還鞠了一個九十度的躬。基本上，一般禮貌性的舉動通常都有其固定的表現方式，所以我也多半都能在無意識的情況下妥善地應對。但是面對如此大的大禮，我還是有點不知所措的窘迫。

『別、別這麼說，承蒙您們的關照，我才覺得非常感激呢！呃……請問且二先生上哪兒去了？』

『哦，他今天上那兒去了。』

和子舉起手臂，指著不遠處的一座山頭。順著她的指尖望過去，在國道東側的山邊隱隱約約地可以看見幾根旗子。

『是有什麼廟會嗎？』

『是的，最近好像有什麼舞蹈活動吧！熱鬧得不得了。』

『您不去嗎？』

『我的膝蓋不太方便，而且也要有人留下來準備一些食物。只是我這麼大把年紀了，如果要自己做實在也做不來，所以最後還是請外燴的來幫忙，不過只有這樣的話，好像有點美中不足的感覺呢！』她微微地笑了一下：『小兄弟，你餓不餓？要不要嚐嚐我滷的東西？』

雖然接受人家的招待也是一種禮貌，但如果因此而涉入太深的話也不太好。所以我還是婉拒了她的好意。

『不好意思，我已經吃過了。』

『是喔？這樣啊！』

『倒是我可以請教您一個問題嗎？』

『什麼？』

『有沒有發現最近家裡附近有其他人進出的感覺？或者是半夜有沒有聽到什麼聲音？』

和子皺著眉頭回想：

『沒有耶！因為我們都很早就睡了，就算有什麼聲音也聽不到吧！』

『這樣啊……』

我重新地看了一遍佐久良家。

這是一棟兩層樓的建築，二樓的部分要比一樓來得整個小上一號，但是屋簷的部分倒是做得很大。

對於小時候的桐子具有『寬敞』印象的佐久良家，即使是從我現在的角度來看，雖然不到『寬敞』的地步，但確實是一棟很大的房子。但也不是豪宅就是了。沒有什麼特別講究的地方，就只是一棟普通的民宅。感覺上有點像是『既然都有這麼大片的土地了，就來蓋一棟大一點的房子吧！』的感覺。除了大之外，還有另一個令我印象深刻的特徵，那就是屋頂很低。看來整棟房子都被壓得扁扁的。以現在兩層樓建築的標準來說，應該比這棟房子還要再高個百分之二十左右吧！以窗戶為比例尺的話，一樓天花板的高度還滿正常的，難道是二樓蓋得特別矮嗎？

不過我只是大略地掃過一遍，倒也做不得準，還是得進到裡面才能夠下定論。

『有件事情本來是要拜託且二先生的，但是這件事情有點急……』

『哎呀！是什麼事呢？』

『可以讓我進屋子裡調查嗎？我想要看一下桐子小姐的東西……』

可是和子只是迂迴地說：

『我不太清楚你們是怎麼談的，所以關於這件事，還是得等我們家老頭子回來之後再說。』

當然我也可以現在就把事情的來龍去脈跟她說清楚，但是一想到等一下且二回來之後，同樣的話還得再說一遍，就覺得還是不要浪費時間好了。

『這樣啊……那麼且二先生什麼時候才會回來呢？』

『他四點的時候會先回來一趟喔！因為他要回來拿酒。』

我看了看手錶。三點五十分。

『就快了嘛！那麼我就在外面等他回來吧！』

說完之後，我掉頭就走。沿著佐久良家的周圍繞了一圈。

房子後面有山坡，山腳下的部分稍微被剷平，開墾成一階階的梯田。

進出口總共有四個。分別是玄關、後門，還有一個從水井處通到屋內的門，可能以前是洗衣服的地方吧！

還有一扇不知道是通往什麼地方的大門，不過從門裡面飄散出來的臭味研判，應該是廁所吧！廁所沒事幹嘛要開一個對外的門呢？我正覺得不可思議的時候，轉頭一想就通了。這肯定是為了方便下田的時候可以隨時衝進來上廁所吧！

再來就是窗戶。有個房間是有窗臺的，從那裡應該可以很輕易地爬進去。然後從另外一個窗子可以看到摺好的棉被，那應該是寢室吧！害我有點不好意思。這麼看來，佐久良夫婦應該是睡在一樓的房間裡。這也很正常，因為和子的膝蓋不太方便嘛！

車庫一共有兩個。其中一個裡頭有一具附著履帶的機械。是看不出來那到底是用來插秧、用來收割，還是用來耕田的機械。另一個車庫裡則什麼東西都沒有，只有地面上還殘留著輪胎的痕跡。看樣子好像是平常用來停放摩托車用的。且二會騎什麼樣的摩托車呢？真令人好奇。

十之八九是Cub吧！

我一邊想著這些無關緊要的事，一邊看著車庫裡面，突然發現地上有一根長長的棒子。棒子的直徑跟我的手腕差不多粗，很長，大概有三公尺長吧！我蹲下身去，仔細地端詳。

『……』

這個是……

我腦中正閃過一個想法，就被身後出其不意的喝斥聲給打斷了。

『你在那裡做什麼？』

我嚇得心臟差點休克，趕緊多做幾次深呼吸，把情緒穩定下來，然後才掛上笑臉回頭。

『啊，我只是想要參觀一下府上。不好意思，在你這麼忙的時候還來打擾。』

『……什麼嘛！原來是偵探先生啊！』

佐久良且二就站在我後面，穿著一件條紋的褲子，一臉的肅殺之氣。

『我不是拜託過你不要做出什麼太引人注目的事情來嗎？』

『可是我什麼都沒做啊！』

『還說沒有，鄰居的人都說在我家附近看到一個沒見過的年輕人在那裡走來走去的。我拜託你，沒事不要到這裡來好嗎？』

嗯……左右鄰居的眼神裡果然都充滿了戒備。我看了一下手錶，才在佐久良家附近待了十五分鐘而已耶！

『對不起，給你添麻煩了。』我老實地道歉，然後指著腳邊的棒子。『請問這是什麼？』

『不就是根棒子嗎？』

『不是啦！我是問這是做什麼用的？』

且二皺了皺眉，但還是告訴了我：

『這是冬天用來把冰柱敲下來的工具。從我父親那一代就有了，到現在已經幾十年了，不過我一開始也不知道要怎麼用。』

『原來如此啊！』

我蹲下去，抓起其中一端。

『這個洞也是從以前就有的嗎？』

『洞？』

且二反問，語氣有點驚訝的樣子。

『什麼洞？』

『你看。』

我指著那根長棒子的一端，上頭有著好像是用釘子打出來的洞。

且二偏著頭沉思。

『我也不清楚，應該沒有吧！因為這就只是一根很普通的棒子啊！也許是哪個惡作劇的傢伙弄的吧！』

『也許是吧！』

我一邊說，一邊還是把那根棒子從車庫裡拿了出來，立起來看看，光是目測就有三公尺了，立起來一看果然很長。如果以我一百七十六公分的身高作為比例尺的話，大概真的有三公尺左右吧！因為這根棒子的長度還比佐久良家一樓的屋簷下面還高呢！

『如果把粗一點的螺絲釘穿進這根棒子的洞裡，就可以變成一把梯子呢！然後就可以用這把梯子爬上閣樓了。』

可能是我說得太直接了，且二頓時暴跳如雷。

『偵探先生，你這是在說什麼鬼話？我只有拜託你幫我把桐子找出來吧！至於我們家的防盜系統就用不著你多管閒事了。』

我怎麼可以把委託人氣成這樣呢？趕緊道歉：『對不起。是我沒有把話說清楚，不好意思。今天是我接下這個案子的第四天，也是我正式展開調查的第三天，所以按照約定，我是來跟您報告調查進度的。根據我的調查結果顯示，佐久良桐子小姐在東京被一個奇怪的傢伙纏上，所以逃到八保來的可能性相當高。』

『奇、奇怪的傢伙？』

且二大吃一驚，聲音不由自主地拔高。我不理他，繼續往下說：

『但是，桐子小姐逃到八保之後仍無法安心，於是又換了地方。』

『那她現在在哪裡？』

『現在的話，我還在查……但是一直到最近，她可能都躲在府上也說不定。』

且二聽得目瞪口呆，完全不知道該說什麼才好。於是我換了一種說法，重新解釋一遍：

『桐子小姐之前可能就躲在府上的二樓。我在來這裡之前還只是半信半疑，但是在看過府上的構造和這根棒子之後，就覺得這個可能性愈來愈大。且二先生和夫人年紀都大了，再加上夫人的膝蓋不太舒服，請恕我直言，您們的寢室在一樓，對吧！所以我想要知道的是，您和夫人有誰曾經在半夜的時候上過二樓嗎？』

『嗯……』且二哼了一聲之後就陷入長長的沉默。

『這個谷中地區，每一戶的間隔都離得滿遠的，路燈的數量也很少，再加上又在山邊，只要乘著夜色潛入屋子裡，一定不會被發現的。桐子小姐利用這根棒子代替梯子，躲進府上二樓的可能性不能說沒有。』

『怎麼可能會有這種事……她要回來，只要跟我說一聲就好了……』

且二說到這裡就接不下去了。

『我也只是假設。也許這個洞是很早以前就有的也說不定。但如果是這樣的話，這些洞的內側未免也太乾淨了，當然這也可能只是碰巧。佐久良先生，請您讓我親眼確認一下。請讓我參觀一下府上的二樓。』

且二沉吟了半晌。我想他並不是不願意讓我進屋檢查，而是不願意相信他擔心到跑去請偵探幫忙尋找的孫女竟然就躲在自己家的二樓吧！

我不認為且二會拒絕我這個要求，但如果最後還是要答應的話，那就快一點吧！我並不像半平所說的毫無幹勁，但真的沒什麼體力。在大太陽下待這麼久，臉上已經全都是汗了。

8

在我喝完第二杯特調咖啡，也看完第二本《村子的作法　六桑．小伏．八保》的前兩章之後，突然回過神來，現在可不是用功讀書的時候呢！既然已經有結論了，就趕快來寫報告吧！但是格式要怎麼寫呢？我才不相信紺屋部長已經想好固定的格式了，但這畢竟是『紺屋S&R』的案子，還是應該要跟他商量一下比較好吧！直接打他的行動電話問問看好了。我一邊想著，一邊正打算站起來的時候，一個男人突然擋住了我的去路。

搞什麼鬼啊？我抬頭一看，又是太陽眼鏡加卡其色風衣的奇妙打扮。可能是因為天氣太熱了，額頭上還掛著汗水。這麼詭異的男人就我所認識的只有一個，就是那個開著黑色金龜車的傢伙。

男人開口說話了：

『你是紺屋先生嗎？』

我立即回答：

『不是。』

男人沉默了一下。如果不是隔著太陽眼鏡的話，搞不好就能看到他驚慌失措的表情了。再仔細一看，他的嘴角的確是有點扭曲。

由於我才剛要站起來就被他叫住，所以一直處於半蹲的姿勢，但是如果要一直保持著這樣的姿勢也實在太累人，於是我又重新坐下。男人也好不容易恢復了鎮定，重新壓低聲音說道：

『少騙人了。我明明就看到你在「紺屋S&R」出出入入的。你知道佐久良桐子的事吧？』

佐久良桐子？

既然他都說我知道了，那我就覺得自己好像真的知道。應該不是好像而已，我想我真的在哪裡聽過這個名字，不會錯的。但到底是在哪裡聽到的呢……？

『啊！等一下，你先不要說喔！佐久良桐子是吧？我好像在哪裡聽過。嗯，我知道。』

『……你真的不是紺屋先生嗎？』

『剛剛不就告訴過你了嗎？雖然我也是個偵探，但我不是紺屋部長。』

『……』

『可惡！怎麼就是想不起來呢？還是你告訴我好了，佐久良桐子是誰？』

男人突然衝了過來，抓住我的領子……氣勢看起來最好是有這麼兇猛啦！不過並沒有真的動手，只是聲音變得更低沉了。

『少裝蒜了！調查佐久良桐子網站資料的人就是你吧？』

『啊……』

我才懶得理他，繼續跟卡在腦子裡出不來的記憶奮戰。

……表面上看起來是這樣沒錯，但我的右手其實早就在桌子底下緊緊地握住了零錢。雖然我不知道這傢伙是誰，但是他的態度顯然並不友善。微微突出來的下巴是想要展現他的魄力嗎？那好，要是他敢輕舉妄動的話，我就朝著他的下巴來一記上鉤拳。明明這個案子做起來一點都沒有當偵探的感覺，卻在意想不到的地方發展出這樣劍拔弩張的局面，實在令人有點難以接受。我盡量用平淡的聲音慎重地說道：

『網站的話我是有看過，但那是部長給我看的。說是發現了一個很有趣的網站……』

『這位客人。』

突然有一個尖銳的聲音插了進來。原來是這家店的女服務生，也就是部長的妹妹。她指著我，同時惡狠狠地瞪著戴太陽眼鏡的男人，眼神冷到足以令人結冰，比那男人的氣勢還要恐怖一百萬倍。

『請不要在店裡鬧事。還有，這個人的確不是紺屋長一郎，而是他的部下。不過我也不知道他叫什麼名字就是了。』

咦？我還沒有自我介紹嗎？

『我不知道你們中間到底發生了什麼誤會，但如果你只是來找碴的話，請給我出去。』

因為證人的突然出現，男人看了看女服務生，再看一看我，又看了看女服務生。然後突然變了一個人似的，聲音整個小了下去：

『你真的不是紺屋先生嗎？那在找佐久良桐子……也就是住在東京的系統工程師的是……』

『啊，那大概是我們家的部長吧！』

這次就算隔著太陽眼鏡也能清楚地看見，那男人的臉色突然整個刷白了。

『所以，你到底是誰？』

我冷冷地問。坐在我對面的男人整個人縮水似地小了一圈。脫掉外套之後，裡面是成套的西裝加領帶。不過，太陽眼鏡倒還是很堅持地戴在臉上。正掏出手帕來擦拭額頭上的汗水。不知道他是因為發現自己認錯人了，所以冒出一身冷汗？還是因為穿著風衣實在太熱了？這種心情我很能夠體會。就像我在騎摩托車的時候也一定要穿上皮夾克，簡直是自討苦吃……不過我們這麼做都是有理由的。

『呃……我有點事情想要找紺屋先生，您可以幫我跟他連絡嗎？』

『那你至少得告訴我你叫什麼名字吧！不然我要怎麼跟他說？難道說有個可疑的男人要找他嗎？』

『說得也是呢！真是非常抱歉。』

男人從口袋裡掏出一個閃著銀色光芒的名片盒，抽出一張名片來給我。『阿部調查事務所田中五郎』。公司的所在地在東京都練馬區。

『敝姓田中。』

這是本名嗎？我半信半疑地盯著他，同時拿出自己的名片。『紺屋Search & Rescue偵探半田平吉』。這是我在拜託部長讓我加入事務所的那一天偷了個空檔印的。『偵探』兩個字的字體還故意印得斗大，整體看起來雖然簡單，但是卻很有存在感，是張很稱頭的名片。

『我是半田。』

『謝謝。』

店員過來問我們要點什麼，態度還是冷冰冰的。所以田中也更顯得誠惶誠恐的樣子，點了一杯藍山咖啡。

眼前這個男人看樣子好像是個貨真價實的偵探。既然是調查事務所的員工，應該就是偵探沒錯吧！但是眼前這個男人一點也不會讓我有想要崇拜的感覺。這是當然的，因為他的查證工夫做得未免也太爛了吧！

田中再次把手帕放在額頭上，鼓起勇氣地說道：

『真的非常不好意思。根據我的調查，佐久良小姐的祖父曾經到「紺屋Ｓ＆Ｒ」尋求協助，所以我一直以為是半田先生負責調查這個案件。』

聽他這麼說，我雖然表面力持鎮定，但內心其實早已經心花朵朵開了。

『你的意思是說，我看起來比部長更像個偵探嗎？』

田中輕輕地搖了搖頭。

『不是，這件事說來慚愧，我其實從來沒見過您口中的部長。』

部長的穿著打扮的確很不起眼……我一邊想像著部長的樣子，突然想起來，部長都是從後門進出的。原來如此。這個發現令我非常地不爽，我用食指敲著桌面。

『你說你是「阿部調查事務所」的人，對吧？搞清楚對象是基本中的基本吧！只是因為有人去了一趟偵探事務所，然後又有另一個人常常在那裡出入，你就認定那個人是受了委託的偵探，這種想法未免也太粗糙了吧！敝公司小歸小，但是在員工的教育訓練上可是比貴公司還要來得嚴謹多了。』

『這真是非常慚愧……因為一開始是由我部下在監視的，但是我也有責任，不應該只聽從他的報告而忽略求證。造成半田先生的困擾，我真的覺得非常抱歉。』

田中頻頻向我低頭致歉。

哇，這種感覺真是太爽了。

但是一直這樣欺負他也不是辦法，我的心胸可是很寬大的。因此換上了笑臉。

『……算了，我明白了。反正你就是要我幫你傳話給部長，對吧？』

『是的，請您幫個忙。』

隔著太陽眼鏡雖然看不清楚田中臉上的表情，但總歸是鬆了口氣吧！

『要說些什麼呢？』

『啊，麻煩您跟他說，關於佐久良桐子小姐的案子，我有點事情想跟他談，請他盡快跟我連絡。這樣紺屋先生應該就知道了。』

『了解。那我出去打電話了。』

我站了起來，順便拿起田中放在桌上的名片。

我把名片拿在手裡，沒想到事情會演變成這樣，我還滿行的嘛！到底有沒有『阿部調查事務所』這間公司呢？田中又是否真是那家公司的員工呢？等我先把這些都搞清楚之後再連絡部長也不遲吧！

9

就跟我預料的一樣，且二最後還是屈服了。還說：『搜到你滿意為止吧！』

但是對於我的另一個要求『如果事後有什麼爭議的話對您對我都不好，所以可以請您跟我一起去看嗎？』他就沒有答應了。

『不用了，我相信你。而且我得馬上把酒拿過去會場才行。你看，有人已經等了我半天。』

我相信你——再也沒有比這句話更不負責任的說詞了吧！我硬扯出一個無可無不可的笑容來回應他。

順著且二的手指頭望過去，那兒有一輛白色的小卡車。坐在駕駛座的男人，臉色紅潤，正用一雙懷疑的眼神看著我。我也回望他一下，擠出笑臉，點頭致意。

且二看著我們兩個的隔空交流，壓低了聲音說道：

『今天因為有廟會，來了很多外地人，所以你的出現還不算太奇怪。但是，我家裡晚上會有客人，所以請你在那之前趕快把要看的看完。』

現在才四點。就算晚上的客人再早到，至少也要五點以後吧！我想在時間上是十分充裕的。

『我知道了。我看完二樓之後就會馬上離開。』

『拜託你了。』

且二左右兩隻手各拿著四支一公升的酒瓶，一共把八瓶酒搬到車上。我目送卡車揚長而去之後，就大搖大擺地從玄關進屋裡去。本來我想偷偷摸摸地從後門進去，但是現在是大白天，左右鄰居也不時進進出出的，要是我不大方一點的話，看起來反而會更可疑。

看到我進屋，和子只說了一句：『我們家老頭子答應讓你進來啦？』就又繼續埋頭準備她晚餐要用的東西了。

這棟房子的天花板和地板都是用咖啡色的木頭所砌成的，牆壁上貼著刨得光滑平整的木板。從和子那邊傳來陣陣濃烈的醬油味道。

一走進玄關，就看到通往二樓的樓梯，所以我根本連看都不看一樓一眼，就筆直地朝樓梯走去。匆匆一瞥，只記得一樓好像有些華麗的擺設和頗有些年代的時鐘，除此之外就沒什麼印象了。我不禁想起，以前請工人來我們家裝冷氣的時候，我也曾經覺得很奇怪，為什麼電器行的人對屋子裡面的東西一點都不關心。好不容易有機會進到陌生人的家裡，應該會好奇地東張西望才對吧！現在我終於了解為什麼了。因為對他們來說，工作的時候才沒有那個閒工夫去管別人家裡長什麼樣子呢！

樓梯的角度非常大，段差也非常陡，而且又沒有扶手，感覺有點危險。所以我打定主意，一鼓作氣地直接爬上二樓。

上到二樓之後，左手邊是一條又長又直的走廊。狹窄的走廊兩側，是一整排的紙門、玻璃門和格子拉門。走廊的盡頭則是窗戶。就跟從外面看到的感覺一樣，天花板很低。光是這樣看，實在看不出來有幾個房間。

『……嗯？』

是因為我已經先入為主地認定會有什麼的心理因素作祟嗎？總覺得有哪裡不太對勁。一隻腳踩在樓梯的最後一階上，一邊集中精神思考，到底是哪裡不對勁呢？又長又直的走廊、紙門、格子拉門都靜悄悄地。不是說今天有什麼廟會嗎？因為是在國道的另一邊，所以聽不見嗎？我把重心移到踩在走廊上的那隻腳上，地板響起一絲微弱的聲響。一切的一切都很正常，絲毫沒有奇怪的地方。樓下傳來醬油的味道。再加上老夫婦兩人應該也不會特地上來打掃，所以空氣中還飄散著一點灰塵的味道。除此之外……

（……我懂了。）

雖然只有一點點，但空氣中的確夾雜著咖哩的味道。應該不會是我的鼻子有問題才對。

我打開最靠近自己的一扇紙門。

面積約有四張半榻榻米的小房間裡，有一扇毛玻璃的窗戶，窗戶外面是夏天的豔陽。地上鋪著地毯，感覺起來還滿舒服的，但是除了一個櫥櫃之外什麼都沒有。

我再打開隔壁的紙門。

裡面有一組非常老舊的音響。木質地板。還有一張躺椅，就放在房間的正中央。湊起鼻子來聞了一下，只聞到灰塵的味道。

再旁邊是一扇玻璃門。

裡面有幾個書架，架上全是古老的漫畫書，可能是佐久良桐子的父親或者是他的兄弟收集的吧！不管是書架還是漫畫書上都積著薄薄的一層灰塵，但是再看仔細一點，灰塵堆積的程度似乎不太均勻。其中一個角落的灰塵特別少，雖然單憑這樣，還不能篤定地說是不是最近有誰把這些漫畫書拿出來過，而且就算有人拿出來過，那又怎樣？

我繼續檢查走廊另一邊的房間。第一間、第二間、第三間、第四間……不管是哪一個房間，都沒有什麼特別具有決定性的痕跡。不過，有一個房間是專門用來放棉被的，說不定桐子有偷偷地把被子拿出來用過，但同樣沒有任何證據。

我站在走廊上，抱著胳膊沉思。我想我應該已經把所有的房間都看過了，但是卻沒有絲毫的發現。話說回來，我本來就沒有百分之百的把握，說桐子一定在這裡。唯一比較可疑的，也只有她網站上的舊資料和可以拿來當作梯子使用的棒子，這兩樣間接證據罷了。就算桐子真的藏身在這裡，如果她已經把證據收拾得一乾二淨，我當然怎麼找都找不到。畢竟我又不是鑑識人員，就連偵探也稱不上。

難道真的只是白費力氣嗎？我一邊想著，一邊往回走向樓梯。

『……』

等一下，走廊盡頭的牆壁上似乎有個小小的凹洞，小到就連把手也稱不上。我把手指頭伸進去。但是因為凹洞太淺了，頂多只能把指腹貼在上面。我用力地往旁邊一推。

牆壁被我打開了。不過對於佐久良家的人來說，那應該不是牆壁，而是一扇橫開的門吧！雖然在我眼中只不過是一面普通的牆壁。

裡頭烏漆抹黑的，還有點潮濕的感覺。然後……

『原來是這裡啊……』

咖哩的味道似乎變得更明顯了一點。這裡原本應該是儲藏室。有一堆用報紙包起來的東西，和一堆不知道塞滿了什麼東西的紙箱堆得到處都是。唯一的光線看來只有從被我打開的門外透進來的光。我一邊小心不要踩到任何東西，一邊往前進。

感覺起來並沒有什麼生活的痕跡……真的沒有嗎？我盯著放在牆邊的梯子。

頭上頂著天花板，腳下踩著地板，但是卻有一把梯子……

正想把手放到梯子上的時候，突然靈機一動，用手指頭在梯子上輕輕地摸了一把。

手指頭上幾乎沒有半點灰塵。

一定有人在用這把梯子。

我把腳踩在梯子上，掌心貼著天花板，用力一推。

一塊天花板就這樣靜悄悄地被我推了開來。

上面是一個小閣樓。又窄又暗的，要是我有帶手電筒來就好了。沒辦法，只好把行動電話拿出來打開，利用液晶螢幕的光線暫時擋一下。這裡不只有咖哩的味道，還有其他食物的味道。應該是什麼醬料之類的吧！天花板低到不能再低，站直的話好像會撞到頭，所以我只好彎腰前進。

有一個燈泡從天花板上垂了下來。我摸到它，按開了開關。

地上鋪著棉被。還有一張小小的桌子。上頭躺著一個手提包。雖然覺得不太好，但還是看了一下手提包裡的東西。只有一些口紅、粉底之類的。看起來都像是最近才上市的產品。

為了謹慎起見，我還把手伸到被子裡探了一探。溫溫的……不過這也很有可能只是因為現在剛好是夏天，而且這個小閣樓裡本來就熱得要死的緣故。枕頭上有幾根頭髮。我拿起來對著燈泡照了一下，長度大概是二十公分左右吧！

房間的角落積滿了厚厚一層的灰塵，和一些零星的垃圾。其中就有一個咖哩的調理包袋子。我把鼻子湊過去聞了一聞。味道其實不太明顯。所以就連我也不得不佩服自己，隔著牆壁和天花板居然還能夠聞得出來。

既然能在這裡吃調理包的咖哩，就表示她連煮飯用的鍋碗瓢盆都搬進來囉！說不定連活動式的小瓦斯爐都一應俱全呢！

其他還有便利商店賣的已經煮熟的炒麵的盤子、麵包的袋子、礦泉水的空瓶等等。地上還有一張收據。看了一下上面的日期——八月十一日。

我不禁喃喃自語：

『不會錯了……』

佐久良桐子確實曾經在這裡待過。

我把手帕從口袋裡拿出來，按在脖子上。但是熱氣已經籠罩在整間屋子裡，根本沒有一點用。既然都在屋頂上了，總有個通風口吧！我迫切地想念外頭新鮮的空氣。四下尋找有沒有窗戶，總算被我發現到一個關得嚴嚴實實的木頭窗戶。我把它打開，終於有一絲絲的微風吹了進來。我用支撐用的棍子頂住，讓它維持在敞開的狀態。雖然夏天的風還是那麼的悶熱，但至少可以順利呼吸了。

陽光從窗戶灑了進來，讓小閣樓裡變得明亮不少。也因此我才注意到，桌子底下有一本筆記本。而且還是本全新的筆記本。我把它撿起來，以半蹲的姿勢打開來看。雖然上頭沒有註明日期，但很顯然是一本日記。

字跡有點潦草，似乎寫得很急。

＊

我終於還是把工作給辭掉了。雖然也發生過痛苦的事情、令人生氣的事情……很多很多的事情，但我還是很喜歡這份工作。

可是，既然連工作的地方都被他給挖出來了，我除了離開還能怎麼辦呢？

走出辦公大樓的時候忍不住掉了幾滴眼淚。我已經幾年沒哭過了呢！

我連公寓也退租了。這樣他就再也找不到我了吧……雖然心裡這麼想，但還是很不踏實。

我得換個新家，然後再找份新工作才行。雖然我明知道自己必須改頭換面、重新出發不可，卻怎麼也提不起勁來。

不是辦不辦得到的問題，而是要怎麼去做……這是我的座右銘，如今卻刺痛著我的心。我是在害怕嗎？嗯，或許是吧！他應該昨天就出院了。

今天是我住進旅館的第三天。

雖然還有一點存款，但也不能一直這樣下去。

回去一趟吧！

但是不能回名古屋。我不想讓爸媽為我操心。那麼只能回八保了。

離開故鄉之後，我從來沒有想念過它，卻只有在不安的時候會突然想起，真是不可思議。

暫時先回爺爺家避避風頭吧！他應該會幫我瞞著爸爸媽媽，直到這件事情平靜下來為止吧！

*

回到八保之後，我這才想起一件很重要的事。

我一個女孩子家無緣無故跑回谷中這種小地方，一定會引起很多揣測吧！

好不容易才逃離他的魔掌，如果又在這裡惹出什麼風波的話，我實在沒有信心自己還撐不撐得下去。

沒有信心？天吶！我到底是怎麼了？怎麼會說出這種沒出息的話來。

我想到一個好辦法了。

我記得爺爺家裡有一個小閣樓。

不如我就瞞著爺爺，暫時先在那裡躲一陣子吧！

只要花點工夫，相信一定會有辦法的。

＊

順利地進到小閣樓裡來了。沒想到那根用來打落冰柱的棒子居然還有這種妙用。

他有追來嗎？出院之後，他一定會先去我的網站，再去我住的地方，然後再去我上班的地方找我吧！

在他收手之前，我暫時不能回東京了。

＊

我怎麼會這麼失策呢？

今天用筆記型電腦重新看了一遍我以前在網站上寫的東西。發現根本就是破綻百出嘛！我這才恍然大悟，原來他是從我日記裡的線索輾轉找到我住的地方。

我怎麼會這麼不小心呢？

仔細看過之後，不僅僅是我在東京的生活，就連我在八保的生活也出現過好多次。

他都能找到我住的地方了，又怎麼能夠保證他不會追到我的故鄉來呢？

不可能的啦！他一定不會找到這兒來的……雖然我拚命想要安慰自己，但是握著筆的手卻在不住地顫抖。

他又要出現在我面前了嗎？

＊

不只是八保，他搞不好也會找到小伏來。因為我在日記上有提過爺爺家的事。就算只是有一次，但提到就是提到了，所以這裡也已經不太安全了也說不定。他看文章從來都不是看整篇的，而是斷章取義地，只擷取自己想要接受的部分。正因為如此，他才能從我網站上的那些隻字片語一路摸到我身邊來。這次也一樣，他一定會來的。

雖然我想他再怎樣也不會追到這個房間來，但是萬一他真的來了，豈不是給爺爺奶奶添麻煩嗎……

不，不對。雖然我認為他有可能找到這個家，但我認為再怎麼樣也不至於上到這裡來。我根本不是在擔心爺爺奶奶的問題，我滿腦子想的還是只有我自己。

逃走吧！

但是，要逃到哪裡去呢？

就像我不敢從大門進出這個家一樣，他應該也不可能在谷中待太久吧！

他是一個那麼小心翼翼的人。在這個只要有外地人經過就會搞到街知巷聞的谷中地區，他應該也不敢大張旗鼓地找我吧！這一點我是不會看錯的。不管他的手段有多麼卑鄙，表面上他還是會裝出一副紳士的樣子。

既然如此，只要再躲一陣子，他找不到我就會死心吧！

我想到一個好地方了，那就是谷中城。

那裡的話，一定不會被他發現的。

在他放棄以前，我就暫時先躲去那裡吧！

仔細想想還真是諷刺。

我以前總認為建造谷中城的那批人，都是些只曉得躲躲藏藏，既可悲又可憐的人。內心其實是瞧不起他們的也說不定。

沒想到現在的我，先是從東京逃到八保，再從八保逃到小伏，現在又要從小伏逃到他們當初蓋的谷中城遺跡。

在既可悲又可憐、只曉得躲躲藏藏的弱者這一點上，我和他們其實是一樣的。

只能藏頭縮尾地一邊顫抖著，一邊日夜祈禱這場風波早日過去的我，和他們又有什麼不同呢？

不要的行李就暫時先放在這裡吧！

只要能夠在谷中城裡活下去就夠了。

可是啊……

我好害怕呀！我的心裡究竟還有沒有想要活下去的勇氣呢？

一想到要在深山裡獨自面對黑夜，我能夠抗拒得了想要一了百了的衝動嗎？老實說，我一點信心都沒有。

好可怕，就連我現在在寫這篇日記的同時，那種想要一了百了的衝動也不斷地湧上來。

出發吧！

我闔上筆記本，關上窗子，再關掉電燈，爬下梯子，然後走下樓去。手裡拿著桐子的筆記本。不忘禮數周到地跟站在廚房的和子說聲：『不好意思打擾了。都已經檢查完畢，所以先告辭了。』

和子手裡還抓著飯瓢，直接轉過身來露出一個微笑。

『哦，是喔！都沒有好好地招待你。』

『別這麼說，是我自己硬要進來參觀的。對了……』

我假裝若無其事地問道：

『請問谷中城在什麼地方？』

雖然我是八保出生的，但是對於周圍的村鎮甚至是八保本身的地理環境其實並不清楚。谷中城什麼的，更是連聽都沒聽過。不過像他們這種在地人應該就會知道吧！

然而，和子放下了飯瓢，回答道：

『你說的是谷中城嗎？可是我沒聽說過這一帶有什麼谷中城耶！』

『沒聽說過？這一帶都沒有城嗎？』

可能是聽出我的聲音裡帶著一絲絲緊張的氣氛吧！和子沉默了一會兒，彷彿把記憶翻箱倒櫃了一遍，但得出來的答案卻還是和剛才一樣：

『真的沒聽過耶！如果是城的話，沿著村子往下走，有一個小伏城的遺跡。』

有哪個白癡會把自己藏身在村子中央的遺跡裡啊？

我的兩道眉毛緊緊地靠到了一起。如果沒有『谷中城』的話，那桐子筆記本裡寫的又是哪裡？

『……會是什麼暗號嗎？』

『啊，不過……』

『不過什麼？』

『如果你指的是城山的話，這附近倒是有一座。不過，那並不是城喔！』

我想也不想地就翻開筆記本，重新看了一遍裡面的敘述。其實就算不這麼做，我也記得桐子寫的確實是『谷中城』三個字，而不是什麼『城山』之類的。

雖然一下子想不出兩者之間是否有所關聯，但多問一句總是沒有損失，因此我又試著問她：

『那座城山在什麼地方？』

『我不知道。我是從外地嫁到這裡來的，所以詳細的情況我也不是很清楚……』

和子講完之後，又指著某個方向說道：

『八幡神社後面那一帶好像也叫做城山呢！因為那一帶有很多座山頭，層層疊疊的，也許其中一座就是所謂的城山吧！我們家老頭子或許會知道……他應該就快回來了，你要不要再等一下？』

我看了一下手錶，已經快要五點了。本來還以為可以很快搞定的，結果還是花了快要一個小時的時間。

我陷入沉思。

假設直接在這裡等到且二回來，再假設且二的確知道『谷中城』的事，最快也差不多要五點半才能上山。正確來說應該是六點以後吧！而且我今天穿的是西裝和皮鞋，怎麼看都不適合爬山。就算現在是夏天，白天比較長，但是一過七點，天色還是會漸漸暗下來。再加上谷中的東西兩面都是山地，太陽會比其他地方更早下山吧！一旦天色變暗，憑我這中看不中用的破身體，別說是要找人了，光是要保護自己不要受傷就已經疲於奔命了吧！

雖然我的心是現在就想要飛過去，但理智告訴我今天是不可能了。

……還是，不管怎麼樣都要等到且二回來，然後冒著生命危險徹夜搜山呢？

佐久良桐子現在的確是面臨險境，而且在這個時間點能夠趕去救她的，大概也只有我了吧！

她真的很像我。桐子在日記裡寫到她的座右銘是『不是辦不辦得到的問題，而是要怎麼去做』，其實也可以說是我的座右銘。我也有在一籌莫展的情況下被這個座右銘反過來砍一刀的經驗。

不過，至少我還沒有失去冷靜，還沒有天真到以為這種出其不意的救援行動可以進行得很順利。

正當我感到進退兩難的時候，行動電話突然響了。

『抱歉。』

我向和子道了個歉。把行動電話從口袋裡拿出來。是半平打來的。

半平曾說他今天應該會很有收穫，所以是打來報喜的吧！我按下通話鍵。

『半田先生嗎？請問有什麼事？』

『部長，有個人說要見你。』

『神崎先生嗎？』

『神崎？誰啊？』

『不是嗎？那是哪位？』

『一個叫田中的人，自稱是東京調查事務所派來的人。說只要告訴你是關於佐久良桐子的事情，請你盡快跟他連絡，這樣你就知道了。』

我想起來了，應該是半平昨天提到的那個開著黑色小金龜車的男人吧！問題是，他連我跟半平都能搞錯了，這樣一個脫線的人，急著要跟我連絡的事是真的有那麼緊急嗎？佐久良家今天晚上好像要宴客，如果我現在回去的話，就算晚一點再打電話來，能不能和且二講上話都成問題。

手機那頭傳來半平刻意壓低的聲音：

『啊，對了，我剛剛有先打他名片上的電話過去確認，是真的有一家這樣的調查事務所沒錯。』

『這樣啊……』

……我看我還是先回去好了。

畢竟委託人也說了──不要在谷中做出引人注意的行為。而且且二應該會帶客人回來吧！如果我繼續留在這裡，就算等到且二，可能也沒辦法好好地跟他說上話。就算好不容易把地點問清楚了，單憑我這一身裝備，即使進到山裡也只有等人來救的分吧！這剛好是個下臺階。

『知道了，我現在就回去。你請田中先生稍等一下。』

『稍等一下？部長的車沒有一個小時是回不來的吧！我會這麼跟他說的。』

我切斷電話，跟和子說了聲：

『我突然有事要辦，而且留在這邊妨礙你們的廟會也不好，所以我先走了。』

就匆匆地離開了。

把鑰匙插進我那輛破破爛爛的老爺車裡，決定明天一大早再回來這裡找。

找什麼？當然是找桐子筆下的『谷中城』啦……

總得實際去了，才知道會有什麼發現，現在說什麼都還太早。

說到這個，我記得渡邊好像說過，桐子避人耳目地買了一條繩子來著……

10

當我推開『D&G』的大門時，已經比預定的六點還要晚很多了。雖然覺得肚子有點餓，但現在好像不是想要吃什麼的時候。在這半年裡面，我已經有過好幾次告訴自己『現在不是吃飯或睡覺的時候』的經驗了。一想到這件事，我忍不住一個人靜靜地笑了起來。

『……你在笑什麼？』

我本來只是想一個人偷偷地笑過就算了，沒想到卻被半平逮個正著。

『沒什麼。』

『這個人就是田中先生。』

半平把人介紹給我。

一看就知道不是什麼多正經的傢伙。因為正經的人才不會在夏天還穿著風衣走來走去，也不會戴著太陽眼鏡跟人家談公事。當然，如果是流氓就另當別論了，就算他們在夏天穿風衣也輪不到我來多管閒事。

『您好，我是「阿部調查事務所」的田中。』

不過在打招呼上倒是沒什麼失禮的地方，所以我也淡淡地回應：

『我是「紺屋S&R」的老闆，敝姓紺屋。感謝您從那麼遠的地方專程跑這一趟……請坐。』

請田中坐下之後，我也打算在半平的旁邊就坐。但是半平不但自己站了起來，還阻止我坐下。

『不好意思，部長。我晚上還要打工，得先走了。』

『好啊！你慢走。』

『不是啦！在那之前我想先跟你報告一下今天的經過。一下子就好了，可不可以請田中先生再稍等一下？』

半平望向田中，只見田中輕輕地點了點頭，於是我把半平帶到別張桌子上。半平還不忘把自己的番茄汁也拿過去。

屁股才剛碰到椅子，小梓已經走了過來，放下水杯。

『歡迎光臨……謝謝您對本店的關照。』

看似真誠的笑臉，不過我實在分辨不出來，她到底是真心地感謝我帶人來消費，還是在挖苦我怎麼都介紹一些莫名其妙的男人來。

這麼說來，我今天還沒喝到咖啡呢！稍微想了一下。

『請給我一杯哥倫比亞翡翠山咖啡。』

這種咖啡比我平常喝的卡洛西咖啡還要苦。因為我覺得太溫和的咖啡沒辦法滿足我現在的情緒。

等不及咖啡煮好，我直接催半平開始報告進度。半平點點頭，拿出一本書，放在桌子上。書名是《稱之為戰國的中世與小伏》。

『百地先生的委託是要我們幫忙調查保管在谷中的八幡神社裡的古文書由來，對吧？這本書雖然年代有點久了，印刷的數量也很少，但是關於古文書的一切都很詳細地寫在上面。』

我用力地點點頭。當百地要求我們調查這件事情的時候，我還不知道最後會變成什麼樣呢！如今任務圓滿達成，再也沒有什麼比這更令人高興的了。只是，為了慎重起見，我還是得提醒半平：

『書裡面的內容真的能讓百地先生滿意嗎？你沒搞錯吧？』

半平得意洋洋地笑了。

『沒問題的啦！我雖然看不懂那些草寫，但書上有原文，拿來跟手邊的照片比比看是不是一樣的就行啦！這麼簡單的事還難不倒我。而且這本書的主人還是一提到小伏町的歷史就會聯想到他的人，所以我想應該沒有什麼太大的問題。我還在小伏的圖書館裡遇到一個主修歷史的學生，他也說這本書的作者非常有名，拚命想跟我借這本書去看呢！』

是喔？那還真是意外啊！

有名的研究家所提出的報告就一定是正確的……事情不是這樣判斷的吧！還不如一開始就先抱持著懷疑的態度——並不是所有有名的研究家所提出的報告都一定是正確的——還比較好。尤其是半平，感覺起來並不像是會乖乖地接受什麼學術權威說法的人，可是這次倒沒有為反對而反對。既然他都可以接受這本書的內容了，那我也沒什麼好說的。

『那你就整理成調查報告給我吧！只要寫成百地先生看完不會再有問題的內容，領到酬勞，這件任務就算是結束了。』

我話才說到一半，半平就擠出一張苦瓜臉來說道：

『果然還是要寫報告嗎？』

『這不是廢話嗎？』

『我已經八百年沒有寫過作文了耶！不知道行不行……』

『那我問你，做為一個偵探，你認為要怎麼讓委託人了解你的調查結果？』

一聽到我祭出『偵探』這兩個字，半平只好心不甘、情不願地點頭。

『我又沒說我不寫。我只是覺得如果可以用口頭報告的話就好了。』

『我們是要跟人家收錢的耶！可以這麼隨便嗎？只要使用A4用紙就行了，其他格式不拘，不需要交代你每一天的行程也沒關係，請款單晚一點我再來做。如果你有花到錢的話請把收據放在辦公桌上。做成一式兩份，一份給百地，另一份給事務所保管歸檔，你自己如果要再留一份的話會更好。』

半平深深地嘆了一口氣，指著他那杯番茄汁。

『……我喝完這杯就閃人。』

『小心不要把身體弄壞。反正你的薪水是事成之後才付的，所以多花點時間也沒關係喔！』

說完之後，我回到田中坐的那張桌子。小梓也亦步亦趨地跟了上來。我才在半平剛剛坐的位置上坐定，她馬上就把咖啡輕輕地放下，笑容可掬地說：

『這位客人，點餐後請儘可能不要隨便換位子。』

我老老實實地低頭道歉。

今天第一杯咖啡都還沒來得及沾到嘴唇，我就先盯著田中的太陽眼鏡說道：

『抱歉，讓你久等了。』

『沒關係。』

『你急著要跟我說有關於佐久良桐子小姐的事，是什麼事呢？』

『……是的。』

雖然他回答得好嚴肅的樣子，但是隔著那副太陽眼鏡，我實法無法判斷他是打從心裡這麼說的，還是只是故意裝出一副很嚴重的樣子。

田中壓低聲線說道：

『關於佐久良小姐的事，請問紺屋先生已經了解到什麼程度了？』

『關於這件事嘛……』答案本來已經滾到了嘴邊，卻被我硬生生地吞了回去。這可不是一件可以隨隨便便地就跟一個搞不清楚來歷的冒失男人說的事情。

『這個問題恕我不方便回答，如果你想要知道這件事，至少得先告訴我你和佐久良小姐之間的關係吧！』

『說得也是，你說得很有道理。』

田中扯了扯嘴角，擠出一個笑容來。搞不好他之前只是在試探我。

清清喉嚨之後，田中正色說道：

『以下可以說是同業之間的情報交換，千萬不能洩漏出去，你應該也知道這個規矩吧！佐久良桐子小姐因為某件事情，覺得自己的人身安全受到威脅，所以雇用敝公司當她的私人保鑣，並委託敝公司幫忙解決這個問題。』

原來如此。

這下子幾乎可以百分之百確定，桐子是真的在網路上被『螳螂』盯上，而且在現實生活中也的確受到了他的騷擾。我想不通的是，為什麼桐子最後是束手無策地逃到谷中來呢？桐子不也有她自己一套對付『螳螂』的應變之道嗎？不過，這也沒什麼好奇怪的，我在遭受病魔纏身之後，還不是硬生生地撐了兩年嗎？

實際上，桐子最後還是辭掉工作，離開東京。我淡淡一笑地說：

『也就是說，田中先生的工作進行得不太順利是嗎？』

『……果然沒錯，你果然已經掌握到某種程度的情報了呢！我沒什麼好辯解的，因為我們的確沒能完全達成佐久良小姐的委託。』

『她被「螳螂」攻擊了嗎？』

『是的。』

田中慢吞吞地點頭。

『「螳螂」的本名叫做間壁良太郎。今年二十一歲。乍看之下似乎是個人畜無害的男人，但其實非常非常地主觀，永遠都認為只有自己才是對的，所以思想行為很容易脫軌。你有看過他的網站嗎？』

我搖頭。

『他的暱稱「螳螂」據說就是從「螳臂擋車」的故事來的呦！意思是說，就算自己的力量再弱小，也要勇敢地對抗所有不公不義的事情。原本他在網站上大肆批評的惡行，都只是一些像是在電車上沒有讓座給老人、隨手亂丟煙蒂之類的雞毛蒜皮小事。所以被他盯上的佐久良小姐也真是太倒楣了。』

我淡淡地點頭。這種事誰碰到都很倒楣吧！

『他的行動都非常地慎重且巧妙。像我們是以佐久良小姐回家的時候為中心進行保護的，可是間壁好像還是有辦法在這段時間內出現在佐久良小姐的面前，儘管我們從來沒有看到他出現過。』

我淡淡地問了一句：

『回家的時候？不是二十四小時全面戒備嗎？』

田中聳聳肩，那樣子看起來實在有點好笑。

『佐久良小姐的預算還滿有限的。』

『你們沒勸她去找警察商量嗎？』

『勸過了。事實上，她自己也已經去找過警察兩次了。但是，這種跟蹤的行為在還沒有出現實際的犯罪行為時，警察似乎也無能為力。再加上……』

再加上……我大概已經可以猜到他要說什麼了。這幾天經由和認識桐子的人口中的描述，再看過桐子自己寫的文章和她留下來的那本筆記本，可以猜想得出來，與其求助於警察，桐子應該會認為靠自己的判斷力和財力還比較有可能把事情解決掉吧！

果不其然。

『佐久良小姐似乎認為，與其拜託警察，還不如委託敝公司幫她解決這個問題。』田中補充說道：『辜負她的期待，我們真的覺得非常抱歉。如果能夠早一點摸清楚間壁的底細，搞不好佐久良小姐就不會受到第二次的攻擊了。』

田中的聲音裡流露著一絲絲的懊惱。

我仔細地想了想『第二次』這三個字所代表的意思。

『第一次是在她找上你們「阿部調查事務所」之前發生的，對吧？』

『是的。』

『當時間壁對佐久良小姐做了什麼？』

『……這我不能說。』

田中的臉上寫著『敬請見諒』四個大字。

『沒有報警嗎？』

『因為這是自訴罪。一想到提出告訴可能會對她造成很大的傷害，我們怎麼樣也沒辦法大力鼓吹。』

我大概可以猜得出來到底發生什麼事了。

『第二次的攻擊也不能說嗎？』

我只是隨口問問，並不期待會得到答案。但是田中卻稍微探出了身子說道：

『這就是問題所在了。第二次被攻擊的時候，佐久良小姐似乎有非常激烈地抵抗。』

『怎麼說？』

『第二次並不是發生在我們奉命保護她的時間帶裡。地點也不是佐久良小姐平常的活動範圍，所以我們也是直到接到了佐久良小姐自己打來的電話，才知道發生了什麼事。』

田中說到這裡，稍微沉默一下。藏在太陽眼鏡後面的視線不知道看著哪裡，過了好一會兒，他才繼續說道：『請容我再重複一遍，這件事千萬不能告訴任何人。』

『那當然。』

『佐久良小姐因為拚命地抵抗，結果好像刺傷了間壁的腹部。』

刺傷？單這兩個字，我腦中實在沒有辦法拼湊出具體的形象，所以我問了一個非常白癡的問題：

『用什麼東西刺的？刀子嗎？』

田中似乎也被我的白癡問題給愣住了。

『當然是刀子啊！不然你以為是什麼東西？』
『呃……』
怎麼這樣？原子筆和雨傘也可以拿來刺人啊！犯不著擺出那種不屑的態度吧！我有點不爽。
『……總而言之，間壁被她刺成重傷。雖然沒有生命危險，但住院一個月是免不了的。』
完全出乎我意料之外的事情發展令我有一瞬間的混亂，但還不至於讓我忽略田中話語的不一致，不禁有點不客氣地直接問道：
『這未免太奇怪了吧！間壁不是住院了嗎？既然如此，佐久良小姐應該會被逮捕才對啊！我可沒聽說有這回事。』
如果間壁要住院一個月的話，就算是正當防衛好了，畢竟還是讓對方受了重傷，怎麼可能既沒有被移送法辦，也沒有被請去警察局吃豬排飯呢？
田中又慢吞吞地搖了搖頭。
『所以我才說是「好像」刺傷了間壁的腹部嘛！因為間壁似乎是跟醫院說，他是跌倒的時候不小心被刀子刺傷的。』
『所以就不構成傷害事件了，是嗎？』
『因為被害者從頭到尾都是這麼說的。所以並沒有驚動到警方。佐久良小姐甚至連筆錄都不用做就回家了。』
我抱著手臂沉思。友春為我煮的咖啡還在我面前冒著蒸氣，但我完全沒有享用的心情。為什麼間壁要主張那件事只是個意外呢？
『……難道是為了要保護佐久良小姐嗎？』

『還不如說是為了要加深她的罪惡感吧！』

田中講話的方式從一開始到現在都一直是淡淡的。

『我猜他大概是想讓佐久良小姐欠他一個人情，以後就能更為所欲為了。』

原來如此。

雖然問田中也沒用，但我還是有一句話不吐不快。

『對於間壁而言，這也是對抗不公不義的壯舉嗎？』

田中只是淡淡地笑了一下，說道：『或許是吧！』

雖然我不認為桐子會因為這樣就覺得有罪惡感或者是欠間壁一個人情，但確實是有把柄落在他手上了。這麼說來的話，我記得我在谷中找到的桐子的筆記本上的確有一句『他應該昨天就出院了』的句子。

桐子應該是在她認為是自己的天職的工作崗位上堅持到最後一天，然後配合間壁出院的時間離開東京的。

大致的情況我已經明白了。唯一想不透的只有一點——

『問題是，田中先生為什麼會到八保來？』

田中臉上浮現一抹不好意思的笑容。

『雖然是發生在我們執行保護的時間帶之外，但佐久良小姐再次受到攻擊卻也是事實。所以我還是覺得自己並沒有盡到保護的責任。』

『啥？』

『間壁出院之後，曾經先回家一趟，收拾一些東西就又出去了。而且就在他出院的那一天。那種近乎瘋狂的執著，老實說，我也覺得很可怕。照道理講我是不應該給你的……』

田中說到這裡，從口袋裡掏出一張縐巴巴的明信片。

『這是間壁寫的。應該是要寄給佐久良小姐的吧！不過，可能是考慮到寄出去的話搞不好會成為日後的呈堂證供，所以最後還是丟掉了。』

我快速地掃了那張明信片一眼。上頭既沒有寫地址，也沒有寫寄件人。田中將明信片的正面朝上，放在桌子上。

上頭寫的是——

我原諒妳對我做的事。只不過，我要妳真心地向我道歉。

請到醫院來。如果妳不來的話，就只好我去找妳了。

再見面的時候，希望妳能夠以更有誠意的態度面對我。

筆跡倒是滿工整的。但是那種工整看了竟會讓人覺得有點毛骨悚然。

『要是再讓他出現在佐久良小姐面前的話，這次肯定會出大事的。我們極力地想要避免這樣的事情發生。所以就在追蹤他的過程中來到了這個小鎮。』

我想我現在的表情一定很僵硬。

雖然我早有預感可能是這樣，雖然我也覺得田中會這樣突然出現在這裡等於是加深了這個可能性，但是親耳聽到間壁已經追到這個小鎮來了，還是受到很大的衝擊。

從八保追到祖父母的家，再從祖父母的家追到谷中城，間壁就快把桐子逼入絕境了。

田中有點難以啟齒地說：

『但是，這種義務性質的售後服務還是有期限的。我們追著間壁到這裡來已經過了兩個禮拜。再不回東京不行了。如果可以經由我們的手把間壁當作現行犯逮捕的話再好不過，但是他也不會這麼輕易就把狐狸尾巴露出來。再加上我們對這一帶不熟，就連佐久良小姐的行蹤也掌握不到。因此，我想給插手同一件事的紺屋先生一個忠告。對方是個非常危險的男人。請恕我說得比較不客氣一點，如果你是在毫不知情的狀況接受這件委託的話，勸你還是趁早收手比較好。不巧因為我們自己搞錯了對象，以至於這個忠告遲遲沒有傳達給正確的人。我不知道你用了什麼方法，但是你好像已經拿到佐久良小姐的網頁存檔。既然你都已經查到這個地步了，與其隨便阻止你，還不如把詳細的情況讓你知道，希望你以後的行動能更加小心謹慎一點。』

我深深地低下頭。

『你說的話，我都明白了。老實說，我已經大致掌握住發生在佐久良小姐身上的事，也差不多快要找出佐久良小姐現在藏在什麼地方了。唯一不知道的，只有她到底在躲什麼人。經你這麼一說，我心裡已經有譜了。謝謝你。』

『好說，沒辦法堅持到最後，我也覺得很遺憾。』

說完，田中站了起來，把外套拿在手上。我也站了起來。

田中臨走之前，交給我一張照片。

『這是間壁的照片。如果你看到他，請一定要格外地小心。』

同時還告訴我他今天晚上下榻的地方。

田中明天早上就要回東京去了。

11

我先打了一篇感謝GEN幫我找到那些網頁存檔的文章，不小心洩漏出心底的聲音。

〈白袴〉不應該是這麼的啊！

〈白袴〉我本來只是想要找狗而已啊……

〈白袴〉光是尋找失蹤人口就已經不在我的預料範圍之內了，沒想到竟然還扯上網路跟蹤狂，結果連調查事務所都出現了。

〈白袴〉明天居然還得去搜山。

雖然心裡很清楚，就算抱怨事情也不會解決，沒想到GEN回傳給我的訊息卻是字字句句都充滿了關懷。

〈GEN〉這件事我也有責任，畢竟當初是我建議你做個小生意的。

〈GEN〉我也看過『duplicate』的網頁存檔和那個檢舉網站的內容了。

〈GEN〉天曉得螳螂那傢伙會做出什麼事來。白袴先生，給你一個良心的建議。

〈GEN〉不如去跟委託人把事情說清楚，請他取消這個委託吧！

〈GEN〉我想委託人應該也不知道事情會演變成這個樣子。只要你把事情說清楚，

〈GEN〉他應該不會硬要你在冒著生命危險的情況下繼續幫他找人吧！

我的手指頭在鍵盤上停了下來。

GEN說得很有道理。我並沒有告訴他桐子刺傷了間壁的事，也沒有告訴他間壁已經來到這個小鎮的事。儘管如此，GEN還是從桐子的網頁和檢舉網站上充分地感受到了這整件事情的危

險性。

的確，當事情發展到這個地步，取消委託其實也成了一個可以考慮的選擇。就像GEN所說的，只要把事情講清楚，要且二取消委託也不是不可能的事。因為我在接下這個案子的時候，根本沒想過事情會演變到這麼危險的地步。

既然這樣的話，我明天還要去搜山嗎？

我問自己。

〈GEN〉喂，白袴先生？

〈GEN〉你該不會是睡著了吧？

因為閒置的時間太久了。被GEN這麼一催，我心煩意亂地敲打著鍵盤。

〈白袴〉我也認為你說得很有道理，但是我並不打算取消這件委託。

〈白袴〉不管是誰都有可能發生一些意想不到的事。說出來你可能不相信，

〈白袴〉昨天我救了一個被野狗攻擊的小孩。

〈GEN〉欸？野狗？

〈GEN〉真的是活的狗嗎？

〈白袴〉沒錯。

〈GEN〉你的故鄉到底是有多偏僻啊？

〈白袴〉可是，我並不覺得那個孩子有特別可憐還是怎樣的，對那個失蹤的人也是。

〈白袴〉只是覺得，啊，原來世上也有這種事啊！

當初我接下尋找佐久良桐子這個案子的時候，一直是抱著公事公辦的態度。雖然擔心桐子的人，像是佐久良且二、神崎、渡邊都跟我說了很多有關她的事，但是對我來說，那只不過是情報來源而已，說得難聽一點，我只是在找一顆名字叫做佐久良桐子的大石頭而已。

可是現在呢？連我自己都搞不清楚了。因為說了太多的場面話，所以就連自己也搞不清楚，到底什麼才是自己的真心話了。

〈GEN〉我不是很懂你的意思，

〈GEN〉但是我所認識的白袴先生，是一個心胸非常寬大的人。

〈白袴〉我想我知道你要說什麼。

〈GEN〉真的嗎？不過還是讓我打一下字嘛！

〈GEN〉因為你自己也是因為一個莫名其妙的理由不得不把工作辭掉，

〈GEN〉為了接受這個事實，就變得有點宿命論了。

〈白袴〉宿命論啊……隨便啦！我反正不在乎別人怎麼看我。

〈GEN〉哈哈哈！這句話聽起來就很有宿命論者的調調呢！

宿命論者聽起來就好像把自己的命運全都交給星座血型去決定，不過GEN說得倒也沒錯。因此我對別人遭遇到再莫名其妙的不幸也能『全盤接受』。

……簡單地說，我可能只是單純地麻木不仁也說不定。

不過……

〈白袴〉不過，在調查的過程中，我的想法也有一點改變了。

〈白袴〉我還滿同情那個用盡一切辦法，最後只能躲躲藏藏的失蹤者。

〈白袴〉有種同是天涯淪落人的感覺。

桐子在遭到間壁的攻擊之後，甚至請了保鑣，沒想到居然還是受到第二次的攻擊。

而我則是在受到病魔的攻擊之後，竭盡所能地改善生活品質，也服了副作用很強的猛藥，卻還是一點用也沒有。

〈白袴〉我不能寫得太詳細，不過那個失蹤的人很可能會跑去自殺。

〈白袴〉我想要阻止她。

〈白袴〉要是阻止不了，或者是我去晚了一步的話，至少還能幫她收屍。

我又停下敲打鍵盤的手，在腦海中搜尋合適的單字。

只可惜，最後還是想不出什麼好句子來。

〈白袴〉因為我們同樣都是殘兵敗將。

對方一時半刻沒有回應。

在長長的沉默之後，螢幕上突然出現了一行字。

〈GEN〉記得喔！

〈GEN〉要帶武器。

〈GEN〉還有，請千萬要小心。

〈GEN〉我會向上帝禱告你們平安歸來的。

第六章

二〇〇四年八月十六日（星期一）

1

我穿上已經很久沒穿的登山鞋，再準備好登山背包。今天應該也會很熱吧！得多帶些水出門才行。早上因為怕太早打過去擾人清夢沒禮貌，所以一直等到九點才敢打電話給佐久良且二，但是且二也不知道『谷中城』的存在。就連我問他『城山』，他的回答也跟和子差不多。看樣子，為了把佐久良桐子找出來，勢必得在八幡神社後面的山區進行地毯式的搜索。不過和之前完全摸不著頭緒的狀況比起來，已經好很多了，唯一擔心的只是我自己的體力撐不撐得住罷了。

正當我準備出發的時候，行動電話響了。是半平打來的。

『啊，部長，早安。』

聲音聽起來就是一副累斃了的樣子。

『早安……你打工打到天亮嗎？』

『不是，我之前有請打工的地方幫我調整成時數比較短的班表。我是要告訴你，我已經把調查報告寫好了，想請部長幫我看一下。你今天會來事務所吧？』

『已經寫好了嗎？這麼快。那好，我現在就過去。』

『那我就出門囉！』

工作有效率是件好事，但為什麼偏偏選在今天呢？間壁都已經追到八保來，眼看著就要找到桐子了。站在我的立場，就算只快一秒也好，我也想要盡快趕到谷中去啊！

不過，百地的委託也是一件很重要的工作。既然半平都已經熬夜把調查報告寫出來了，我當然也得負起我檢查的責任，不然對他也說不過去。間壁的事再等一下下應該沒關係吧！反倒是桐子的精神狀態比較令我擔心。

我嘆了一口氣。雖然我的心裡很著急，但也只能這樣了。

唯今之計，只好趕快看完趕快閃人。

我坐在沙發裡，一動也不動地等待半平出現。

過沒多久，就看到半平伴隨著呼嘯而來的M400引擎聲一起現身，平常總是梳得有型有款的頭髮全塌下來，眼睛底下一輪黑眼圈，直接穿著集貨中心的連身工作服就來了。儘管如此，他的表情卻很滿足，把拿在手裡的一疊紙交給我。

『你看這樣寫行不行？』

我接過來，眼睛一眨也不眨地盯著看。封面上的標題是『保存於小伏町谷中的八幡神社的古文書解讀——主要是以江馬常光的研究為依據——』。

還滿厚的，我稍微翻了一下，大概有二十多頁吧！第一頁是目錄，光看目錄就覺得節章編排得還不錯，也有適度地加入圖表，看起來整理得還算井井有條。

『這些你只花了一個晚上？』

半平有點不好意思地搔搔頭。

『所以我快要撐不住了。你看一下，如果沒問題的話，先讓我睡一下。傍晚再拿去給百地先生應該沒問題吧！』

『你不是說你不太會寫作文嗎？』

『才不是不太會呢！只是很久沒寫罷了。實際上也沒有你想像的那麼難啦！只不過是把昨天我給你看的那本書剪下貼上罷了。』

就算是這樣也很厲害。半平真是個深藏不露的人啊！雖然有一點脫線的感覺，可是又有一些不能小看的地方。想當初，他死皮賴臉地求我雇用他的時候，我其實已經做好最壞的打算，可是搞不好他比我想像的還要有用也說不定。話又說回來，我本來也沒有要使喚他的打算。

不過，現在說這些未免太早了點，還是等全部看完再來佩服也不遲。

可能因為實在太累，半平已經開始有點口齒不清了：

『對了，還有還有，就像我昨天說的，關於這份古文書的調查，二十年前江馬常光就已經做過了。所以，我真的，只是剪下貼上而已。不只是我這麼做，有一個高中生也是這麼做的……啊！對了！』

『又、又怎麼了？』

沒事突然喊那麼大聲幹嘛，害我嚇了一大跳。半平突然變得很有精神，剛才的疲勞困頓都不知道跑哪兒去了。

『啊，我終於想起來了。沒錯沒錯，就是佐久良桐子。我就記得在哪裡聽過這個名字嘛！』

『這不是廢話嗎？』

這有什麼好激動的？

『她就是我正在找的那個女人，之前不是就告訴過你了嗎？』

『不是啦！我是在別的地方聽到的。對了，是山北高中的岩茂先生告訴我的。而且之前在八幡神社也聽到過一次。她就是那個和我一樣，也曾經調查過八幡神社的古文書的高中生。嗯，不會錯的。終於搞清楚了，真是太好了。』

佐久良桐子和半平做過一樣的事？

這到底是一種什麼樣的緣分呢？我忍不住朝天翻了個白眼。的確，佐久良桐子常常去位於谷中的祖父母家玩，如果她對歷史有興趣的話，就算想要調查一下當地的古文書也不奇怪，可是那又怎麼樣呢？

我從沙發移動到自己的辦公桌。指著沙發對半平說：

『我很快就看完了，你先在那裡瞇一下吧！』

半平小小聲地說聲謝謝，脫下腳上的運動鞋，就在沙發上躺平了。

2

我作了一個夢。

那是一個非常不可思議非常羅曼蒂克非常驚險刺激非常緊張懸疑非常爆笑荒謬非常暖和舒適非常生死攸關的夢，只不過，在睜開眼睛的那一瞬間就全部忘光光了。

把我吵醒的並不是紺屋部長，而是我自己的行動電話。瞥了一眼液晶螢幕，發現是不認識的號碼，正想要拒接的時候，無意間瞄到區域號碼，是小伏的區域號碼。於是我按下了通話鍵，迷迷糊糊地說：

『你好，我是半田……』

『啊，喂，請問是半田平吉先生嗎？』

『是的……』

『我這裡是小伏町圖書館。您有一本預約的書《稱之為戰國的中世與小伏》已經還回來了，請問您要過來拿嗎？』

我稍微有一點清醒過來了。電話那頭是個女的，語氣雖然很公事化，但還算客氣。

『啊，江馬常光的那本書嗎？』

『是的，沒錯。』

『那本書的話，我已經從別的管道借到了。不好意思，可以請妳幫我把預約取消掉嗎？』

聽我這麼一說，電話那頭傳來明顯鬆了一口氣的聲音。

『這樣嗎？那真是太好了。』

取消預約有值得這麼高興嗎？就算我再愛睏也覺得有違常理，所以就反問回去：

『請問有什麼問題嗎？』

『是這樣的，剛好有個學生說他無論如何都想要借看這本書，所以我剛剛先把書借給他了。當然我有要求他不可以把書帶出館外，怕萬一半田先生馬上就要過來拿的話……』

我想要大笑，卻只能發出有氣無力的竊笑聲：

『啊，我大概知道妳說的那個傢伙是誰。因為他也跟我說過他無論如何都想要看這本書，還叫我先借給他呢！』

『這樣啊！那就好了……』

我掛上電話。

那份調查報告，部長看到哪裡了呢？不管是要改還是不用改，可以的話，我都希望能早一點搞定。雖然身體強壯是我僅有的幾個優點之一，但是一個晚上要不停地進行肉體勞動和腦力激盪，對我來說還是有點吃力。說老實話，我比較想抱著棉被一覺到天亮。

我一邊揉著惺忪的睡眼，一邊望向部長。

只見部長鐵青著一張臉，表情十分僵硬。

3

半平的調查報告寫得很好，一點也感覺不出來是只花了一個晚上就寫好的。透過這份調查報告，就好像也親身經歷了半平這幾天的調查行動。

同時，從這份調查報告裡，我還發現了一件事。

以現在這個時間點來說，沒有人可以找到桐子，因為誰也不知道『谷中城』的位置。不光是身為在地人的我，就連且二跟和子也不知道的話，間壁當然就更不可能知道了。

所以，桐子只要像她寫的一樣，繼續在『谷中城』裡躲下去的話，間壁是找不到她的行蹤的。所以，間壁應該暫時還不能傷害到桐子才對。

……我本來是這麼想的。

但是，根據半平在調查報告上所寫的內容，江馬常光的著作《稱之為戰國的中世與小伏》裡卻清楚地描述出『谷中城』的地理位置。所以，如果半平有心要找的話，他現在就可以找到『谷中城』。換句話說，只要拿到這本《稱之為戰國的中世與小伏》，間壁就可以找到桐子了。

就在這個時候，半平躺在沙發上接了那通該死的電話。

（啊，江馬常光的那本書嗎？）

（啊，我大概知道妳說的那個傢伙是誰。因為他也跟我說過他無論如何都想要看這本書，還叫我先借給他呢！）

我想起來了，他昨天的確說過有個學生也在找《稱之為戰國的中世與小伏》那本書。間壁今年二十一歲。要裝的話是可以裝成學生的。也搞不好他真的是學生。可惜我忘了問田中間壁的職業。

我翻了翻口袋，拿出一張照片。那是間壁良太郎的照片。我一直都帶在身上。

『部長，發生什麼事了？』

半平一臉驚訝的樣子，我把照片拿給他看。

於是半平從沙發上撐起了上半身，仔細地盯著那張照片看。

『這是誰啊？』

『你對這個男人有沒有印象？』

『嗯……』

半平認真地盯著那張照片，彷彿是要從已經累癱了的腦子裡榨出有關於這個人的記憶。然後，他小小聲地說了一句：

『啊，這不是鎌手嗎？』

『……在小伏的圖書館裡要找《稱之為戰國的中世與小伏》的就是這個男人，對吧？』

『對呀！』

半平直截了當地回答。過了幾秒鐘之後，可能是一團漿糊的腦筋終於轉過來了，突然整個身體探出來，光著腳就站起來。

『為、為什麼部長會有鎌手的照片？而且我有說過那個傢伙正在找江馬常光的書嗎？』

現在已經沒有時間回答他的問題了。

我低著頭，用力地咬緊了牙關。對於自己的記性，我還有那麼一點點的自信。我在腦海裡回想出一個又一個的片段，然後再把這些片段一個個地拼湊起來。我那顆沉睡已久的腦袋，現在正勤快地運轉著。

佐久良且二的委託、寄去他家的信件、遷戶口的舉動、打給『Corn Gooth』的電話、打給佐久良朝子的電話、從渡邊那裡打聽到的消息、『Gendarme』、『Charing Cross』、神崎找上我、在網路上和〈GEN〉的討論、被抹去痕跡的『duplicate』、爭議事件觀察網站『天網恢恢』的文章、『duplicate』以前的網頁存檔、小伏町谷中、佐久良且二的家、桐子的筆記本、雇用田中當保鑣、間壁、《稱之為戰國的中世與小伏》。

我想，一切的一切都已經非常明顯了。

間壁一定會去襲擊躲在『谷中城』的桐子吧！

怎麼辦才好？我的手下只有一個——半田平吉，交通工具是摩托車M400。雖然還不是很清楚他的戰力，不過應該還不至於是隻軟腳蝦吧！也學過劍道，雖然很遜就是了。但體力還算不錯。只是昨晚一夜沒睡，情況不太正點就是了。

我問他：『半平，你還動得了嗎？』

半平一時之間搞不清楚我在問什麼，呆呆地望著我，不過很快就回過神來，一臉嚴肅地回答：

『還可以。只要給我一瓶蠻牛，我應該還可以再撐一陣子。』

『那好。』

我把雙手撐在辦公桌上。

『我簡單地說明一下。那個叫做鎌手的男人，其實用的是假名，他的本名叫間壁。是正在騷擾我所搜查的佐久良桐子的跟蹤狂。他之所以想借那本《稱之為戰國的中世與小伏》，就是因為那本書上記載著佐久良桐子的藏身之處。』

『鎌手』這個假名乍聽之下有點無厘頭，但螳螂的手不正是鎌刀的形狀嗎？沒想到他喜歡螳螂喜歡到這種地步啊！

突然聽我這麼說，半平顯然有些疑惑：

『跟蹤狂？鎌手嗎？』

半平凝視著空氣中一個不知名的點，彷彿想起鎌手的樣子。

『一點也看不出來耶！』

『管他看不看得出來，事實就是如此。』

『……呃，可是，為什麼咧？就算鎌手真的是間壁好了，他又為什麼非得攻擊佐久良小姐不可呢？這其中一定有什麼理由吧？』

半平什麼都不知道。這是當然的，因為半平的工作只是調查古文書。所以他會這麼問也是人之常情。只不過，現在沒時間跟他解釋清楚了。

『如果沒有理由你就不去了嗎？』

『我只是想要知道為什麼而已。你什麼都不告訴我，隨便只用一個「跟蹤狂」的名義就斷定鎌手是壞人的話，我沒辦法接受。』

我平靜地說道：

『具有慎思明辨的能力是件好事，但是在現在這個節骨眼上，卻是最不重要的一件事。如果你不能接受的話，那我就改用命令的方式，你只要照我說的話去做就是了。』

我也知道要根本搞不清楚狀況的半平跟我有相同的危機意識是很無理的要求。就算我板起臉來，用各種危言聳聽的辭彙來描述現在的情況有多麼緊急，對於完全置身事外的半平來說，聽起來比較像是發生在另一個世界的事吧！

另外，正如同我還沒有完全相信半平一樣，我也知道半平始終認為我是個做事有氣無力、不值得信任的男人。雖然我並不在乎他怎麼看我，但是我也十分清楚，自己之前做了那麼多讓人無法信賴的行為，等到一旦有事發生的時候，卻要他相信我，乖乖服從我的命令，也實在太強人所難。

不知道是因為愛睏還是純粹不爽，半平斜睨著我，然後慢慢地開口說道：

『……既然你都這麼說了，那我也只剩一句話好說。』

不想幹了嗎？

反正我們之間的雇佣關係在法律上本來就不具有任何實質效力。是我硬要他接下一個他不是很感興趣的工作，而他也剛好在這個時候把那件工作處理掉。對半平而言，此時此刻正好也是辭職的大好機會吧！

半平慢慢地舉起右手，握緊拳頭，伸出大拇指。然後再把大拇指用力地指向自己。掛著黑眼圈的臉上露出了淡淡的笑容。

『那我就把這傢伙借給你了，老大。』

我不知道該怎麼反應。

半平繼續豎著他的大拇指，小聲地補了一句：

『……順便告訴你，這句話可是我自己發明的。』

『如果有時間開玩笑，還不如趕快聽我把話說完。』

『啊，真沒禮貌。』

雖然我還準備了其他手段要來對付他，不過既然半平這麼爽快地一口答應，那就不要再浪費時間了。雖然我很感激他，不過還是等事情結束之後再跟他道謝吧！我迅速地做出指示：

『你現在馬上去小伏町的圖書館。如果間壁還在那裡的話，千萬別讓他踏出圖書館一步。必要的時候可以把佐久良桐子的名字抬出來。只要表現出「所有的事情我都已經知道了，所以不能讓你離開」的態度就行了。拜託你了。』

聽完我交代的內容，半平的表情也變得嚴肅起來了。

『部長……現在是很嚴重的情況，對吧？』

我點點頭。

半平把脫得東一隻、西一隻的運動鞋穿回腳上，身體一翻就走到了大門口。臨出門的時候，又回過頭來丟下一句：

『我會在五十分鐘內趕到。』

『拜託你了。』

『還有，我還是覺得部長的案子比較有偵探的味道呢！』

4

我目送半平離去之後，馬上拿出我的行動電話，打給『D&G』。以這個時間來說，咖啡廳應該已經開門做生意了吧！

『您好，這裡是「D&G」。』

是小梓。剛好我今天要找的也是小梓。

我儘可能不要講得太快：

『小梓嗎？我是長一郎啦！有件事情想要拜託妳。』

『非常抱歉，這位客人，本店不做外送的服務。』
『拜託妳幫幫忙嘛！』
『……沒有就是沒有，不然你是要怎樣？』
我只好一個字一個字地把話說清楚：
『拜託妳載我去小伏。我那輛老爺車就算操到破表至少也得花上一個小時。但如果是妳的技術再加上Copen那種車，就只需要三十分鐘吧！』
想當然爾，小梓在電話那頭聽得呆掉了。
『啥？你在說什麼鬼話啊？我今天還要上班耶！』
『人命關天，再不快點趕過去的話，真的會出現死人啦！現在是分秒必爭的情況，拜託妳了！』
『……人命……關天嗎？』
小梓在話筒那頭『嗯……』了半天。
『非得找我不可嗎？你可以搭計程車啊！還有你那個奇怪的手下呢？』
『如果他的摩托車可以雙載的話我也想要拜託他啊！至於計程車，應該不肯冒著被開單的危險幫我飆車吧！所以只能拜託妳了。』
我換了口氣，再補上一句：
『……如果妳死都不肯答應的話，那我也只好開我的破車去了。』
『那樣的話，可能會來不及不是嗎？』
『是啊！』
這次話筒那頭傳來『啊——真是拿你沒辦法！』的抱怨聲。

『好啦好啦！我跟友春講一下。』

『不行的話也請回我個電話。』

『知道了啦！先這樣。』

從窗戶往下俯瞰事務所前的馬路。距離我掛上電話才過了短短五分鐘，小梓就開著她的雙門跑車出現了。但是這五分鐘在我的感覺裡卻是無比地漫長。

翻開來的電話簿就攤在桌上，我連門也沒鎖，就衝出辦公室，隨即衝進她的副駕駛座上。小梓也還穿著她那一條印有貓咪圖案和店名『D&G』的黑色圍裙。不過她看起來非常不爽的樣子，連正眼都不瞧我一眼，就直接把車子打到二檔，也不等我繫好安全帶，就用力地踩下油門，兩隻眼睛直視著前方說道：

『說吧！你要我開多快呢？馬力全開的話，大概二十分鐘就可以到小伏了。』

我一邊把自己固定在座椅上，稍微想了一下。

『萬一被警察盯上也很麻煩……不要太暴衝，但儘可能快一點。』

『……說了等於沒說嘛！』

小梓一邊抱怨，一邊把左手伸進圍裙上的口袋裡，掏出行動電話。同一隻手一邊要把車子打入三檔，一邊還能打開行動電話，按鍵撥號。

電話似乎一下子就通了。

『喂，小馬嗎？我現在有點急事要趕去小伏，你可以幫我查一下哪裡有測速照相嗎？』

小梓用右手控制方向盤，將雙門跑車開上國道。引擎的轉速顯然已經超過三檔應有的轉速，因此發出了不滿的尖叫聲。

『……我當然不會告訴別人啦！下一個是在谷中的交流道嗎？好，如果你還有發現哪裡有測速照相的話，只要打電話來響個一聲我就知道了。拜託你囉！』

掛掉電話之後，小梓馬上把車子退到一檔。

雖然才上午，不過已經有很多人出門了。路上的車輛也不少。國道兩側都是雙線道，小梓輕輕鬆鬆地超了一輛小型客貨兩用車，卻不打算硬超前面的轎車。還是那麼酷地連看都不看我一眼地說道：

『在市中心還是不要飆得太誇張比較好，畢竟現在是大白天，你也不想招惹警察吧！』

『了解。』

『你到底幹了什麼壞事啊？老哥。』

『不想招惹警察的人並不是我。』

是佐久良桐子。

『哼……』小梓完全不感興趣地漫應一聲，然後正色地說：『要是我被開單的話，你要幫我付喔！要是我被吊扣駕駛的話，在期限截止之前，你都要當我的專用司機喔！沒意見吧？』

正前方的紅綠燈剛好開始由黃變紅。一般人要在這種情況下左轉肯定抓不準時間點，但小梓才不管這麼多，一邊重踩煞車，一邊硬生生地切進對面車道的右轉車流裡。

『啊——』

雙門跑車終於逐漸開到八保的市外，也看見距離小伏還有四十公里的告示牌了。不過，從這裡開始又是一小段主要道路，所以小梓也不能太暴衝。

我補上一句：

『對了，我會把這個案子所收到的酬勞分四分之一給妳。』

可是小梓卻突然翻臉：

『我才不要！我還沒有窮到要跟悶在家裡搞自閉的哥哥要錢的地步，如果我是為了錢的話，就不會把店裡的工作丟下不管，跑來當你的免費司機了！』

悶在家裡搞自閉……

我只是為了養病所以才失業而已……

算了，隨便她怎麼說吧！我明知道小梓沒在看我這邊，但還是低下頭來道歉：

『……對不起。』

『店裡可是很忙的耶！可不可以請你閉嘴？你愈跟我道歉我反而更生氣。』

我這個妹妹還是老樣子，嘴巴壞得不得了。

接下來是一條長長的大直路，本來跑在前面的廂型車也轉入旁邊的小徑了，前面現在是一片空曠。小梓也把引擎轉速拉到最高。

感覺到重力加速度的威力，我整個人又深深地陷入座椅裡。

5

在隔開八保與小伏的山路上，小梓的雙門跑車被一輛油罐車給擋慢了速度。由於是上坡路段，所以看不太見前方的路況。雖說路上沒什麼車，但也不能保證對面車道就一定沒有來車。小梓試了幾次想超那輛油罐車，但都因為視線被油罐車龐大的體積給擋住而不得不作罷。

『等一下就會有大型車專用的車道了。』

不知道小梓是講給她自己聽？還是講給我聽的？

我實在沒辦法平心靜氣地坐在副駕駛座上，於是拿出行動電話。也不知道先走一步的半平什麼時候會跟我連絡，所以電話還是不要占線比較好，但如果要我什麼事都不做，只是乖乖地坐在副駕駛座上等，那也實在太痛苦了。雖然我之前已經很習慣處於什麼事都不做的狀態上，但就是沒辦法安安靜靜地等待，這或許也是我這半年毅力衰退的證明吧！我在手機上按下了剛剛在小梓還沒來之前所查到的二手衣店『March Hare』的電話號碼。

響了幾聲之後電話就接通了。

『您好，這裡是「March Hare」。』

聲音聽起來似乎有點年紀了，但感覺上是個活潑的女人。

『喂，您好，請問是「March Hare」嗎？』

『是的。』

『可以請教您一個問題嗎？』

『請說。』

『請問您認識佐久良桐子小姐嗎？』

當我一說出桐子的名字，對方的口氣立刻變了個樣。

『……我不是已經說過了嗎？如果你不先告訴我你是誰，我是無法回答你任何問題的。如果你再打來的話，我就要報警囉！』

對方劈頭把我痛罵一頓，就把電話掛斷了。

我靜靜地把行動電話放回口袋裡。我早料到『March Hare』會有這樣的反應。在『duplicate』的紀錄裡，位於八保，而且唯一一家有把店名寫出來的店，據我所知只有『March Hare』。如果間壁真的追著桐子來到八保，第一家鎖定調查的店肯定是『March Hare』吧！當我問渡邊，桐子常去哪些地方的時候，她並沒有提到『March Hare』這家店，這對我來說到底是幸還是不幸呢？只是，從結果來看的話，是幸還是不幸都已經無所謂了。

間壁的交通工具是什麼呢？或許這點就是決定我來不來得及的關鍵也說不定。在這之前他應該都是用走路的或者是開車吧！雖然他為了尋找桐子的下落而出現在谷中，但是這裡的居民一眼就能分辨出你是本地人還是外來客，所以他既不能搭公車，也不能坐計程車，就算開的是自己的車或者是摩托車，車牌號碼也會引人注意。所以恐怕他的活動多半都集中在晚上吧！

但是，如果他偽裝成『主修歷史的學生在參加廟會之後到神社查資料』的話，那麼就算是在小伏也不會顯得太可疑。所以他搭乘計程車的可能性就大大地提高了。

如果真是這樣的話，間壁現在應該也正要進入『城山』了。

終於開到有大型車專用道的地方，油罐車變換了車道。小梓把車維持在二檔的狀態下，把油門踩到最底。等速度完全被拉起來之後，再切換到三檔。儘管坡度十分地陡峭，但她還是一口氣打到最高檔。我才在擔心的時候，引擎就發出尖銳的怒吼，速度一下子快了許多。

開到靠近山頂的時候，小梓終於放慢了速度。我知道她這麼做的用意。因為前方有測速照相。通過那臺測速照相機之後，就是一口氣的下坡路段。這條山路不管是在靠近八保這邊還是靠近小伏那邊都一樣，在衝進谷中地區之前幾乎是沒有人煙的。然而，小梓卻只是輕聲說道：

『再來要跟著大家的速度囉！大白天的，如果太暴衝的話，會給其他車子帶來太大的壓力。』

我看了看手錶。從『紺屋S&R』出發到現在已經過了三十二分鐘。雖然沒辦法在三十分鐘內到達谷中，但是比起我那輛老爺車，這種速度已經令人非常滿意了。

雖然說是跟著大家的速度走，但時速還是維持在一百公里左右。

『抓緊囉！』

聽見小梓這麼說，我趕緊用兩隻手往後抱住整個座椅。小梓把車子退到二檔，一口氣衝過髮夾彎。突如其來的減速害我整個人差點飛出去。過彎之後，馬上又打到三檔。接下來還有一些沒那麼大的彎，就直接用三檔一路往前狂奔。

看到房子了。終於進入谷中地區。

『小梓，妳知道谷中的八幡神社在哪裡嗎？』

『我怎麼可能會知道！』

說得也是。這下子問題大了。好不容易進到谷中卻不認識路，真是太丟臉了。我本來還以為只要到這裡就萬無一失了，沒想到卻在最後關頭搞出大笑話，因為我也不知道八幡神社在哪裡。雖然上次去佐久良家的時候，有稍微問了一下大致的方向……

雙門跑車沿著山路順勢而下。房子雖然稀稀疏疏地，但還是有人居住，所以小梓的速度也明顯地慢了下來。

『所以咧？接下來要往哪個方向？』

『……』

乾脆打電話問佐久良且二吧！我正打算這麼做的時候，眼角餘光瞥到了白色的旗子。對了！只要跟著這些旗子，就可以找到山上的神社了。我的嗓門不禁大了起來：

『右邊、右邊。右邊不是有旗子嗎？』

『咦？哦，那個啊！』

『就往那個方向開吧！』

小梓雖然皺了一下眉頭，但還是找了條適當的路右轉。

村子裡的路都是沿著田地迂迴曲折的，沒辦法一下子就直直地衝到目的地。但是好在我們也沒有迷路迷到死胡同裡，車子完好無缺地停在八幡神社的石階前。

我解開安全帶就往外衝。

『等一下！』

車裡傳來小梓的叫聲。我連忙緊急煞車。小梓坐在駕駛座上問我：

『那接下來我要幹嘛？』

哎呀！我完全忘了這件事。

『抱歉害妳丟下店裡的工作，妳可以回去了。』

『那你待會兒要怎麼回去？』

『坐公車吧！反正回去的話就不用急了。』

只見小梓嘆了一口氣。

『……沒差啦！反正我都已經到這麼遠的地方來了，就在這裡等你吧！』

『可是我不知道什麼時候才會回來耶！』

『沒關係。』

而且我也不知道還回不回得來耶——本想要接這句話的，想一想還是算了。聽起來太不吉利了。所以我只說了句『歹勢！』就往前走，結果又被叫住了。

『等一下！』

『又怎麼了？』

我一回頭，只見小梓臉上堆著笑容。

『老哥，你又復活了呢！』

我禮貌性地回以一個微笑，沒回答她就轉頭跑上了石階。

6

我才剛爬到石階上，手機就響了。是半平打來的。

『怎麼樣了？』

『不行，沒堵到。我問了圖書館裡的人，他們說他早在我到之前就已經走了。』

『我知道了。害你白跑一趟真是不好意思呢！今天就到這裡為止吧！你回去好好地休息一下。』

『我也是這麼想的。老實說，我就連回八保的體力都沒有了。』

我看一下錶，從半平接到小伏町圖書館打給他的電話到現在，已經過了一個小時以上了。還來得及嗎……？

我環顧整個八幡神社。昨天應該有廟會吧！然而神社裡卻已經整理得非常乾淨，讓人幾乎感覺不到有辦過廟會的痕跡。要說有什麼還沒有收拾好的，大概就只剩下旗子了吧！有一個老人正在把帆布摺起來。本來想去問他有沒有看到間壁的，但是一想到如果他反過頭來問我是誰的話也挺麻煩的，所以還是打消了這個念頭。儘可能裝作若無其事地走近正殿，然後從旁邊鑽了進去。

我聞到青草的味道，這種味道，我已經好久都沒有聞到過了。本來以為這個夏天一滴雨都沒下，天地萬物應該都已經乾燥到快要燒起來了吧！沒想到一靠近泥土，還是可以感覺到濕氣。抬頭看看斜坡上面，圍繞著小伏和八保的山地全都覆蓋著一片綠油油的杉樹。這都拜林業政策所賜。唯獨八幡神社後面的山，不知道是不是因為被視為神明的領域，所以還混雜著一些不知名的樹木。

我從口袋拿出一張摺好的A4用紙。那是半平的調查報告的其中一頁。我想應該是從江馬常光的《稱之為戰國的中世與小伏》一書裡所影印下來的地圖，上頭就標示著『谷中城』的位置。從這裡從八幡神社幾乎是直直地往東走就可以到達『谷中城』了。以等高線來判斷的話，從這裡往東至少有三座相連的山，只要越過這些山，就可以進入六桑村。而『谷中城』就位在先從八幡神社的後面爬到山頂上，再往下走，然後再爬上下一座山的山頂附近的位置上。在其北部可以看到兩個鐵塔的符號，從我現在所站的位置雖然看不見，但只要爬上眼前這座山，視野就會變得開闊，到時候也可以比較清楚地把握住地理位置的相對關係了吧！

我感覺自己的心跳變得愈來愈快。在爬上眼前的山，再往下走，然後再爬上下一座山的地方……

在那裡，或許正上演著一樁殺人慘案。

我來得及阻止那場悲劇的發生嗎？

我突然想起一件事，現在的狀況和前天早上有點類似呢！雖然有點類似，但又不完全相同。

前天早上，我找的是攻擊孩童的野狗；而現在，我是為了阻止犯罪才上山的。

然而，兩次的心情卻相差十萬八千里。在找狗的時候，就像GEN說的那樣，主要是基於我的宿命論。發現渡邊慶子其實是個意想不到的收穫，所以我是為了要接近渡邊慶子才去找狗麻煩的，充其量只不過是一種手段罷了。就結果論來說，那隻狗的確是因為我才送命，但是我並不覺得後悔，也沒有罪惡感。說是『必然』可能有點過分，但那的確是『必要』的。說得冠冕堂皇一點，那只不過是工作的一環。

另一方面，接下來我即將要面對的，恐怕……不是恐怕，肯定是殺人事件。雖然我在接受尋找佐久良桐子這個案件的時候，就已經預料到會有一定程度的危險，也做好某種程度的心理準備。但是我萬萬也沒想到，自己得在這種熱死人不償命的夏天，而且還是在深山裡，和一個下定決心要殺人的人進行對峙。換句話說，這件事既不是『必然』，也非『必要』，甚至不在我工作的範圍之內。

但是，我還是繼續往上爬。

佐久良且二、神崎知德、渡邊慶子、GEN，再加上最關鍵的佐久良桐子，他們一個一個地輪流來把我從沉睡中喚醒。這五天比我之前的六個月還要漫長。在我辭職之後，這恐怕是第一次基於想做而去做的自由意識所採取的行為。我想要阻止這件殺人慘案的發生，搞不好也只是基於一般約定俗成的社會規範。畢竟我是個胸無大志，只想要平靜度日的人，是隻徹頭徹尾的社會化生物，所以殺人對我來說其實也沒什麼大不了的，只要不是我殺人，或者是人家來殺我就好了。那為什麼我現在又突然認為人不可以殺人了呢？現在可不是想這些的時候。

我只知道，此時此刻，自己正要擺脫宿命論的安排。

現在的我一心只想要阻止兩個別說是沒見過面了，就連話也沒說上過一句的人類自相殘殺，也許就像小梓說的一樣，是因為我復活了吧！

我開始往山上爬。枝繁葉茂的杉樹與橡樹阻絕了太陽的光線。

突然想起自己說過的話——因為我們同樣都是殘兵敗將的關係。

剛回到八保的時候，我幾乎可以說是一副行屍走肉。所以，對於遭遇和我有點類似的桐子，我也下意識地將她歸類為同一種人。而在佐久良家發現的那本筆記本更加深了我這樣的印象。我在那本筆記本裡所看到的，是一個傷痕累累、只能任人宰割的佐久良桐子。

但是……

當我看到半平的調查報告時，我忽然有個不同的想法。半平在報告裡介紹了江馬常光的作品，甚至還把《稱之為戰國的中世與小伏》的第四章第一節影印下來直接貼上。以下是半平的結論——根據江馬常光所描繪的中世時代的形象，當時的人們為了保護自己，可以說是無所不用其極。看完整篇半平的調查報告之後，我不認為那個結論只是半平自己單方面的臆測。雖然我不知道這些人在歷史上的定位是什麼，但是至少在江馬常光的筆下，這些人強悍得不得了。

如果是這樣的話，那麼佐久良桐子不可能不知道，谷中的人為了活下去，什麼事都做得出來。他們絕不會只是逃避，而是會把自己武裝起來、組織化起來，必要的時候見風轉舵，平常的時候就建築碉堡把自己保護得好好的。

如果是這樣的話，那麼筆記本裡的內容就非常地不自然了。桐子在筆記本裡所描繪的自我形象非常地不自然。我記得她是這樣寫的——

——我以前總認為建造谷中城的那批人，都是些只曉得躲躲藏藏，既可悲又可憐的人——

——在既可悲又可憐、只曉得躲躲藏藏的弱者這一點上，我和他們其實是一樣的——

——只能藏頭縮尾地一邊顫抖著，一邊日夜祈禱這場風波早日過去的我，和他們又有什麼不同呢——

根本是鬼話連篇！全都是佐久良桐子自己編造的謊言。

就算桐子被間壁傷害了，就算她被打入失望的深淵，她也不可能寫出這樣的東西來。

而當我發現這些全都是佐久良桐子編造的謊言時，一切的謎底就都解開了。

風都被樹木擋住吹不進來，幸好山裡的泥土還留有前一晚的冷空氣，所以還不至於熱到受不了的地步，但是額頭上還是冒著豆大的汗珠，已經半年沒這麼操過的膝蓋也開始痛了起來，彷彿是在抗議被我虐待似的。抬頭一看，山頂還在好遠的地方，低頭一看，在杉樹的樹葉縫隙之間，可以看到八幡神社的正殿，比我想像的還要近。

再不快點不行了。我用力地深呼吸。在爬上眼前的山，再往下走，然後再爬上下一座山的地方……

在那裡，或許正上演著一樁殺人慘案。

我來得及阻止那場悲劇的發生嗎？

那場佐久良桐子謀殺間壁良太郎的悲劇。

回溯整件事情的時間順序，一開始讓人覺得不自然的點是網站『duplicate』的關站與重新開站。就如檢舉網站『天網恢恢』所說的，『duplicate』的關站其實是非常自然的。因為桐子對這個網站，應該還沒有執著到願意忍受莫名其妙的攻擊還要堅持下去的地步。如果她厭倦這些一而再、再而三的挑釁，自然就會把網站關掉。這點我是可以理解的。

問題在於才過了一個月不到，桐子又把網站打開。而且居然還把之前引起軒然大波的主戰場留言都留著。『天網恢恢』的站長也說過，明明只要把留言板砍掉就天下太平了。我非常同意他的意見。既然桐子都敢關站了，為什麼不乘機把留言板砍掉呢？

我曾經想過把網站關起來和把網站打開的可能不是同一個人。但是這點怎麼想都覺得不合邏輯。『duplicate』的站長從頭到尾應該都只有佐久良桐子一個人。

而她在關閉『duplicate』時的處理方式，感覺上也有點不太對勁。她在每一頁都寫上『此網頁已移除』，或許是為了不想讓人利用搜尋引擎抓到以前的頁庫存檔，但是對於那些早就已經把她的網頁儲存下來的人根本一點用也沒有吧！更何況間壁之前曾經針對她過去的發言不斷地雞蛋裡挑骨頭，所以這種做法對他更是一點用處也沒有吧！

儘管如此，桐子還是大費周章地把每一頁改成『此網頁已移除』，為什麼？

我邁開大步往上爬。地面上散落著枯葉和樹枝。現在是夏天，所以這些枯葉應該是去年以前就掉下來的吧！而且全都被曬得乾巴巴的，登山鞋一踩下去，馬上就發出劈哩啪啦的聲音碎掉了。

桐子是故意要留下線索讓間壁找到她的。

只要『duplicate』還存在一天，間壁就會看到。雖然桐子自己的生活可能會因此而曝光，但只要確定間壁有在看這個網站，那麼桐子就可以利用這個網站把某種訊息傳送給間壁。

從這個角度來想的話，桐子之所以要把已經關閉的網站又重新打開的理由就說得通了。四月初，桐子被間壁煩到受不了，所以就把網站給關閉了。四月底，桐子為了要傳送某種訊息給間壁，所以又把網站打開。

也就是說，在那一個月內，發生了某件事讓桐子必須傳送一些訊息給間壁。

但是，到底是什麼事呢？

其實只要對照後來所發生的事就不難猜了。

追著間壁來到八保的田中，在這裡待了兩個禮拜。他說桐子刺傷了間壁，要一個月才能康復。也就是說，桐子刺傷間壁這件事，大概是發生在七月初的時候。

『螳螂』是在六月中旬以後從『duplicate』上消聲匿跡的。這是當然的。因為在那之後，他就受了重傷、住院治療了。而在另一方面，桐子則向神崎要求分手。除此之外，桐子把戶口遷到小伏也是這個時候。

所以，並不是桐子不小心讓間壁受了重傷。

而是桐子根本就想殺間壁而沒殺成。

四月，在網站第一次關閉的期間，間壁找上了桐子，並且強暴了她。而且在那之後還不停地騷擾她。已經和男友論及婚嫁的桐子所受到的傷害，老實說，我還真的想像不出來。

原本過著平靜的生活，卻突然出現了間壁這顆攔路大石，桐子只好拿起刀來與他對抗。是不是就在這種對抗的過程中，讓她聯想到了谷中的人們也是這樣全副武裝地對抗侵略者的呢？

為了埋下伏筆，桐子認為有必要留下一些線索，於是就重新把『duplicate』打開。

從田中的說辭上來推敲，桐子刺傷間壁的事件之所以沒有鬧上警局，不難想像衝突或許是發生在現場只有他們兩個人的密閉空間裡。搞不好桐子就是利用『duplicate』把間壁引出來的，但是網頁存檔上並沒有類似的敘述，也就是說，七月的事件可能只是一個突發的事件。

然而，不管是突發還是預謀，總之第一次的刺殺行動是失敗了。間壁只受了一個月就可以治好的傷。但是後來間壁對於這個事情的處理方式，讓桐子確信他的執著今後會愈演愈烈。

因此，桐子才會跟神崎提說要分手。

她已經下定決心，這次一定要徹底地讓間壁從這個世界上消失，而且她還打算若無其事地回到社會上繼續生活。她死都不想因為間壁失去任何一樣東西，也死都不要只是因為莫名其妙被盯上，就得放棄半輩子辛苦掙來的東西。

因此，她必須事先做好準備、擬定計畫、收集工具。所以她不能讓神崎去她家，以免壞了她的大事。當然，她也可能只是純粹沒空搭理神崎也說不定。

然後她又使用『duplicate』。為了不知道什麼時候才能出院的間壁，她巧妙地寫下了自己將往哪裡逃的暗示。桐子恐怕也是看了自己以前寫在網站上的文章，發現有很多地方都隱藏著八保這個關鍵字。然後她又發現從江馬常光這條線索，除了八保之外，還可以導出小伏這個地名。所以她在殺害間壁未遂之後的七月二日，刻意地寫下了文中暗示著小伏的文章。

接著她就關掉網站，還把工作辭掉、公寓退租。

當間壁得知這些狀況之後，他會怎麼想呢？

他一定會這麼想吧——佐久良桐子怕我怕得要死。

怕到不得不逃走……吧！

他一定會找上桐子，要她付出害他住院一個月的代價。而桐子也算準他一定會這麼做吧！算準間壁為了報一刀之仇，一定會不計任何代價也要找到自己。看了間壁寫的明信片，再從田中口中聽到他出院之後的舉動，我也知道一切發展都如桐子的預料。

對於桐子來說，最害怕的莫過於間壁追到一半就放棄了吧！如果他在東京，或者是在八保就半途而廢，那她一輩子都要活在間壁的陰影底下了。所以桐子肯定得極力避免這種事情發生。

所以她才會在八保到處留下自己的足跡。像是故意去曾經在網站上出現過線索的咖啡廳吃午餐、明明居無定所還跑去專門賣小東西的店、在『Charing Cross』巧遇老同學的喜悅大概也是裝出來的吧！因為她只是需要一個人把佐久良桐子就在八保的訊息透露給間壁知道罷了。既然看店的是一個剛好認識桐子的人，那自然再好不過。她之所以買下那個綁著紅色頭巾的洋娃娃，其實也有她的用意，雖然那個洋娃娃可能早就不知道被她給丟到哪裡去了。她讓信件全部轉寄到小伏可能也是誘導的一環吧！

接下來桐子繼續在小伏也留下足跡。她寄給佐久良且二的明信片就是這個用意。別說佐久良且二搞不懂她的意思，就連我也是一頭霧水。但是間壁不一樣，只要他偷偷地打開佐久良家的信箱，偷偷地看到桐子寄來的明信片……他就能確定桐子是真的回到八保一帶了。

只不過，事情發展到這裡，出現了一個就連桐子也料想不到的變化。那就是佐久良且二在收到明信片之後，居然跑來找我幫他調查桐子的去向。

來到八保一帶的間壁，發現桐子到處留下的足跡，確定她真的逃到這一帶來了。所以根據『duplicate』二〇〇四年七月二日的誘導，偷偷地潛入佐久良家。因為代替梯子的東西就擺在隨便一找就可以看見的地方，所以馬上就給了間壁靈感。只要給他摸上二樓，就可以發現桐子刻意留下的味道，然後再追著食物的味道，就可以找到那個藏在小閣樓裡的房間。接著他會發現桐子的筆記本，看見桐子刻意裝出來的恐懼。雖然不知道間壁到底變態到什麼程度，但是桐子寫在筆記本裡的東西，搞不好就是為了刺激間壁，讓他更緊咬著自己不放也說不定。也搞不好桐子根本就沒有躲在這間小閣樓裡過，她的用意只是要把間壁引誘過去，這樣她的目的就達到了。所以她的筆記本上才沒有註明日記的日期，可能就是基於這個理由也說不定。

……在那個當口，桐子有沒有考慮到佐久良夫婦的安全呢？把一個襲擊自己的男人誘導到祖父母家去，難道她都不會覺得危險嗎？

如果間壁膽敢傷害桐子的祖父母，就會罪證確鑿地演變成犯罪案件了，間壁從此就得過著亡命天涯的日子，那麼，對桐子而言，雖然不是決定性的，但是也可以算是成功的策略。

只不過，間壁在找到桐子之前，應該不至於這麼做吧！因此，佐久良夫婦的安全應該還是具有某種程度的保障。當然，這種事情沒有絕對的。桐子選擇佐久良家做為誘導間壁的地點，對她而言，肯定是一項非常冒險的行為。桐子把『逃到鄉下的祖父母家裡』這個劇本的自然性、間壁的行為模式和將他誘導到谷中的必要性放到天平上之後，還是決定以祖父母的安全為賭注賭上一把。就結果來說，她算是賭贏了。

因此，間壁在佐久良家的閣樓房間裡得知『谷中城』的存在。但也僅止於此，因為他也不知道『谷中城』在哪裡。不過像他這麼認真的人，一定會去查吧！他一定會留在小伏，一定會去圖書館，一定會去借鄉土史家江馬常光的書來看吧！

但是，就算這樣，他還是找不到『谷中城』。

因為在江馬常光的著作裡，就只有《稱之為戰國的中世與小伏》一書有提到『谷中城』的確切位置。但是最重要的這本書卻被人借走了。

到底是被誰借走的呢？

這還用說嗎？當然是佐久良桐子啊！

只要這本書在桐子手上，間壁就暫時找不到她。相反地，只要她把這本書還回去，間壁就可以找上她。換句話說，桐子只要透過《稱之為戰國的中世與小伏》這本書，就可以自由地操縱間壁找上她的時間。

這就是桐子之所以要遷戶口的原因。因為要拿到那本書，就一定得把戶籍遷回來。

根據半平寫在調查報告上的備註……只有戶籍在小伏町或者是在其近郊的居民，才能向小伏町的圖書館借書。

桐子是為了要借那本書，才把戶籍遷回來的。

但是，桐子為什麼會挑上谷中呢？

是因為具有地利之便嗎？是因為在那裡她就有絕對的勝算嗎？就只是因為這樣嗎？

間壁就要來了，避開所有人的耳目，就要出現在桐子面前了。就像在東京的時候一樣，細心地避開所有人的耳目，悄悄地出現在桐子身邊。

只要是為了桐子這個誘餌，就算是在人煙罕至的深山裡，他也會奮不顧身地撲上前去。所以他才會那麼輕易地中了『duplicate』的計、中了『March Hare』的計、中了明信片的計、中了閣樓房間裡的日記的計、中了《稱之為戰國的中世與小伏》的計……一步步地靠近桐子。

而桐子正好整以暇地等待他的靠近……

殺了他……

……再就地掩埋就好了。

誰都不會看見，誰都不會知道。因為被害者會主動避開所有人的耳目而來。

然後她就可以重新出發，重新回到她平常的生活裡，回到她視為天職的工作崗位上。不會失去任何的東西。

7

我長長地嘆了一口氣，踏出最後一步。已經爬上第一座山的山頂了。

我站在山頂上，望著下坡路。照地圖上顯示，只要從這裡下坡，再往上爬，就可以到達目的地了。可惜前方都被杉林遮住，什麼都看不見。總而言之，先往下走就是了。

接下來才是重頭戲，必須非常慎重地前進才行。

不然的話，搞不好就連我也會被桐子殺掉。

我小心地踩了踩地上，以確認枯葉和枯枝有沒有什麼不妥的地方。

每前進個兩、三步，就確認一次周圍的狀況，以確認有沒有人躲在樹林之間。

就連上頭，我也不忘常常抬起頭來確認一下，以確認樹枝之間有沒有什麼奇怪的東西。

我的心跳愈來愈快，呼吸也漸漸變得困難。明明是前一秒才在山頂上決定要前進，卻在開始下坡的那一秒就後悔了。一不小心，後悔的話就從嘴巴裡溜出來：

『還是裝作什麼都不知道地回去好了……』

這還是我有生以來第一次踏進這麼恐怖的空間。

我堅信自己的結論是對的，桐子是為了保住自己的生活而決定要謀殺間壁。就連她的手法，相信我也猜得八九不離十。為了減少內心的恐懼，我開始像唸經一樣地唸了起來：

『腳邊ＯＫ，右邊ＯＫ，左邊ＯＫ，上面ＯＫ，前進。腳邊ＯＫ，右邊ＯＫ，左邊ＯＫ……』

桐子有的是時間，在這座山的『谷中城』裡，好整以暇地等待間壁自投羅網。只要她一直不把《稱之為戰國的中世與小伏》還回去，時間要多少就有多少。

那麼，在這段時間裡，桐子做了些什麼？

我倒過來想，假設今天是我被一個莫名其妙的人盯上，假設我也決定要殺了他，那麼，在那座人煙罕至的『谷中城』裡，換作是我，我會怎麼做？

我會做陷阱。

雖然我沒有真的殺過人，但想像總是會的。如果要殺一個人，卻從正面去跟他硬碰硬的話，就連自己也會有危險，因為我不知道對方會怎麼反擊。事實上，桐子已經失敗過一次了。

如果事先就知道對方會來的話，當然會想到要做個陷阱給他跳。

最好還是一次就可以把對方置於死地的陷阱。因為如果只是讓對方受點輕傷的話，可能又會讓他逃脫。如果讓他逃脫的話，可能又要繼續活在他的陰影底下。

『腳邊ＯＫ，右邊ＯＫ，左邊ＯＫ，上面ＯＫ，前進……阿彌陀佛，神明保佑……』

她該不會挖了一個洞，還在底下插滿竹箭吧？就算掉下去沒有當場死亡，插上十個鐘頭也差不多了。她該不會也做了落石堆吧？如果她拿得到毒藥的話，搞不好還會把毒針插在軟木塞上……畢竟桐子也是拚了命的。這麼點化學常識，她應該早就努力地蒐集到了吧！我可沒辦法一笑置之，認為用毒是不可能的事。

這麼說的話……

我想起渡邊慶子打來的那通要哭要哭的電話。她說看到一個很像桐子的人，鬼鬼祟祟地在五金行買了一條繩子。時間就在佐久良桐子出現在『Gendarme』和『Charing Cross』，可能還有『March Hare』的同一天。

渡邊很怕桐子會把那條繩子套在自己的脖子上，而我當時也認為那個可能性不低。

現在我明白了，那條繩子顯然是要做陷阱用的……

我一步一步地拖著沉重的腳步，把重心放低，好讓自己不管發生什麼事都能迅速地做出反應。但是用這種姿勢下坡，我的膝蓋馬上就尖叫抗議。

『……早知道就帶隻狗來了。』

而且還要是受過找陷阱訓練的軍用犬。

如果現在在這裡掉進陷阱裡，就算喊破喉嚨，也不會有人來救吧……不對，是根本不會有人聽到吧！這裡可是山谷呢！不管是求救聲，還是尖叫聲，都被山給擋住了。

『啊！不是還有這個法寶嗎？』

我拿出行動電話。萬一真發生什麼情況的時候還可以打電話求救。

可是下一秒鐘，我就瞠目結舌、說不出話來了。根本沒有訊號嘛！這也難怪，山上本來就常有收不到訊號的狀況，而且也沒有架設基地臺的必要。

佐久良桐子真是個厲害的角色。她特地選了一個不僅求救的聲音傳不出去，就連手機的訊號也傳不進來的地方。

這下子我只能苦笑了。

腳邊ＯＫ，右邊ＯＫ，左邊ＯＫ，上面ＯＫ，前進。

突然，好像有一陣陰風吹來。原來我已經走到山谷裡了。接下來得再往上爬。我看一下錶，從我上山到現在，已經過了一個小時。

我繼續繃緊神經，小心翼翼地踏出第一步。

視線在四周繞了一圈。

然後，我看見了那個。

8

我深深地吸了一口氣，扯開嗓門，用響徹整座山的音量說道：

『桐子小姐！佐久良桐子小姐！妳在哪裡？我是來找妳的！』

我側耳傾聽，沒有反應。我站在原地，再喊一次：

『桐子小姐！我是來找妳的！並不是什麼可疑的人，請妳出來好嗎？』

然後等待她的回答。

從斜上方傳來細微的聲音：

『我現在就下去。』

接下來是一串踩在落葉上的腳步聲，劈哩啪啦，劈哩啪啦……腳步聲慢慢地靠過來，不疾不徐，不疾不徐……由於視線都被擋住了，只能從聲音來判斷她正一步步地接近我。

然後，從幾棵杉樹中間一棵比較大的杉樹陰影裡，出其不意地出現了一個人影。

眼睛小小的，嘴唇薄薄的，身材瘦瘦的，就連整個給人的感覺也都是靜靜的。頭髮有點亂，臉和手臂都沾了些泥土，就連身上的黑色牛仔褲和白色襯衫也都搞得髒兮兮。

我看過她的照片，她就是佐久良桐子沒錯。

她正在微笑，神情有些恍惚。

桐子停下腳步，雖然那個距離硬要說的話實在有點遠，但我也站在原地不動，笑容可掬地說道：『太好了！妳沒事吧？』

『你是……？』

她的聲音比我想像的還要溫柔。

我向她低頭致意：『我是「紺屋S＆R」的人。受佐久良且二先生的委託前來找妳。』

『你能找到這裡真是不容易呢！』

『真不好意思，我看了妳留在閣樓房間裡的筆記本。』

我在語氣裡放進真心和深切的同情，強而有力地說道：

『我不知道妳發生了什麼事，但是且二先生很擔心妳。可以請妳跟他連絡一下嗎？與其待在這種雞不生蛋的地方，還不如把妳的問題拿出來跟家人商量或許會比較好。』

『說得也是……』

桐子的聲音聽起來雖然很溫柔，但總覺得有點輕飄飄的。臉上掛著一抹不知道該說是茫然還是恍惚的微笑，桐子回答道：

『也許這樣比較好吧！』

『那就拜託妳了！』

我看了看手錶。

『啊，已經這麼晚啦！總而言之，能夠找到佐久良小姐真是太好了。可以的話請妳盡快跟且二先生連絡。到時候還請妳跟他說，是「紺屋S&R」的人請妳跟他們連絡的，這樣我在請款的時候也比較方便，萬事拜託。』

桐子的表情絲毫未變，只是輕輕地點了點頭。

『我知道了，我會這麼做的。』

我笑著把雙手打開。

『這麼一來我的任務就完成了。我還有別的事，必須馬上回八保去，佐久良小姐要跟我一起走到八幡神社嗎？』

『不了。』

桐子慢慢地搖了搖頭，伸出食指，指著上方。

『我還有一些行李，得收拾好才能走。』

『這樣啊！那麼今後如果還有什麼需要效勞的地方，歡迎隨時來我們「紺屋S&R」。再見！』

我再次鞠了個九十度的躬，然後轉過身去，一邊擦汗，一邊頭也不回地沿著來時路往回走。

雙眼緊盯著來時路，頭也不回地往前走。

第七章

二〇〇四年八月十九日（星期四）

後來，佐久良且二確實有把錢匯進我的戶頭。也收到百地支付的酬勞，不過大部分都給了半平。

外面剛下過雨。最近已經很久沒有下雨了。

我把自己深深地種在椅子裡，望著窗外。雖然說是夏天的雨，但卻不是那種雷陣雨，而是靜靜的雨聲。這個城市看起來比往常還要安靜。

我只要一閉上眼睛，就會想起那天在城山看到的東西。

那是一頂灰色的帽子。

帽子的內側黏乎乎地染著別的顏色。覆蓋在灰色之上的顏色，與其說是紅色還更像是黑色。在那片黑色當中，我似乎還看見一點點白色的碎片。

從帽子被染成黑色的範圍之大來看，我知道自己去遲了一步。

既然事情都已經發生了，那也沒有辦法。如果是正在自己的面前上演，那還能夠想辦法阻止，但是事情都已經發生了，也沒什麼好阻止不阻止的了。

所以我選擇了讓任務圓滿達成的這條路。

我望著以『紺屋S＆R』的名義所開的存摺。

『……』

我之所以主動現身，並不是為了請款方便，也不是為了要取信於桐子。而是因為桐子可能早就在什麼地方監視我的一舉一動，而且之後她也可能會從別人口中知道我在調查她的事，既然如此，我就有必要先主動表達來意。

我把視線移回下著雨的街道，喃喃自語：

『我什麼都沒有看見，我什麼都不知道……』

我一定得讓桐子這麼相信才行。要是像間壁擋到佐久良桐子的路一樣，桐子接下來如果認為紺屋長一郎會威脅到她的生活，那我可就麻煩了。

無論如何，桐子似乎已經照著我的請求，和且二連絡過了。

但是這並不代表桐子相信我所說的話。因此，我最近都把小刀藏在口袋裡。

不管是誰，都有可能遭受莫名其妙的攻擊。為了保護自己，抵抗是非常人性的一種行為。

就像農民拿刀砍向侵略者一樣。

就像病人打針一樣。

就像紺屋長一郎在把野狗送進衛生所的時候沒有半點猶豫一樣。

就像佐久良桐子設下陷阱來給間壁良太郎跳一樣。

所以，我也得自己保護自己。

我也想過要報警。但是我又沒有任何證據。就連屍體也沒看見。唯一看到的，只有一頂染著血跡的帽子而已。

在那之後，確定桐子已經離開那個地方之後，我又去了一次谷中的『城山』。結果卻是一無所獲。只有炎熱的天氣跟那天差不多，除此之外，別說是兇器、陷阱、洞穴了，就連有沒有人在那裡生活過的痕跡也沒留下。唯一的收穫只有爬上『谷中城』附近的樹木之後，發現從那裡可以看見佐久良家的附近。只要有一副望遠鏡之類的，就可以從那裡監視佐久良家，桐子大概就是透過這種方式來確定間壁是不是真的上勾吧！收穫？哪有什麼收穫啊？我只是看到那裡有棵樹罷了。

也正因為如此，我總算可以稍微安心一點。一個連屍體埋在哪裡都說不上來的證人，對於桐子而言，應該不會構成威脅吧！

可是……

在我的內心深處，無法抹去的不安卻慢慢地沉澱了下來。一想到不知道桐子是不是真的這麼想，就覺得口袋裡的刀子實在是太小支了，一點也不足為恃。

如果這些全都是我想太多那該有多好，如果那頂帽子上的血跡只是我眼花看錯、如果間壁現在也還在騷擾桐子的話那該有多好。然而，根據我追蹤調查的結果顯示，間壁化名為鎌手所下榻的旅館，後來並沒有任何人回去。

現在才說這種話已經太遲了——明知如此，但我還是忍不住脫口而出：

『如果只是找狗的話那該有多好。』

話雖如此，但事實上偏偏就不是如此。

雨。

桐子現在也很不安吧！那個偵探到底知道多少……光這點就夠她睡不安穩了吧！

雨水會不會把埋在『谷中城』那座山的某個角落裡的東西給沖出來……這點也會令她吃不下

飯吧！

每到了下雨天，我也開始不安。

萬一埋在地下的東西出了土，我們之間的恐怖平衡就會跟著土崩瓦解。因為桐子可是死都不想因為間壁失去任何一樣東西呢！

我想我會有好長一段時間都得隨身帶著刀子了。

不如利用這次的酬勞去買隻看門狗吧！

推理謎 11

再見，妖精

米澤穗信◎著　黃心寧◎譯

令人難以忘懷的邂逅與心願物語……
日本超人氣推理新星米澤穗信代表作！
入選『這本推理小說真厲害！』2004年度TOP20！

警下著綿綿春雨的四月天，太刀洗、文原、白河、守屋四個高中生偶遇女孩瑪亞——一個遠從南斯拉夫來到東京的異國訪客。在相處了幾個月後，瑪亞顯露出對小事物觀察入微的習慣，於是大家一同度過謎題處處的日常生活。直到有一天，瑪亞回國了，最大的解謎活動才要開始！原來是南斯拉夫內戰頻頻，四人都非常擔心瑪亞的安危，就決定要查出她的確切去處，但唯一的線索只有瑪亞留下的日記和餘韻繚繞的記憶片段……

◎2008年9月出版

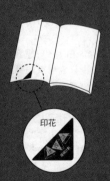

□集滿4個印花贈品（二款任選其一）：

A：【推理謎】LOGO皮質燙銀典藏書套一個
（黑色，25開本適用，限量1000個）

B：【推理謎】吉祥物『獨角獸』圖案
皮質燙金典藏書套一個
（咖啡色，25開本適用，限量1000個）

□集滿8個印花贈品（二款任選其一）：

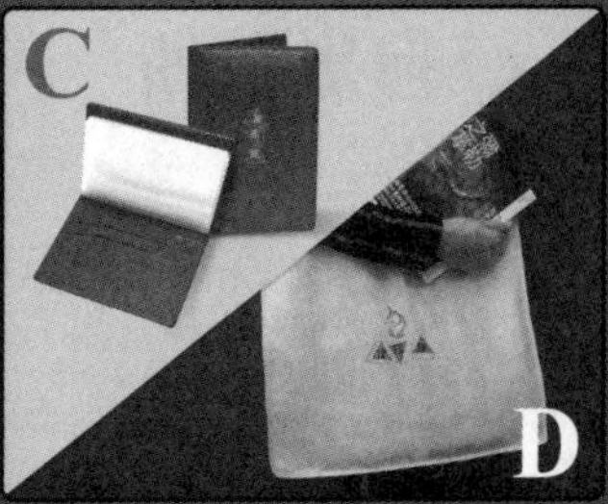

C：【推理謎】LOGO皮質燙金證件名片夾一個
（紅色，11.5cm x 8.6cm，限量500個）

D：【推理謎】吉祥物『獨角獸』圖案環保購物袋一個
（米色，不織布材質，41.5cm x 38.6cm，限量1000個）

□集滿12個印花贈品（二款任選其一）：

E：【推理謎】LOGO不鏽鋼繩鑰匙圈一個
（限量500個）

F：【推理謎】吉祥物『獨角獸』圖案馬克杯一個
（白色，320cc容量，限量500個）

【注意事項】
◎本活動僅限台灣地區讀者參加。
◎贈品兌換期限自2008年1月1日起至2009年12月31日止（以郵戳為憑）。
◎贈品圖片僅供參考，所有贈品應以實物為準。
◎所有贈品數量有限，送完為止。如讀者欲兌換的贈品已送完，皇冠文化集團有權直接改換其他贈品，不另徵求同意和通知。贈品存量將定期在【推理謎】官網上公佈，請讀者在兌換前先行查閱或直接致電：（02）27168888分機114、303讀者服務部確認。
◎皇冠文化集團保留修改或取消謎人俱樂部活動辦法的權利。辦法如有更動，將隨時在【推理謎】官網上公佈。

國家圖書館出版品預行編目資料

尋狗事務所 / 米澤穗信 著；緋華璃 譯.
-- 初版. -- 臺北市：皇冠, 2008[民97]
面；公分. --（皇冠叢書；第3715種）
（推理謎；5）
譯自：犬はどこだ
ISBN 978-957-33-2401-0(平裝)

861.57 97003197

皇冠叢書第3715種
推理謎 5

尋狗事務所

犬はどこだ

作　　者—米澤穗信
譯　　者—緋華璃
發 行 人—平雲
出版發行—皇冠文化出版有限公司
台北市敦化北路120巷50號
電話◎02-27168888
郵撥帳號◎15261516號
皇冠出版社(香港)有限公司
香港灣仔告士打道88號19樓
電話◎2529-1778　傳真◎2527-0904
出版統籌—盧春旭
編務統籌—金文蕙
版權負責—莊靜君
外文編輯—馮瓊儀
美術設計—許惠芳
行銷企劃—何曉真
印　　務—林佳燕
校　　對—黃素芬・劉素芬・金文蕙
著作完成日期—2005年
初版一刷日期—2008年2月

法律顧問—王惠光律師

讀者服務傳真專線◎02-27150507
電腦編號◎511005
ISBN◎978-957-33-2401-0
Printed in Taiwan
本書定價◎新台幣280元/港幣93元

謎人俱樂部贈品兌換卡

我要選擇以下贈品（須符合印花數量）：□A □B □C □D □E □F

1	2	3	4
5	6	7	8
9	10	11	12

我的基本資料

姓名：____________________

出生：________ 年 ________ 月 ________ 日　性別：□男 □女

職業：□學生 □軍公教 □工 □商 □服務業

□家管 □自由業 □其他 ____________________

地址：□□□□□ ____________________

電話：（家）____________________（公司）____________________

手機：____________________

e-mail：____________________

□我不願意收到皇冠新書edm或電子報。

我對【推理謎】系列的建議：

寄件人：

地址：□□□□□

北區郵政管理局登
記證北台字1648號
免 貼 郵 票
〔限國內讀者使用〕

10547

台北市敦化北路120巷50號

皇冠文化出版有限公司 收